とげ抜き
新巣鴨地蔵縁起

itō hiromi
伊藤比呂美

講談社文芸文庫

JN053988

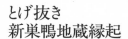

目次

とげ抜き　新巣鴨地蔵縁起

伊藤日本に帰り、絶体絶命に陥る事

あんたいつ帰ってくるんだっけ、と母が申しました。電話口でのことです。

今月は帰らないのよ、おかあさん、いろいろ忙しくてさ。

そうよね、忙しいのはいいことだよ、と母が申しました。

そのかわり八月には帰るから。

二日にいっぺんアメリカから親に電話しております。しかしあまり懇切丁寧にこちらから電話をしてばかりだといざというとき電話のかけ方を忘れるといけないから、ときどきは母にかけさせるよう三日ほどの間をおいたりもしています。

あんたいつ帰ってくるんだっけ、と二度目に母がきいたのは、今月は帰らないが八月には帰ると説明した日から数えて二日後のことでした。

今月は帰らないのよ、おかあさん、仕事があるからね。

そうよね、忙しいのはいいことだよ、と母が申しました。

でも八月には帰るから。

あんたいつ帰ってくるんだっけ、と母が申しました。それは、忙しいのはいいことだと母が二度目に納得した日から数えて三日後のことです。

八月よ、何かしてほしいことあるの？　とわたしはききました。四月には同様に母が何度も何度も、いつ帰ってくるんだっけと聞くから真意をきいただすと、いやね、たいした用じゃないんだけどね、といいながら、郵便局にいってもらいたいんだよ、と母は申しました。わたしは五月に帰って、郵便局に行ってきました。

いやね、たいした用じゃないんだけど、と母は今回また申しました。病院にいってもらいたいのよ、こないだいった外科医院、静脈瘤の専門のとこなんだけどね、先生が手術すればなおるっていうから、あんたいっしょにいって話をきいてもらいたいんだよ、急がないから、こんどは九月になってからでいいって先生がいったから。

八月二十四日に熊本《くまもと》に着きました。

酷い暑さでした。

このていど、と人はいいましたがカリフォルニアの湿度と温度に慣れているこの身にとっては、心身が焼けこげてとろとろに溶けてくるかと思われるほどの苦でありました。連れて帰った子どもは全身がたちまちしとしとに湿り、細い柔らかい髪の毛は縦横無尽にはりつきました。うっとうしくて見ていられませんでした。なんでいうことをきかないの、あんたは日本の夏を知らないんだから知ってるあたしのいうことを聞きなさい、とわたしは汗だくになって理不尽に怒りました。髪を結んどきなさいってば、もうちっともいうこときかないんだから。

次の日にコンピュータが壊れました。立ち上がらなくなったのでした。買い換えることについてはもう長い間かけて考えていたことでしたから、わたしは落ち着いてコンピュータ屋へ行きコンピュータを、本体からモニターからキイボード、ソフトウエアにいたるまで買いそろえて使い始めたのですが、誤算がありました。新しいOSだったのです。つまりそれはすべてに決別して別の人生をはじめたようなものであり、右も左もわからず、何も思うようにいかず、何も書けず、何のためのコンピュータか。メールは日本語さえもてなくなり、日本語の詩人がやっと日本に帰ってきたというのに、Ito Hiromi desu なんて件名で gera OK desu なんて打ったって何にもならない。そして母は、コンピュータに何が起こっていようがわたしがどれだけ切羽詰まっていようが意に介さず、わたしの顔を見ると足の話をはじめ、その足を見せるのでした。皺だらけの足。ふくらはぎから足首にかけて黒いしみがまだらにうきあがる足。

ほらみてよ、この足、と母が訴えるのでした。人間の足じゃないわね、こんなだんだらになっちゃって、なんなんだろう、ねえ？　いますぐにじゃなくていいんだけど、いっぺんあんたに某外科医院にいっしょにいってもらって先生の話をきいてもらいたい、先生は手術すればなおるといってたから。

九月でいい？　と聞きますと、先生はこんど九月にいらっしゃいっていってたの、と申します。でもまた次の日になるとわたしをつかまえて、ほらこの足、と母は申します。

あのね、おかあさん、とわたしはきちんと話したつもりでした。九月になったらあい子も学校がはじまって時間が自由になるから、そうしたら行かない？　と。

そうだね、先生は九月でいいっていったから、と母は申しました。いえ、この足の問題（郵便局もですが）以外は、老いたりといえども普通に生活し、普通に会話できる母なのです。

あれは鬱病だよ、と母のいないところで父が申しました。胃ガンを除去してから、足腰がめっきり弱り、坐ったきり動けなくなり、耳は遠くなり、人と話すのを嫌うようになり、母の介護とののしりとに支えられて、細々と生きながらえているという風情の父でありました。

あれは鬱病、ここから逃げたいだけ。

その次の日の早朝、母から電話がかかり、あんた今日病院にいってくれない？　と母が出し抜けに申しました。きのう九月になってからでいいっていってたじゃない、とわたしが申しますと、きょういきたいのよ、あんたこなくていいから、と。あんたこなくていいからといったって（わたしが行かなければだれが行く）とわたしは小声で抗議しました。もちろんカッコの中は声に出していません。

もちろんあんたがいってくれれば、それにこしたことはないけどさ。

きのうは九月でいいっていってたのになんでまた今日行くことにしたの、とききますと、ゆうべから痛くってしょうがないんだよ、と。

痛いといわれればいたしかたない、わたしはすべてを放り出し、母を連れ、あい子も連れて、静脈瘤で有名な外科医院に行ったわけです。

病院とは、よどんだところです。建物そのものも古びてゆがんであちこち腐って、杖でもついて歩いてごらんなさい。たちまちぼこりぼこりと穴があいてしまうような。その穴にはまって後戻りできなくなるような。どの病院でもそうですが、その外科医院も同様でした。病院の長い廊下には、足のふくれあがった人々が何十人も、たいてい母と同様に年取った人でしたが、年取ったあまりに死んだふりをしてじっと待っていました。そしてただひたすら待つうちに何を待っているのか誰かを待っているのだったかわからなくなる。どうして予約制にしないのだろうとか、待つことから解放されたときはどんなきもちだろうとかいろんなことを考え、そんなに時間があるのなら本でも読みまた仕事などしたならよかろうが、そこまでの集中力はどうしても身に付かない、それはなぜだろうと考えているうちに時間は刻々とすぎていくのでありました。

わたしはあきたわたしはあきた、とあい子がからみついてきました。これ読んでなさいと本をわたしましたが、わたしはおぼえた、すべてのことばを、わたしはなんじゅっかいもくりかえして読んだ、カリフォルニアを出てからこのかた、とあい子は断言するのです。たしかにそれは家を出てきたときに持ってきた本なので、空港で読み、飛行機の中で読み、こっちに着いてからもそれしか読むものがないからくりかえし読み、アメリカ製のペーパーバックのなんとちゃちなことか、もうすっかりぼろぼろになってしまっています。わたしは願う、このようなときにわたしがゲームボーイを持っていれば、とあい子はうらめしそうにつぶやきました。

ゲームボーイ、すべてのお友達はカリフォルニアで例外なくみな持っているゲームボーイ。

母の足は、ふくらはぎからつま先まで紫斑でだんだらになり、ぱんぱんにふくれあがっていました。ところどころに潰瘍ができ、ただれ、穴があき、まわりがまっくろに焦げていました。火も燃えず熱もないのにそこだけは炭のように焼け焦げているのでした。

このあいだも申し上げたとおり、と外科の先生は母の足をかかえ、機械をあてて耳をすましながらいいました。これは外科的な手術をするほどのことはないんですよ、静脈はこのとおりちゃんと流れていますのでね、むしろわたくしは、皮膚科の領域と考えておりますよ、皮膚科においでてくださいといって、外科の先生は皮膚科医院の先生へ手紙をかいてくれました。外科医院を出たところで母は蹴つまずく何もないのに蹴つまずいてばったりと転びました。男の人が一人駆け寄って起こしてくれようとしました。母はしばらくそこでうごめいていましたがやがてよたよたと立ちあがり、あらー派手にころんじゃったわねえ、とてれて笑いました。

そして次の日、わたしたちは皮膚科医院にいきました。

何十人もの人が、痒みを、湿疹や水ぶくれを、堪えて無言で待っている皮膚科医院の待合室で、わたしはあきたわたしはあきたとうめくあい子に小銭をやって、お外にいってジュースを買っておいで、とわたしはいいました。

だいじょうぶなの、こんな外国から来たばっかりの右も左もわからないような子を一人で外にいかせて、と母がいいました。だれかに連れてかれるんじゃないよ、あいちゃん、いいかい。

彼女は思っている、わたしが何も知らないわたしが何もできないと、とあい子が英語で祖母を批判し、昂然と出て行ったと思うとあわてふためいてもどってきて、機械がのみこんだ、おかねを、わたしは得られなかった、何も、わたしはわからなかった、どうしたらいいか。実際右も左もわからない子どもなのでした。わたしが出て行ってお店の人に説明してやらねばなりませんでした。

これは血管の問題だと思います、と皮膚科の先生はいいました。そして、ぶ厚い本をめくって足の写真を探し出してくれました。それは、焼けただれて腐りはてていました。壊死です、こうなったらおおごとですけんね、と皮膚科の先生はいい、大病院の某先生がおくわしいはずだから紹介状をかいておきますね、と。

次の日は、ちょうどおくすりをもらう日だし、大病院に行くっていうことをかかりつけの先生に報告しておきたいと母がいうので、母を連れて二週間にいっぺん通っている病院のかかりつけの先生に会いに行くことになりました。そしてその日からあい子の学校がはじまりました。


九月朔日。どっどど、どどうど、どどうど、どどう、台風が来てしかるべき日です。新入生もやって来て当然の日なのです。親のこともありましたが、同時にわたしはこの二学期の間、日本語の強化のためにあい子を日本の小学校に通わせたいと周到に用意して、この時期日本に帰ってきたのでした。すでに新学期にむけて、制服を買い、体操着を買い、台風が来たときのために黄色い傘と橙色の長靴も買いました。台風は、まもなく大きいのが来るとみんながいってました。電気も水道もとまるような、水があふれて人が何百人も流されてしまうような、アメリカのハリケーンと同じくらい大きいやつが来るらしい、それはそうと、とみんなが口々にいいました。伊藤さんのところは大丈夫なの、あのハリケーン、と口々に。あれは東海岸でうちは西海岸だから、とわたしは何度もいいました、うちの方では災害といえば山火事なのよ、災害といえば山火事なのよ、災害といえば山火事なのよ、災害といえば山火事なのよ、と何度も。

そして九月朔日。

どっどど、どどうど、どどうど、どどう、台風は来ませんでした。台風ははるかかなたの南方洋上にありました。その日、五時半ごろ、わたしたちは時差ボケで早く目が覚めたのですが、すでに日はぎらぎらとさしこんで、家の中を焼きつくしておりました。エアコンを一晩中稼働させせないではいられませんでした。空は青く晴れわたり、空の端には入道雲がむくむくと興り立ち、気温はぐんぐんあがりました。地域の路地から集合住宅から、子どもらがぞろぞろと湧いて出て、工作物や巻物を抱えて学校に向かいました。わたしも手ぶらのあい子を連れて学校に行こうとしていました。転入生の保護者は始業式に出席してくださいということでした。

その朝の七時ごろのことです。

電話がかかってきました。カリフォルニアの隣人、家族のように行き来している親しい隣人からでした。カリフォルニアでは、夫が検査入院のはずでした。血管にカテーテルをとおして心臓の具合を見るという。もう何ヵ月も前からいっておりましたのです。心臓が悪い心臓が悪いといってどよんと落ち込んでいるから、なんとうっとうしいものかと思っておりました。多少の症状を大げさにとらえておるのだとも思っておりました。しかし生活や金銭は共有するといえども、カラダは別であります。ひとのカラダのことをわたしごときがとやかくいうすじあいではないし、ひとのカラダの痛い苦しいは感じないし、ほうってありました。ところが日本に帰ってくる前によくよく話をきき、単語を辞書でひいてみると、狭心症だという。狭心症なら狭心症とはっきりいえばいいものを、なぜいわない（英語でいってたのでわからなかった）と内心腹を立てつつ、これで夫がセックスを控えたがるわけも息遣いがいつも荒いわけもわかりました。心配だろうとあなたはいうでしょう。いえ、それがそうでもないのです。自分の世界がそこで壊れるという不安はありますが、それもまたひとつの前進と思えないではない。死ぬ者はいつか死ぬ、わたしには何もすべきことがないとわたしには思えるのです。ただ今日は、奇しくもその検査の日であること。それは承知しておりました。あとで電話して様子をきかねばと気にかけてもおりました。とりあえず始業式、それから母の病院、それからカリフォルニアに電話、と。

隣人はいいました。彼が手術を受けることになった、検査してみたら思いがけず状態が悪く医者は緊急手術を決意した、彼はすでに入院しており三日後にはバイパス手術である、よくある手術とはいえ開胸の大手術、あなたはどうするか、と隣人はいいました。

今日、いま、まさに学校がはじまるところだし、学校の道具もそろえた。車も借りた、電話もコンピュータもインターネットも、生活の基盤はやっとととのい、帰りの飛行機も四ヵ月後に予約してある。これをぜんぶ無かったことにしてカリフォルニアに帰り、夫の手術の間うろうろし、麻酔から覚めきらない白い顔を見つめることになるのかなと思いました。

熊本には身寄りはいません。わたしは前夫の赴任という縁に、親はわたしたちという縁に引かれてやってきました。頼れる家族は後にも先にもこれっきりだというのに、娘は離婚して再婚してアメリカに渡り、親はここで老いていきます。

今きめるな今、と隣人はいいました。状況を見てからきめよ、と。わたしよりずっと年上の、信用できる隣人でありました。

それでとりあえず、予定通り始業式に出て行きました。担任にも校長にも挨拶し、あい子が壇上でぺこんとお辞儀したのを見とどけて、わたしは学校から抜け出しました。それから母を迎えに行きまして、かかりつけの医者のところへ連れて行きました。母を車に乗り込ませるまで、長い時間がとろとろとかかりました。それから車から降ろすまで、さらに長い時間がとろとろとかかりました。

なんかおかしいんだよ、と母がいいました。おととい転んでからなんだかうまく歩けなくなっちゃったのよ。

老人専門ののどかなリハビリ病院、そこでもう何年も母を見てきた医者はいつもどおり母の話をきき、大病院の某先生、あそこなら設備もととのってるしＭＲＩの機械も最新式のがあるし、某先生、私も存じあげてますよ、けっこうでしょう、といっていたのに、診察を終えた母が歩きだすのを見て顔色を変え、伊藤さんうちでもＭＲＩやってみましょう、機械は古いけど何かわかるかもしれませんよ、いますぐ入院しましょうよ、と誘うようにいう。そして声をひそめて、脳梗塞のときのような歩き方してらっしゃいますよ、とわたしにいう。それで母がそのまま入院ということにあいなりまして、父に知らせた電口では父が、おいおいおいおいなんでまた、と渾身の不満を表現しておりまして、わたしは入院の手続きをしながら、第一日目、あい子が慣れない日本の酷暑の中をえんえん二十分あるいて帰ってくる、あい子が慣れない日本の酷暑の中をえんえん二十分あるいて帰ってくる、あい子が、と気がかりで気がかりで、照りつける一本道でのろのろと歩く陽炎のようなあい子の汗だくの背中や足や額を考えるといてもたってもいられない。なんとか手続きをすませて家に飛んで帰ってみると、ほっとした、まだ帰ってきてませんでした、汗だくになってようやくたどりついてみるとお家はからっぽなんてことにはなっていませんでした。それでカリフォルニアの、夫の入院している部屋のベッドわきの電話に電話をかけたら、いつもどおりの夫の声がきこえました。

これから寝ようと思ってたところだ、病院というのはやはり寝つかれない、と夫がいいました、わたしは母の入院のことを手短に語り、帰ろうかととっさに考えたがやはり帰れない、ここの彼らにはわたししか助けてやれるものはいないが、そこであなたは、入院の手続きは自分でできるし隣人や友人や親類縁者がみんなで助けてくれるだろう、助け合う文化にわれわれは住んでいるのだから、といいました。了解した、おれはだいじょうぶだ、来て欲しいときは遠慮せずにそういうから心配せず、と夫がいうのへ畳みかけて、ひとつだけ作ってほしい、約束を、とわたしはいいました。

おれは作ろう、何の約束でも、そしてそれはどんな約束か、と夫がいいました。

将来、あなたがたとえ百や二百まで生きようとも、とわたしはいいました。

将来、おれが百や二百まで生きようとも、と夫がくりかえしました。

あなたとわたしが連れ添うかぎり。

おまえとおれとが連れ添うかぎり。

どんな口論や喧嘩を為したとしても。

どんな口論や喧嘩を為したとしても。

そしてそれは屹度《きっと》するが。

そしてそれは多分するが。

ぜったいに。

ぜったいに。

今回の手術のときわたしがあなたのそばにいなかったことを、あなたは非難しないこと。

今回の手術のときおまえがおれのそばにいなかったことを、ぜったいに、おれは非難しない。

かかりつけの先生は母を見て、脳梗塞かもしれないというのでありました。かかりつけの病院のMRIは患者と同じように古びていて、何もあらわれてこないのでありました。その日そのとき、すでに母は右足の親指が動かなくなっていました。そして二週間すると右手がだらりと。さらに二週間すると、左手の指も。急速に麻痺はすすみました。それとともに、老人専門のリハビリ病院では対処するにもかぎりがあり、大病院の某先生から報告の手紙をもらってまたあの外科医院へ、かかりつけ医から紹介状をもらって整形外科へ、整形外科から紹介状をもらって別の大病院の神経内科へ、とわたしたちの病院めぐりがはじまったのでありました。わたしは母の寝起きする病院から車椅子の母を連れ出して、さまざまな病院へ連れて行き、連れて帰り、どこも長い時間がかかりました。朝行っておひるをすぎて、売店でおにぎりを買って待合室のすみで食べて、そして午後、あい子の学校から帰る時間になってもまだ、わたしたちはしばしば病院におりました。わたしは気が気でなく、せかせかと学校に電話してあい子の担任を呼び出し、伊藤ですけど、あい子をそのまま学校に置いておいてください、と。それから父に電話して、おとうさんタクシーであい子を学校まで迎えに行って、と。あるいは近所の人に電話して、すみませんあい子を入れてやってもらえる？　四時半にはきっと帰れるから、と。そしてわたしは車を、走らせる、というか疾駆させる、信号は遵守するがそれ以外は無視する、右折だっていたしますよ、いつもはしません、あんな怖いものはないと思っている右折です。でも右折しないとあい子に間に合わない。だから右折する。離合がむずかしい細道を強引に押し通る。だれかがクラクションを鳴らす。ええ、このわたしに。速度は緩めません。口の中で毒づき返すのです。ばかにしないでよそっちのせいよ、軽のおばさんだからってなんだっていうのよ、と。

　暮らしておりますとガス代の請求も電気代の請求も郵便受けにたまっていきます。運転免許の更新通知や、見知らぬ人からの詩集もたまっていきます。ガス代や電気代は昨今はコンビニで払える。詩集は知らないふりをすれば良い、しかし運転免許の更新通知は、わざわざ出向いて行かなければならず、免許センターは、行きたしと思えども、思えども、とても遠くにあるのでした。ずるずると先延ばしにしているうちに期限切れが近づいて、とうとうある日曜日の早朝、わたしはあい子を連れて遠くの、山のふもとの方にある免許センターに行きました。免許の更新が済んだら、あい子を郊外にある大型おもちゃ店に連れて行こうと思ってました。

たまごっちがあれば、とあい子がいうのであります。わたしは使える、時間を楽しく、病院で待ってるときも、空港でも、飛行機の中でも。

すべての日本の少女たちはみな例外なく持っている、たまごっちを、とあい子がいうのであります。

わたしはちがうものではありたくない、ほかの子たちと、とあい子がいうのでありま す。お友達と寸分変わらぬ存在でいたい、カリフォルニアではわたしはとてもちがってい た、まわりの女の子たちと。

この場合、まわりの女の子とはヨーロッパ系の顔と髪を持つ少女たちです。

あんたのクラスにはメキシコ人の子がいっぱいいたじゃないの、とわたしがいいます と、かれらはメキシコ人でメキシコ人はおおぜいいる、メキシコ人じゃない子たちはアメ リカ人でかれらもまたおおぜいいるがみなおなじような外見、みな同じようなブロンドの 髪、でもわたしだけちがう、わたしと誰それ（彼女はフィリピン人の母を持つ）だけ、い やもう一人、わたしと誰それとそれから誰かれ（彼はインド人の両親を持つ）だけ。

そうやってどんどん仲間が増えてくるのよ、とわたしが申しますと、それでもわたした ちが少数派であることにはかわりがない、とあい子はいいました。

めだつのはいやだ、ひととちがうのもいやだ。

それでわたしも観念して連れて行った郊外の大型ショッピングセンターの中の大型おも

ちゃ店。

売り切れておりました。数日前に新型が発売されてたちまち売り切れ、二週間ほど待たなければつぎの入荷はありませんという。あい子はそれはそれはがっかりして、ただでさえ小さいからだが半分にちぢんでしまったかと思え、あまりにいたいたしかったので、わたしはそのおもちゃ店を出たところで掘っ立て小屋みたいな雑貨屋をみつけ、あそこで売ってるゴムボール、ああいうボールがちょうど欲しいと思っていたからあれをひとつ買っておいでとお金を手渡しました。そしたらあい子が小躍りしながら戻ってきまして、もちろんボールは手ににぎりしめて、甲高い声で、おかあさんあったあった、あったあった、あれがあった、と日本語でいう。なにがあったのとききますと、たまごっち。そんなばかな、こんな縁日の夜店のような店にそんなものがあるかと思ったところ、まさにそれはたまごっち。店のおねえさんがいうには、これは最新型ではなく、ひとつ前の型なので二つだけ売れ残っていたのだと。

いい、いい、これでいい、だれちゃんがもってるのもかれちゃんがもってるのもこれだから、とあい子は日本語でさけび、うれしがり、そして手に、入れました。たまごっちをひとつ。たしかに。

家に帰りつくのももどかしくたまごっちを誕生させ、命名し（オスでした）、あい子はさっそく首からぶらさげて、だれちゃんちに遊びにいきました。そこで冬眠させる方法も教えてもらい、半日それで遊び、ごはんを食べさせ、排便させ、ごっちポイントをあつめ、あんたあたしのいうこともきかないでそんなもので遊んでるんなら、とわたしが二回三回おどかすことになり、それでも自分が寝る前にはたまごっちも眠らせて、翌朝目が覚めた瞬間にまたたまごっち、そうしてまた眠らせて安心して、あい子は学校に出かけていったと思ってください。わたしは忙しかったのであります。母のことで父のことで自分のことで、また母のことで父のことで。すぐ外に出かけねばならないが今だけたまさかの十分二十分という自由時間、わたしは机の上においてあるたまごっちをふとのぞきました。するとと寝ているはずのたまごっちはそこにおらず、画面は、誕生以前に逆戻りしているではありませんか。日付と時間が点滅している上に日付も時間もめちゃくちゃである。これはあい子がいじくりまわしているうちに頓死させてしまったかと思い、あるいは瀕死で息も絶え絶えなのかもしれないと思い、ならばわたしが応急処置をと思って時間を合わせた、とたんに画面が切り替わり、たまごっちが出てきてぴょんぴょんはねました。すこやかに、生きていたのであります。あの点滅する日付画面こそ冬眠画面で、今の一押しで目をさましてしまったのであります。寝た子を起こすとはまさにこのこと。よく寝て元気いっぱいのたまごっちは、愛嬌たっぷりの顔でこっちを見て、おしっこしたいともじもじしました。わたしがまごついているうちに、たまごっちはじょぼぼぼとおしっこを漏らしてしまいました。手遅れでありました。寝かせねばならないと思い、あちこち押してみましたが、どうしても寝かしつけ方がわかりません。このわたしが、くそ忙しいこのわたしが、ひと（父や母やあい子や夫）のことにかまけて金も時間も自分すらも無いというのに、たまごっちをにぎりしめてぴこぴこ遊んでいられるか、しかしこのまま放り出しておくと、飢えて、凍えて、うんこにまみれて、あい子が帰ってきたころには必ずや死骸となりはてておる。不本意ながら遊ばずにはいられません。そのときわたしは遊びながらも好い方法を思いつきました。コンピュータにとりつきネットに行き、「たまごっち　眠らせる」で検索をかけてみたのであります。そうしてたちまち眠らせる方法を得ました。

さて母は、どんどん車椅子に慣れ親しみ、車椅子と同化していくのでありました。右足の親指だけじゃなく、右手の親指、人差し指中指くすり指小指まで、右足の残った指たち、左足の指たち、左手の親指人差し指中指と、どんどん動かない指が増えていって、最終的に動くのは左の小指と薬指だけになり、病院の食堂の片隅に置いた車椅子の中で、売店で買ってきたおにぎりをあたえると母は、薬指と小指でおにぎりをわしづかみにし、口をそこへ近づけていくのでありました。やめなさいそういういやしいたべかたは、と小さいときいわれたことが何度もあったが、あれはこれではないのか、自分でやってるじゃないかと思わず口答えをしそうになったものです、いわれてもいない文句に対して。

あらあたしちょっとおトイレいきたいんだけど、と母はいうから、障害者用のトイレに連れて行く。よっ、よっ、とかけ声をかけながら母は便座の上にいざり乗ろうとする。わたしが力をふりしぼって便座の上にひきずり据える、と同時にズボンもパンツもひきずり降ろす。排尿する。でも利く指が二本しか残っていないから、母には拭くこともできない。それでわたしを呼ぶ、ちょっと、悪いけど、と。それでわたしは母のおしりを拭く。ぬるぬるした便が出ているけれども母はそれに気づいていない。なかなか拭き取れないので洗浄式の便器のしゃーっと吹き出してくるお湯の中に手をつっこんでじゃぶじゃぶと便でぬらつくおしりを洗ってしまいます。知らずにうんこする母も、おしりを洗われる母も気にならないが、おにぎりをわしづかみにして口を近づけてそれを食らう母はどうしても見ていられない、そして母のうんこはうんこそのものであるからとても臭い。食べてうんこする。うんこは臭う。それはもうとても自然なこと。

朝七時にあい子を起こす。

きょういかなくちゃだめ？　とあい子は毎朝、日本語できく。学こういきたくない、と日本語でつぶやく。きょうのきゅうしょくは、さ、ば、の、てりに、なっとうじる、なすの、そくせきづけ、とひらがなを読み取って、やっぱりいかなくちゃだめ？　とうめく。だれちゃんがいじわる、わたしに、かれちゃんもいじわる、わたしに、理由もなしに、と英語でほとばしるようにいう。それでわたしはあい子を車に乗せて校門の前まで連れていって降ろす、鐘が鳴って校庭にざわめいていた子どもたちが校舎の中に入っていく時間であります。あい子が表情を硬くしてその中に紛れ込むのを見とどける。それから父の家にまわる。犬が吠える。うれしがって吠える。吠えて毛を散らす。九時すぎには母の入院している病院に母を迎えに行く。車椅子で母を運んで車の脇につける。母を抱えて立たせ、ズボンをつかんで重たいからだを座席の上にひきずり上げる。よっと母がいう。車椅子をたたむ。車椅子を軽自動車の後部座席に押し入れる。わたしはもともと何をしても小器用で、現実的な性格で、その一連の作業がたちまち手際よくできるようになりました。介護ヘルパーさんになれるかもなどと軽口を叩きつつ、大きな病院に着くと車椅子をおろして組み立て、母のズボンをつかんでその中に投げ入れる。よっと母がいう。母は車椅子の中にずるりと沈み込む。そしてそれから病院の中を車椅子を押して歩き、歩き、さらに歩き、待合室の片隅に車椅子を片寄せて、半日をすごす。あらあたしちょっとおトイレ、と母がいう。利尿剤が入ってるのよ、高血圧のおくすりに、と母がいう。わたしは母のズボンをつかんで母のからだを便座にひきずり上げる。母が排尿する。ああああたしお通じも出るみたい、と母がいう。えろえろと柔らかい便は出て、わたしがそれを拭き清める。おかあさんちょっと前にずって、というと、母は、よっといいながらからだを揺すって前にずれる。

昔なんどもなんどもやりました。薄桃色のつるんとしたおしりたちでした。出てくるものもきいろくてみどりいろで指先ですくいとってなめてやってもいいと思うほどうつくしく、発酵乳のようなすっぱいにおいがして、うんこといってしまうのが勿体なくて。それで、うんちとよびならわしていたのです。

あれに比べれば母の軟便はただのうんこ、わたしが日常排泄しているのと同じ臭いがします。母の排便のたびにこうして手をつっこんで洗うから、どんなに水で洗い流してもわたしの手はなんだかいつもうんこくさい。洗浄式便器のほとばしる水に手をつっこんでそれを洗いながら願ったのは、この臭いを取り除きたいと。

こんなときにはお地蔵様。

あの雑踏の、昔かよった参道の。

行き着く先の大釜の。

お線香の煙を胸いっぱい吸い込んで五臓六腑に染み入らせ。

母の手の指足の指。

四肢の末端の神経たちに。

ぐさりぐさりと打ち込まれたとげを抜き。

このてのひらに染みついたうんこの臭いも取り除き。

ちっちゃな石の胸や腹。

きよらかな水をかけながら。

苦を。
ごしごしと洗い流そう。

宮沢賢治「風の又三郎」、そして、山本直樹、萩原朔太郎、山口百恵（阿木燿子）などから声をお借りしました。

母に連れられて、岩の坂から巣鴨に向かう事

東京弁に顕著なのは「ひ」音のかわりの「し」音です。しぶやにあるのはハチ公で、しびやにあるのは映画館。しろしまに落ちたは原爆で、しとでが多いはお縁日。しのでには手をあわせ、しなたぼっこは猫がする。あさしひんぶんというアレはもうどうしても発音できないもののしとつなんでございます。

で、わたしの名は「しろみ」、小さいころから母にも祖母にも叔母たちにも、そうとしか呼ばれてきませんでした。育った路地の向かいの家にまさしろくんという子がおりまして、日夜おばさんにまさしろまさしろと呼びたてられていましたが、あれはわたしみたいになまったあげくの「しろ」ではなく、征服の征を「まさ」と読ませて、お城の「しろ」だと知ったときには、子ども心に、それはずるいと思いました。

板橋本町の停留所からくねくねと路地を入っていきますと岩の坂です。ここでもらい子

殺しが行われたのは、わたしの生まれるだいぶ前のことです。うらさびれた板橋の宿場はずれには木賃宿や貧乏長屋がししめいておりまして、乞食や食いつめ者やお地蔵様の線香売りや立ちんぼうがごちゃごちゃと住みついておりました。あるときよそで生まれたいらない子がここにもらわれてきてはよく死ぬ事実が知れまして、一人二人の不心得者が独自に為した罪ではなし、土地全体がかかわった仕組みであるということが知れました。もらわれた子には親からの銭や着物がついてきたから、人々はもらい子が来るたび祝祭の飲み食いをして、育てて働かせるなり殺すなり。わかっただけでも何十人かが殺されました。わたしの生まれるだいぶ前、母が幼女であった頃です。当時母の一家は下谷竜泉寺に住んでおりましたので、まだ岩の坂に縁はありません。一家は竜泉寺で食いつめて岩の坂に移り来て、やっぱり貧乏して苦労して、祖父は佐渡島に金鉱掘りに出かけて中気になって帰ってきた。それから祖母が苦労しました。五人か六人の子どもを抱えて。その中の二番目に年かさの女の子が母でした。一番年かさは、し弱な異父姉で、そのつぎが、健康で頑丈な母。苦労したという話です。誰よりも。

たれよりも。

たつねきてみよいはの坂おしとのかはのなみたはし。

たつ五朗は、背いが高くて苦みばしった好い男、学があって山っけもあって、のむうつかうはもちろんで、正義感に溢れてつきあいも良く弱きを助け強きを挫き、惚れて一緒になったトヨ子は小さな娘を連れたやもめで、裁縫もできれば小唄も唄える好い女。ところが所帯を持ったらたちまち何人も子どもができ、一家の暮らしはいつも苦しく、そんなら金鉱掘りで一山あてようとたつ五朗が佐渡島へ出かけてちゅうぶになって帰ってきたからトヨ子の生活はさらに困窮し、上の女の子たちは奉公に出し、自分も金になることならありとあらゆることをやりました。ありとあらゆること。身を粉にして。裁縫もすれば小唄も唄い、しゃかりきになって子や夫を養うために。そしたらある日、カミが憑きました。ずっと前から朝に晩に仏壇に向かって一心不乱に祈っておりました。その日も祈っておりましたら声がいきなりカン高くなり、泡を吹いて倒れたかと思うとぴょんと立ち上がり、夫をにらみつけて、低い声でののしりはじめたのであります。前にもいっぺんこんなことがありましてそのときは二番目の女の子のまあ子しかわかるものがいなかったので、今回も、夫にも近所の人々にもカミが憑いたのはわかったものですから、何のカミが何のために憑いたのか、それを判じたくていそいでまあ子を、大塚の商家に子守奉公にやられていたのを呼びかえし、駆けつけてきたまあ子には母親のいうことがすべてわかりました。

なんといってる？

わしはどこどこのカミであるからいうことをきかないとしどいぞって。

それからなんといってる？

無くした財布は箪笥の裏に落ちているって、何々さんの借金の取り立てようがあんまりあこぎで罰が当たるって。

財布は簞笥の裏から出てきたし、何々さんは仕事帰りにドブに落ちた。それで人々がおしかけました。

何々さんのだんなは板橋のすえしろにいるって。

何々さんの息子は品川か五反田かそっちの方にいるって。

なんとかでなんとかで、たづねきてみようらみくずのはって。

あまりあたるので、そのうちにちゅうぶの亭主、あの強きを助け弱きを挫くたつ五朗が震える手で煙管《キセル》をくゆらしながら考えました。これだけしとが来るものならいちいちに金をとったらもうかるではないか。そして金を取り始めたとたんにおトヨにはなんにも憑かなくなりました。

このように、せっかく取り憑いたカミさまにも見放され、何にも何にも無くなったわたしであります。亭主はちゅうぶで娘も息子もみんな幼い。養う口が多いのだけでも苦労なのに、いちばん上の女の子は体が弱い。男の子のしとりは頭が弱い。小さい女の子は咳ばかりしている。それればかりかちゅうぶの亭主が、またぞろどこかに女がいるらしい。そりゃ手さえ震えていなければ背いの高い苦みばしった好い男。家に帰ってこない夜などはどれだけ気が揉まれることか。

そんなときにお地蔵様のうわさをききました。近所の長屋の何某、お地蔵様で線香売りをしているという婆さんが、こないだもお米を借りに来て、こんな極貧のうちによく米を借りに来ると思うけど借りに来るんだから貸してやれと亭主がいうし、貸してやったら何某がこういいました、おトヨさん、一回お詣りしてごらんなさい、どんな苦も抜けるからと。いわれるとおりにいってみました、あんまりすごいしと出で、線香売りの何某が立ってないかと探したけど見つからなくて、てきとうな線香売りからお線香を買って、しと波にもまれながら大きな香炉に投げ込んで、煙を手でこっちにしきよせて、連れていた小さな娘の喉を撫でてやって、

咳がとまりますように。

顔を撫でてやって、きれいになりますように。

頭を撫でてやって、かしこくなりますように。

肩や腹を撫でてやって、じょうぶになりますように。

じぶんの子宮の上をそっと撫でて、これ以上苦が多くなりませんように。

股の上を撫でて、たつ五のうわきがおさまりますように。

胸を撫でて、苦がすべて抜けていきますように。

首を撫でて（咳がとまりますように）

目を撫でて（目の疲れがなくなりますように）

肩を撫でて（肩こりがなくなりますように）

まあ子の苦労がなくなりますように。

ちよ子の苦労もなくなりますように。

それから長いこと並んで、小さな石のお地蔵様をあらった。

この苦が。

あの苦が。

すべて抜けていきますように。


一九六六年に都電志村《しむら》線が廃線になりました。

地下鉄ができるということでした。代替のバスが巣鴨まで走りました。地下鉄建設中の工事現場のほかにも、高架の高速道路を作るので、あちらこちらがほじくり返してありました。本町《ほんちょう》、仲宿《なかじゅく》、区役所前《くやくしょまえ》、都電の線路よりも板橋のガスタンクに近いところを走るのでした、庚申塚《こうしんづか》、やっちゃ場、そして巣鴨。ほじくり返してある工事現場を避けながら、居場所が無いかのように代替のバスは走り、六八年の暮れに都営地下鉄六号線が巣鴨から志村まで開通しました。

ああ、巣鴨駅の階段は長すぎます、二十四、二十四、十三に、改札を出て、四十五、四十五、四十六とぜんぶあわせれば百九十七段あるんです。とても遠い、遠い、はるかに遠くなりました、息が切れてつろうございます、地下鉄ができてからというものお地蔵様にいくのが前よりもっと不便になって前よりもっとご利益があるような気がいたします。階段を。一段。一段。また一段。息切らしながらのぼりつめて。ぽっかりと外に通じる口から出るのです。都営六号線板橋本町駅の出口であります。やっと外に出たと思ったら環七の高架の下。不穏な空気。そしてそこから岩の坂。くだり坂。

店が少なくなって、しもたや。またしもたや。見過ごしてしまいそうな葬儀屋。飲み屋、薬屋。お茶屋、煙草屋、電気屋、作業服屋。作業服屋の店先に椅子を出して老女がしとり座っていました。

米屋。交番。その裏のお風呂屋への入り口。お風呂屋の裏の下宿屋への入り口。坂の途中左側に縁切《えんき》り榎《えのき》。

その木の皮を飲ませれば縁が切れる。すりつぶして味噌汁《おみおつけ》に入れました。みんなやったさんざんやった。やらなくちゃいけない縁があった。どれも効いた、みんな別れた、そして今こうしてあるものを。

榎の老木の幹が禿げてごつごつしています。奥には祠があります。椅子が三脚置いてあります。榎の向かいには古道具屋。床屋。榎の先を左に曲がると小学校が声もなくしんとして。隣は製紙工場。ぐるりを塀に囲まれて狭い道が塀に沿って続きます。塀の上には鉄条網。みつめていると塀の染みがものをいいだしたのも一度や二度じゃありません。

（あんな錆びたのがささったらさいごだね

（人糞をぬっておいたらもっといいよ
（だめだだめだそんなんじゃ
ものいう塀に沿って道を行くと、たつ五朗さんたちの住んでいた家があります。たつ五朗さんは八十を過ぎて、今でいう認知症で、ときどきいなくなり、警察沙汰になり、やがて衰弱して家で死にました。書類にかかれた病名は肺炎だけどうかしれたものじゃない、楽になりますよといって往診にきた先生が何か注射してくれたものと娘たちが（まあ子がちよ子に）ささやきました。数年遅れて、トヨ子婆さんが病院で死にました。
塀に沿ってさらに下ると石神井《しゃくじい》川、ばんば橋と板橋の間へ出ます。
おまえはばんば橋の下でしろった子だといわれたのはわたしだけじゃありません。従兄も従弟も叔父や叔母たちも、そういわれて育ちました、わたしも自分の娘にそういいながら育てました。
からかうつもりではじめても、ホントニソウナライイモノヲと心の中で望む瞬間もあり、そのまま口に出してしまって、子どもを怯えさせてかわいそうなことをしたと思っています。
ばんば橋から川沿いに道がつづきます、土地が低くなります。道から家々の中がのぞけます。人の生活がのぞけます。のぞかれて気にしない生活です。ときには人の生き死にものぞき見ます。のぞき見られて気にしない生き死にです。地を這い。川に落ち。這い上がり。這い上がれずに流れていく。

さて。
今日は二十四日。
年取った女がわらわらとわいて出る。
腰を曲げて
灰色の細かい柄の着物を着て
胸をはだけて緩く帯を締めて
腰を曲げて
女たちが
細い路地から板橋の旧中仙道へ合流し
商店街をとおって、ゆっくり、ゆっくり、岩の坂を上り
地下鉄の入り口へ吸い込まれ
巣鴨のとげ抜き地蔵へ集まっていくのであります。

見当識障害というそうで、母が夜な夜ないろんなことを口走ります。どうも暗くなると起こってくるようなのですね。昼間はそんなことはない。
ある晩伊藤さんは「おかあさんおかあさん」と泣いておられました、それから「おとう

さんおとうさん」と泣かれて、「おとーさんと暮らしたい」と、昨夜伊藤さんは、「十四日だからご飯を炊かなくちゃ」といわれました、それから「どうしてこうなっちゃったんだろうねえ」と大きな声で、どうしてこうなったか、あたしはどこにいるのか、それはもう何度も何度もくりかえし夜になり暗くなるといわれます、それから泣き出して「おかあさんおかあさん」と呼んだりしなさるのです。

どの母を？

とわたしは思わず聞き返しました。自分は母で？　それとも子どもで？

昼間の母は正気です。ろくに食べないものだから看護師さんたちに食べなきゃ食べなきゃといわれて、しまいに点滴だからね食べなきゃといわれつづけて。こんなにやせちゃってと思ったけど、やせたのは腕と足。顔はだだっ広くて四角くて不機嫌そうで、わたしの顔そのものであります。ドドメ色の染みは顔じゅうにしろがって、唇の上には無精髭が生え、あちこちに脂肪の塊がもりあがっております。ときにわたしは母の顔の上にのしかかり、その脂肪の塊を爪で押し出してやります。いたいいたい、いたいからいい、そのままで、もういい、おばあさんなんだから、気にしない、と母がいやいやをします。

ドドメ色というのは使い込んだ性器の色を表現する言葉かと思ってましたが、辞書によると、関東地方の方言で、熟した桑の実色と。まあ。知らないこともあるものだ。熟した桑の実の色なんて見たことない、使い込んだ性器の色なら見たことあるけど。

とドドメ色した昼間の母は、わたしにもくりかえし申します。

どうしてこうなっちゃったんだろう、したでしょういっぱい、といいたいのをわたしはこらえております。じつはいっぱい悪いことをしましたし、されもしました。母の苦を見てますと、何もかもすでにわかっていたことのように思えるんです。人生に起こったことがらは、取り除けない苦となって母の末期のからだに突き刺さってくるようです。親にいじめられたりほっとかれたりたたかれたり、売られたり買われたりセックスさせられたり人を憎んだり嫌ったりいじめたりいじめられたりののしったり。そのしとつしとつが苦となって、母の身の上に突き刺さり突き刺さり。子どもを産んでも育たなかったり、はらんだものは堕ろしたりまた流れたり。たくさんたくさん鬼を見たり。でもその苦を少しでも減らしてやりたいと思って、わたしはいうのです。

蜘蛛を殺しすぎたのよ、おかあさん。

蜘蛛、蜘蛛、そうかねえ、殺したかねえ。

そうだよ、見るなりたたき殺してたじゃない、憎くて、憎くて、しょうがないみたいに。

蜘蛛ねえ、じゃ退院したら何か供養でも、と母は一瞬納得しかけて我に返り、そんなわけないじゃないのよ、蜘蛛だなんて、と元気よく怒るのであります。それを信じさえすれば、信心というものが（たとえ蜘蛛でも）ありさえすれば楽になるのに、とわたしは思うのでありますが。

おかあさんおかあさんと母は泣いて、看護師を呼ぶと、しろみに会いたい、しろみは夜仕事をする子だからまだ起きてるから電話して、としきりに頼んだそうです。看護師は電話をしてきました。明け方の五時でした。いくら夜仕事をするといったって、明け方の五時には寝てました。わたしは寝間着の上にちょっと何か羽織っただけで、母のようすを見に行きました。横たわった母は目に涙をいっぱいためて、母の泣く顔を見るのはもしかしたらはじめてかもしれないのですが、なんだかもうずいぶん何回も見てきたように、見慣れているように感じたものです。母はこう申しました。

夢でね、お地蔵様の顔に針が、針千本みたいにつったたっているのを見たの、あれあれと思って撫でたら、撫でるそばから針が抜けたの、あれあれと思って胸をしらくと胸の傷が治っていた（胸には傷なんか無いのです）。

外は明るみはじめていました。そこに無い傷を撫でながらわたしはききました。

お地蔵様に行ったのはいつ？

十四日。

二十四日じゃなくて？

二十四日じゃなくて。

なんで十四日？

そっちのほうがにぎやかだったから、と母は申しました。巣鴨の駅前から庚申塚のほうまでびっしりしとが見えるくらいなんだから、巣鴨で降りるとまた戻らなくちゃいけないからあたしたちは庚申塚でおりて行った。

お地蔵様に行ったら何をするの？

そりゃおやまのほうに行って、こんな大きなおかまがあるからそこにお線香投げて煙で悪いとこをこすって、それから洗うのにきまってる。

何を？

はだか地蔵。

洗い観音じゃないの？

ちがう、と母はきっぱり申しました。顔が観音様じゃなかった、お地蔵様の顔だった、そこにたわしがあるからごしごし悪いところを洗うととげが抜けるの。

洗い観音じゃないの？

ちがう、と母はきっぱり申しました。だって顔が幼顔のお地蔵様だったもの、観音様じゃなかったよ。

外はすっかり明るくなっていました。

お地蔵様に行くときおばあちゃんが着ていった着物ね、ああいうのはなんというの。

あれはトキヨがぜんぶ持ってっちゃったよ。

いや、だから、着物をだれが持ってったかというのはいいんだけど。

一枚だけあたしがもらっといたから着るんならあるよ、簞笥の中さがせば。

いや、だから、着るとか着ないとかじゃなくて、おばあちゃんがよく着てた着物はなんという名前の布地なのかなと思ってさ。

あかし、と母は申しました。六月にはあかし、じょうふっていうのもあったね、忘れちゃった、昔は何月に何を着るって決まっていてね、六月はなに、七月はなに、八月はなにって、そんで七月は絽で。

単衣の、薄鼠色の、こまかい柄の着物だった。

ああそれならあるよ、あたしがもらっといた。

だからそれは（わたしはここに、祖母の何々の着物、と名前を書いてみたかっただけなんです。祖母といえば、その着物を着ていた祖母が思い浮かばれるので）なんという名前の着物？

覚えてないよ、そんなこと。

ゆったり着てたよねえ？

うちのおばあさんは粋だったねえ、着物の趣味も、着方も、おちちが見えるくらいゆったり前を合わせて着るのよ。

髪の毛はどんなにしてた？

今のあんたみたい、しっつめてまげにしてくるくるっとしてピンでとめて、いつも身ぎれいにしていて眉毛も剃って、何があってもすぐお地蔵様に行くの、つらい苦しいというときはすぐに。

お縁日に行くの？

そう、十四日に行くの。

お地蔵様っていったら二十四日じゃないの？

そうだよ。

だって、今、十四日に行くって。

あらそう？　じゃあ十四日に行ったんだ、なんであたしは十四日に行ったんだろう？

そのほうがすいてるからかな、子どもがいたから、手をしいてかなくちゃいけないからすいてる方がよかったのかな、その子がからだが弱くてさ、いつもいつも病気して、お医者さん代もかかって、たいへんで、おばあさんと二人でお茶断ちして願かけて、毎月お詣りにいって、お地蔵様を洗ったもんだよ。

それはだれ？　その子は？

まあ子、いやまあ子はあたしだ、あい子じゃなかったし、だれだっけ、ああ、しろみだ、しろみはからだが弱くてねえ、名前つけるときにさんざんおじいさんに反対されたよ、そんな、てめえでいえねえなめえはつけるもんじゃねえって。

願はかなった？

すっかりじょうぶになったから、赤いあぶちゃんを縫ってお礼参りにいった、たわしも二三個買って持っていったよ、今のしとはそういうことはしないんだろうね。

おばあちゃんがお地蔵様にいくときは、おしゃれしていったの、ふだんぎでいったの。

ゆかたなんかじゃいかないねえ。

よく着てた、あの、こまかい柄の、薄鼠色の着物。

あれはトキヨがね。

いや、だから着物をだれが持ってったかということじゃなくて。

一枚だけあたしがもらっといたから。

いや、だからそれはいいんだけど、あれはなんという名前。

六月はあかし、と母は申しました。そして、もう寝るわあたし、そういって目をつぶりました。

そうね、もう寝ようね、そういってわたしは病室を出て、外に出ました。すっかり朝でした。ぎらぎら太陽が照っていました。よれよれの寝間着に何かをちょいとひっかけただけという格好が、眩しくてたまらない朝でありました。

「犯罪研究2　岩の坂もらい子殺し」（芹沢俊介・別役実・山崎哲／「WHO ARE YOU?」vol.3　所収）より声をお借りしました。

渡海して、桃を投げつつよもつひら坂を越える事

トランスパシフィック《たいへいようをこえて》。

　何回も何回も飛行機にのってトランスしました。いや祖母のトヨ子ならともかく。太平洋《パシフィック》を、東から西へ、西から東へ。どういうわけか、西から東へのほうが、格段に長くて暗くてつろうございます。あんまりつらいので、これはじつは旅行なんかじゃない、太平洋上で一旦死んで、黄泉ノ国から帰ってくる行為かと思うのです。

　娑婆だ娑婆だと思いながら行き着いたそこには燦々と輝く太陽があり、まっ青な海があり、広々とした家があり、公園があり、自然があり、消費生活は爛熟し、食べ物に満ちあふれ、人々はふくよかでしかも豊かで、貧しい人々に気前よく物を施し、すれちがいざまに目が合えば人なつっこくほほえむのです。空港の通路を重たい荷物をひきひき出口に向かって歩いているときは、通路の両側にずらりと並んだ食べ物屋の、ハンバーガーやサンドイッチやブリートーやピッツァは食べたくもない。マフィンやシナモンロールなんて見

るのもいや。でも一歩外に出たところで夫に迎えとられ、英語を発声するやいなや、甘いものが食べたいなあと思うのです。空港の売店に引き返し、シナボンのシナモンロールを買いもとめて帰ったことも一度や二度ではありませぬ。

わが空。わが家。わが暮らし。

わが家族との暮らしであります。

いえもう夫というものは。

ごはんをつくってくれたり金の計算をしてくれたり、セックスの相手も子どもの世話も、ときには金を稼いで持ってきたりもしてくれるもので、頼れて頼もしくて家庭を守り、ふくふく膨らんで触りごこちも良いものなそうでございます。ほしいほしいと思っていました、良い夫、優しい夫、使い勝手の良い夫、一生涯をつうじて姿を見れば愛おしさにこちらの心は千々にみだれあちらからも生涯変わらず愛される。け。幻想です。だからこんなにいつもどたばたしているのです。

甘いものに目がないのは昔からではありますが、ここの甘いものはまた格別、甘くてくどくてでかくて重い。クラクラするほど甘ったるいシナモンロール。チョコレートがごろごろ出てくるクッキーやずっしり重たいブラウニー。揚げて油っこいドーナツやクリームに溺れたキャロットケーキ。ほんとにここには甘いものがあふれています。思えば、こんなに甘いものを食べなくちゃいけないほどここの人々はせつなく生きてるのか。可哀想でなりません、人々が。それでわたしも食べはじめます。食べて食べて。食べて食べて食べて食べて食べて食べて食べて食べて。脂肪と砂糖で胸の中が焼けただれて。やっと気がついたことがありました。よもつへぐひとは、このことか。

長い日本滞在の帰りがけ。わたしたちはほうほうのていで雪空の熊本から、雪は無くとも厳寒の、東京にたどりつきました。あい子を連れてモノレールの改札機をよたよたと通り過ぎ、荷物はほとんど空港留めで送ってしまったけれども、コンピュータのほかにまだ手荷物があれもこれもと出てきまして、そういうものをぶらさげあるいはかついでまたひきずって、東京を、友人の家に泊まりながら渡り歩き、地下鉄を乗り継いで移動しているうちに、首が凝り固まってきまして、だめよ、あい子もこっちを歩いて、ママはそっち向けないからなどと声をきしらせながらあい子に指図しいしい生き抜いてきた最終日、くしくも十二月二十四日、今日日本を発ってトランスパシフィック今日カリフォルニアに着く、クリスマスを家族でむかえるのにぎりぎりセーフの日までに帰るという夫との約束でございました。なに夫はユダヤ人わたしは仏教徒、クリスマスには何の義理もないのですが、家庭です。家族であります。その二十四日、今日は空港に行くという日の朝には、首が動かなくなっていました。地下鉄やら何とかエクスプレスやらをのぼったりおりたりしながら乗り継いで地上に出て、明るい成田の空港内、とうとう耐えきれずにぺたんと貼る

湿布薬を買いまして、トイレでそれを装着しスカーフで頭ごとおおい隠し、待合室の固い椅子に座って放心しておりますと、

おかあさん、びょうきの人みたいにみえる、とあい子がいいました。

なに、そんなに疲れてる？　とききますと、ちがう、そうじゃない、だれだれのおかあさんが、とそれはカリフォルニアでの友人ですが、ガンになり、抗ガン剤で髪の毛が抜けた。そのあと頭をすっぽりスカーフで覆い隠していたのを思い出したとみえます。

わたしはあい子を抱きしめながら、また帰ってこようね、といいますと、うーんと日本語で口ごもり、あたしはむこうのほうがいいのよ、と。

それはなめらかな日本語で、まだところどころ訛のような違和感が、人が使うのを聞いて知り自分の語彙にあてはめてみたはいいがどことなく使いかたがズレている日本語が、単語で、文で、ときには長い段落がまるまる一個分も、入りこんでいたりします。

あたしははやくかえりたい、ダディにあいたいし、お友だちにもあいたいし（ここは日本語で）、ああ、わたしはほんとうにミスしていた彼女を（ここは英語で）、彼女はやっぱり最上の友達、帰ったらすぐ電話して、すぐ遊ぶ、いっしょに、ずっと、もうおやくそくしてるの（ここは日本語で）。

温湿布を貼りつけたまま、飛行機の中で十時間。眠って起きました。首筋はいつも温かく、首も頭もいつも重たく、寝てるのか起きてるのかわからず、ろくな映画はやってませ

んでした。本を読む気もしませんでした。音を消したまま、映画の画面をながめました。たまごっちがときどき何かささやきました。あい子は溶けてしまったように眠りこけていました。なんども湿布を貼り替えました。なんども窓を細く開けて外をのぞきました。なんども日の光が漏れました。飛行機を降りて、長い間人工の光の中を歩きました。それから外に、日の光のど真ん中に出ました。眩しくて目が開けられませんでした。椰子の木が風に揺れてまして、空が青く、車が行き来し、道も建物も小汚く、人々の怒声が聞こえ、車の軋る音が聞こえ、光が点滅し戸が開閉し、わたしたちは重たい荷物をひきずってかたかた歩いて次のターミナルにたどり着き、次の搭乗口にたどり着きました。次の飛行機は折り畳みのような小さな飛行機、海岸線の上を飛んで南下して、目指す空港にやっと着きました。

夫がおりました。

四ヵ月ぶりの夫。

いえもう夫というものは。

男をこねたりむしたりして。

ふくふく膨らんで。

ふとくて大きくたくましく。

ぎゅっと締めたらぐっと突き。

思わず声が出てしまうような。

たいへんすてきなものなそうでございますが。

その顔をみる瞬間まで、考えていませんでした。ひら坂をのぼったりおりたりするのに忙しくて。そういえば夫が。こちらでの暮らしにはもれなく夫がついてくるのでありました。夫に抱きしめられてわたしは金切り声をあげて夫を押しのけました。首のせいです。思わず、櫛や桃も投げつけました。首のせいです。夫はたじたじとなり、かわりにあい子を抱きしめて頬ずりしました。

わたしのあい子は、それきりすうっと遠ざかっていきました。

いいえ、あい子はいつもそこ、家のどこかにおります。おりますけれども、使う言語がちがう、生活習慣がちがう、ものの考え方がちがう、何を美味しいと思い、何を可笑しいと思うかもちがう。二人で暮らした四ヵ月、手をつないでいっしょに帰ってき、坂を越えた。とたんにすうっとちがうところにあい子は戻りました。

それにしてもこの首の痛みは。

英語の表現で「あの人は首の痛み」といいますが。厄介である、うっとうしい存在であるというときに使う。

「あの人は首の痛み、うんざりしちゃうわね」などと。

さらにもてあまし、もう節度なんてかなぐり捨ててもいいから心からののしりたいというときには「肛門の痛み」。
「なんてえ地獄だ、あの男こそ肛門の痛み」などと使う。
へい、ちくしょうめ、なんてえ地獄だ、この痛みこそ首の痛み。
二、三日たってもなおらないので、隣人にすすめられて、揉み療治に行きました。悩ましくお香の焚きしめられた薄暗い治療院に行きまして、からだを横たえ、皮膚のたくましく焼けこげたブロンドのマッサージ師に揉まれながらタイガーバウムを塗りたくられました。これは効きますよ、うちでも売ってるけど買いますかときかれました。われわれ東洋人はいつなんどきでもタイガーバウムを常備してますとホラを吹いてそこを出まして。刹那的な快感はたちまち去り、一夜明けたら、首が、今まで以上にかちんこちんに、のりで固めたように、動かなくなっておりました。どうしたらいいのかと昨日の治療院に電話をかけますと、タイガーバウムを塗るように、と。
へい、ちくしょうめ、なんてえ地獄だ、首の痛み。

下を見るには首を曲げねばならないのですけれど、たまたま曲げたら、ねずみの糞がてんてんと落ちてるのが目に入りました。それも、まだ新しくて柔らかかな。しかも、小さいマウスのではなく大きいラットの。マウス《小ねずみ》とラット《大ねずみ》、英語ではちがう言葉で区別するのであります。見つけなければ良かったんですが見つけてしまった。駆除しなければなりません。わたしは毒の小袋を要所要所に置きました。要所はとっくにわかっております。ねずみどもは知られてないと思っているのでしょうが、わたしにはわかっているのです。四ヵ月家を空けていても、要所はかわらずそこにありました。半日もしないうちに小袋はなくなりました。次の日、部屋の隅をねずみが走りました。わたしは反射的に飛びかかり、ねずみを追いつめ、密閉容器の中にとじこめました。大ねずみとはいえ、ほんの子ねずみ。つぶらな目の。鼻先のふるふるした。親の死に動揺して暗がりから飛び出してきたのでありました。

生け捕るのは何匹目か、すごい能力だ、首の痛みはあれどもおまえのねずみ捕りの秘技はおとろえていない、と捕り物を見物していた夫に賞賛されました。女のふりをしているが、ほんとは猫ではないのか、と。

ふふふ、たづねきてみようらみくずのは。

英語で口の端にのぼせかけてあやうく押さえ、所詮夫にはわからぬ話題であります。所詮夫にはというあきらめをこの十年間何度抱いたか。所詮わからぬというところが良くて一緒に住みはじめたのである。当初は、わかられぬのがえもいわれぬうれしさでありました。何もわかられぬ。ことばも、書いてるものも、考えてることも、たくらんでいることも。見てるものも、嗅いでるにおいも。食べたいものも、食べたくないものも。しかし人間とは欲深なもので、十年わかられぬままに暮らしておりますとたまにはわかられたくなるのです。もしやこんこんと丁寧に説けばわかってくれるのではないかと幻想を抱きました。何度もこんこんと、懇切丁寧に、わたしの考えること、思うこと、わたしの育った背景も言語文化も説明してみましたけど、所詮わからぬのです。あるいは今この瞬間わかったかと幻想を抱いたこともありましたが、やはりわからぬままなのです。幻想は幻想であると知り、落胆し、むやみに腹も立ち、腹立ち紛れに、ケンカをふっかけたりセックスをしたりしたものです。

　このたびもわたしはねずみを捕る自分について語りかけてあきらめ、くずのはという女についても語るのをあきらめて、傷つけていいのなら確実に捕まえるが無傷で生け捕ろうとするから難しい、と狩人としての自負をのみ語ったのであります。夫は動物を眺めるまなざしでわたしを見つめつつその話を聞いておりましたが、わかるつもりもない他人《ひと》の自負であり衝動であるということがわたしにはわかるのです。

　夜半。わたしは海辺に子ねずみを放しにいきました。これは、たぶん違法です。だから人に見られぬように車のライトを消して海沿いの道に車をとめ、手早く密閉容器の蓋をとりますと、子ねずみはたちまち闇に飛び込んでかき消えました。

　家の中のあちこちからは、毒で死んだものたちの死臭がただよいはじめました。子ねずみの血縁は死に絶えました。あの子ねずみは、海辺の高級住宅地に忍び込み、すくすくと成長して今頃は発情期をむかえていることでありましょう。といってる間にもわたしの首は固まったまま動かず、動かず、動かず、夫が吐き捨てるようにいいました。自分の身は自分でちゃんと管理するべきなのにおまえはそれをおろそかにしているばかりか、揉み療治なんか信じるな、医者に行けというおれの忠告にまるで耳を貸さない、いつものやりくちである、と。

わたしは観念して医者に行きました。そして筋肉の弛緩する薬を処方されまして飲みはじめました。少しずつそれは快方に向かってるような気がしました。

あい子はこちらの小学校に戻りました。

わたしはより好むの、こっちの学校を、こっちの友達を。

どうして、とききましたら、だってわたしはあめりか人、と信仰をうち明けるように申しました。でれでれしたTシャツにだぶだぶのパンツをひきずって、髪をばさばさ垂らしたままで、サンドイッチいっこ持って毎朝走り出ていくようすは、まるで小さな伝道者(わたしはため息をつかずにおられません)。

わたしはあちこちをぼりぼり掻きはじめました。

虫食われは毎度のことです。人を食う虫がいます。家のどこか。ベッドの中かカーペットの下。カリフォルニアにいる間じゅうわたしは虫に食われる。日本に帰るとおさまる。カリフォルニアに帰るとまた食われる。毎度のことですが。毎度あまりにひどいので、去年家じゅうのカーペットを引き剝がし、板敷きのフロアに張り替えました。さあこれで何もない、と夫はいいましたが、そのあとまた日本に行って帰ってきてみると、また食われました。こんどは家じゅうのふとんとまくらを買い換えました（ベッドはつい二、三年前に買い換えてありました）。さあこれでどうだ、と夫がいいました。もうこれでどこにも虫はひそんでおらぬはずである、いやじつは疑っている、ほんとに虫なのか、病気ではないか、いっしょに寝ている自分はなんともないではないか、これがほんとに虫なのかどうか信じられない、おまえの主張することは（これは虫だ、掻きたくないが掻かざるをえないほど痒いということは）信じられない、と夫はいいました。

ところが虫食われはまた出ました。抗ヒスタミン剤を濫用しても痒い。何をどのように塗りたくっても、痒いものは痒い。たまらない。掻くだけではない。掻きむしりたい。指では物足りないので、ヘアブラシでからだじゅうをごしごしこすって皮膚をすりちぎり、虫の唾液の混入した血を揉みだしてしまえば、痒みは無くなるのではないか。なんと科学的な思考ではないか。

何をやってる、おまえには常識というものは、と夫がヘアブラシで掻きむしるわたしをみつけて、全身を震わせて呆れかえって怒りました。

ぽっちりと乳首の脇に咬まれた跡がありまして、掻けばふにゃふにゃと指先が沈んでしまうから掻きにくい。その上乳房をまるごと露出しなければ掻けないところにあるから、さらに掻きにくい。

わたしがひとり自分の部屋で、乳首を露出して、乳首の脇を指先で繊細に掻きむしっておりますと、飼いはじめたばかりの子犬が、雀だか猫だかわからないような小さな子犬が、とことことやってきて、わたしの乳首をみつめ、それからおもむろにかぷりと咬みました。いえ甘咬みです。甘咬みにはちがいないんですが、子犬の歯はするどい。もう一匹の犬が子犬のときにも乳首を咬まれた。その前の犬にも。どんな子犬も、むき出しのわたしの乳首を見るとつかつかと近づかずにはいられない。近づいて口にくわえてみずにはいられない。突起しているからか。しょせん哺乳類の使いふるしの乳首なんて同じようなものだからか。

臭うからか。

咬まれた乳首はあまり痒くて、もっと強く血が出るほど咬んでくれればきっと気持ちがよかったのに、子犬はかぷりと甘咬みしただけです。

夜半わたしはベッドの中でぼりぼり掻いておりました。すると眠っていたはずの夫がむくりと起きあがり、ずっと目を覚まして聴いていたかのようなはっきりした声でいいました。おまえは掻きつづけているではないか、すべての夜を、長々と。

痒いから掻く、痒くなければ掻かない、これ以上自然な行為が他にあろうか、とわたしは抗弁したのですが、夫は一瞬両目をくるりとまわして天井を見、医者にいけといっているおれの意見はここでもまったく聞き入れられない、と強くわたしを非難しました。

観念してわたしは医者に行きまして、ステロイド剤と強力抗ヒスタミン剤を処方されました。その薬を飲みはじめたころには、わたしはすでに風邪をひいていたのであります。元凶のあい子は風邪をひいて咳をしてそして治っておりました。わたしの手に残されたのは、あい子のぬくもりの残る喉の痛み。あい子の匂いのする多少の発熱。そんなものはたいしたことではない。しかし咳は。

おまえの咳は悪くなっているではないか、一日また一日と、と夫がいいました。咳をするなど、いかにも自己管理態勢が薄らなまけているせいだと非難しているような言い方でした。わたしは風邪を捕らえた、とわたしは必死になって抗弁しました。風邪を捕らえれば咳が出る、これ以上自然なことが他にあろうか、わたしの身体が押し出して、異質なものを、浄化するために、わたしの身体を。

しかしおまえは捕らえた風邪を捕らえたきり薄らなまけてなすがまま、咳は悪化する、一日また一日と、おまえは何も手だてを講じようとはしない。

咳はつづき、ひどくなり、気管支が口から飛び出してきそうな激しさで咳込むと、気管支ばかりか肺も胃も、食べたものもみんな出る。観念して医者に行きまして抗生物質と強力咳どめを処方され、それをがぶ飲みしましたが何の変化もありません。わたしは、からだを揺すぶり、背中を丸めて、痰をからませて咳込んで喘ぎました。喉の奥にからまるのが気になって払い落とそうと喉を鳴らしました。払い落とそうと喉を鳴らしながらわたしは食事をつくり食事をし、喉を鳴らしながらベッドに入って喉を鳴らしながら本を読み喉を鳴らしながら眠りにとうとう落ちるまで。眠りにはなかなか落ちないので、隣で本を読む夫がやがて読むのをやめ、本を支えるのもやめて、本がすべり落ち、からだがかしぎ、はっと気が付いた夫がめがねをはずし、そばの机にめがねを置いて、電灯を消してむこうを向いても、そののちずっとわたしは暗がりの中で咳込み、喘ぎ、払い落とそうと喉を鳴らしました。

おれは理解する、と眠ったと思っていた夫がくるりと振り向いていいました。おまえが咳するのを、しかしどうかやめてくれその音をつくるのは、ひっかかって取れない、あちこちに、おれの耳に、おれの脳裏に、おれの気管支やおれの心臓に、払い落とそうとする音が、いったい何を払い落とす？　もしやおれを？　アレルギーのようだと医者はいったそうだが、しかし何に？　この場所に？　この家に？　この気候に？　それともおれに？

いえもう夫というものは。

長々し。

すべての夜をのぼり坂。

よもつひら坂。いわの坂かも。

古事記、宮沢賢治「セロひきのゴーシュ」、説経「信太妻」より声をお借りしました。

投げつけた桃は腐り、伊藤は獣心を取り戻す事

二月二十四日、わたしはひとりで日本に舞い戻りました。家を出てくる直前、夫に嚙みついて、いいえ、聞き間違いではありませぬ、か・み・つ・い・た、がぶりと、人間のふりができなくなってしまってわれながらあわてました。そうして硬直した夫を置いて家を出て日本に来たものですから、帰れるかどうかわかりません。

あい子を置いてきました。いざというときにはお金だけ銀行から動かして大切な本はそこに住む上の娘のところに送りつけ、あとは捨てて、何もかも捨てて、メモリだけ持って、あい子を学校の前でひっさらって飛行機に飛び乗って、と心の中で繰り返し繰り返し拉致奪還を予習しておりました。

顔をつきあわせずに電話で話してるうちにいっとき小康状態にまでいったのに、やがてまた何が原因だったか口論になり、そのたたみかけるような、弁論大会の勝ち抜き合戦のようなもののいいかたがいやでいやでたまらぬ、なぜそんなに攻撃的にものをいうか、と

わたしがいいますと、攻撃的、と繰り返して夫は、見なくてもわかります、電話のむこうでくるりと目を天井にむけ、「け」というようなため息をつき、おまえは攻撃的ではないのか、このあいだおまえがおれに為したことは、あれは攻撃とはいわないのか、おれはいまだに持っている、歩くことのむずかしさを。おれの股は青黒く腫れあがり、まるで桃が一個めり込んで腐ってしまったようになっておるのだ、と。

それはとても悪すぎるねとシンプルかつストレートにわたしがいい、じつはそれしか表現方法を知らなかったためでありますが、夫にはたぶん脳天気で無反省に聞こえたのでしょう、医者に行った方がと提案しますと、夫は、低い、低い、わざわざ聞き取らせないために努力しているような低い声で、いいました。医者になんという？　妻がこれをやったと？　この国でそんなことを所轄機関に知らせてみろ、それをしないですまそうというおれの厚意だ、感謝してもらいたい。

何が原因かといわれれば、忘れました。ふうふのけんかなんてそんなものだ。そんなものではじまって別れるときもそれ以上のものにはなりません。最初の夫と別れたときもそんなふうだったし、二人目もそうだったし、三人目も四人目も、いつもつまらないことではじまって関係そのものが終わりました。しかしこの夫は、湯ざましのようになまぬるく妥協もすればだんまりも決め込む日本の夫たちとはわけがちがい、ユダヤ系英国人のインテリ文化に生まれて育ち、討論と論争にあけくれ、言葉の白刃の下をかいくぐり、わたしの二倍の年齢を生き抜いてきた夫であります。こちらの発するたどたどしい英語をいちいち箸でつまみあげるようにつまみ、熱いてんぷら油の中にじゅっと浸けこむような話し方をするのであります。

じゅっと揚げられ。

わたしは海老のようにちぢこまる。

それなら一蓮托生、わたしもこの攻撃的な話し方を体得しようと心がけ、この十年間、読み書きはしなかったが、けんか英語にかんしてはわれながら感心するほどの進歩をとげた。しかししょせん文句があれば、だまって相手をたたっ切るか腹を切る文化から出てきた人間であります。たたっ切るか腹を切る、なんとジョリーな。と夫が聞いたらいうでありましょう、ジョリー、ＪＯＬＬＹ、愉快な、楽しいという意味ですが、夫の口にかかればそれは、あさましい、救いがたいという意味に変化して、意味を変化させた夫はその価値観とともに一段高いところにたったたっとのぼりつめてこちらを見下ろす、ような気がいたします、口ではかないません。

じゅっと揚げられ。足元をすくわれ。どうと倒され。追いつめられ。一斉射撃を浴びて息も絶え絶え。いえすべてメタファでございます。それをいうなら桃もメタファ、とげもメタファ、夫も母も父も、夏の暑さも冬の寒さも、すべてこれメタファなこの日常、メタファでないものは、わたしがわたしとして生きているというこの一点しかないのでございます。

わたしは反撃いたしました。

背丈はわたしの二倍、体重はわたしの三倍ある大男ですが、さいわい老いて、この頃動きが鈍くなっておりました。身体的に他人を害することをヨシとしない男だったのもさいわいでした。手を出したのはわたしです。ねずみ捕りの秘技がものをいいました。相手はわたしの手をつかんで阻止しようとした、傷害するなど考えもしなかった、そこにつけ入って、固い、青い桃を、さしあたってはぴたりとねらいをつけずにやたらに投げつけたのであります。いえ、メタファです。桃は電気仕掛けみたいに床の上をころげまわってぶつかりあいまして、それたのもありましたが、ひとつが、夫の股にぐさりとめり込んだ。

卑怯でした。とびどぐもたないでやるべきでした。

しかしながら、やらなきゃよかったと思っているかときかれればそうでもない。害したかったのは本心です。人を、殴ってはいけないのは常識と思っておりました。それで嚙んでみました。手段はどうあれ、攻撃したい、害したい気持ちを、抑えられませんでした。嚙みあとは腐って残り、せめてもの呪意が伝わりました。同時に、わたしは圧倒的に不利な立場に立たされました。

ここの文化は、身体的な暴力を何よりも嫌う文化であります。他人には、指一本触れてもいけないのです。なに、大ウソです。銃を取ったらいくらでも人を殺す文化です。殺してもいいが、暴力を他人にあたえてはいけない、ネバー、ネバーと人々は考えている。オールか、ナッシングか、と人々は考えている。ネバー、殺さぬべきか殺してしまうべきか、と人は考えている。

だれもあえて取りのけようとはしていないものですから、桃は、この応酬の目に見える記念品として夫の肉の中にめり込んだままになっておりました。

おれはおまえをサポートしてきた、おれはおまえの子どもたちをサポートしてきた、おれはおまえの仕事をサポートしてきた、おれはおまえが親の世話をするのをサポートしてきた、おれはおまえにとって退治するべき怪物なのか、それともおまえをサポートしケアする愛すべき男なのか。

と夫がメールでいいました（もはや電話でしゃべるのはあまりに不毛でやめていました）。

おれはおまえをサポートしてきた、おれはおまえの子どもたちをサポートしてきた、おれはおまえの仕事をサポートしてきた、おれはおまえが親の世話をするのをサポートしてきた、それなのにおまえはおれを信じていないじゃないか、と夫にメールでいわれまして。ふとすなおに思い返してみたら、ほんとだった。信じてなかったんです、この十年、なにも。

ほんとだ、とわたしは返信しました。あなたのいうとおり、わたしは信じてない、あなたを、そういえばある意味では、ずっと信じてこなかった、あなたを。わたしは正直にそう返信しましたが、それを夫がひらいたとたん、夫がうめき、腐った桃がさらにめりめりとめり込むのがサーバ越しに聞こえました。

家庭の幸福は微塵に砕けた。

妻は獰猛で不実で破廉恥で感情も無く、夫を信じてもいない、愛してすらいない、人間ですらない。

夫はキイボードをたたきのめしました。たたきのめしました。たたきのめしました。たたきのめして、夫は、ののしりの言葉をかきつらねました。

そういうとき夫の書き言葉はまるでジェイン・オースティンのように格調高くなり、イギリス英語特有のもってまわったいやみ節が全開になり、もちろんふだんしゃべってるときにもそれはちょいちょい出ますから人にはさんざんいやがられ、イギリス人の諧謔はアメリカ人にはわかるまいと脇を向いてため息をついてきたわけですが、実を申せば日本人にも、わかるかといえば、ぜんぜんわからない。それが莫大な量の書きことばで襲いかかってまいりまして、英語文化の非識字者として生きているわたしです。そのメールを読みこなすのに何時間もかかりました。

おれはおまえをサポートしてきた、おれはおまえの子どもたちをサポートしてきた、おれはおまえの仕事をサポートしてきた、おれはおまえが親の世話をするのをサポートしてきた、もう一回繰り返す、おれはおまえをサポートしてきた、おれはおまえの子どもたちをサポートしてきた、おれはおまえの仕事をサポートしてきた、おれはおまえが親の世話をするのをサポートしてきた、おれ自身の自由な決断、感情的なストレス、ロンリネス、それらを費やして、それなのに、おれの太股には、まだあの桃がめり込んでいる、まだあの桃が痛む。

と夫は書きました。

わたしは理解するあなたを。

とわたしは書きました。しかしあなたはあまりにアグレッシブで、あまりにネガティブ、そしてそれは不可能、あなたが百パーセント正しくてわたしが百パーセント正しくないということ、日本のことわざにいう、おいつめられたねずみが猫を噛む、あれはこれではないのか、それに、夫婦間のあらそいに、今までかかった金のことはいうべきではない。

よく読め、ちゃんと読め、おれは金のことをいっているのではない。

と夫は書きました。

そんなとき、夫の桃の傷は、いましがた受けたばかりの傷のように痛みはじめるのでありました。

おれはおまえをサポートしてきた、おれはおまえの子どもたちをサポートしてきた、おれはおまえの仕事をサポートしてきた、おれはおまえが親の世話をするのをサポートしてきた、もう一回繰り返す、おれはおまえをサポートしてきた、おれはおまえを、と夫は怒りに駆られてキイボードをたたきのめしてわたしに送りつけました。

妥協とおまえはいうが妥協とは二人の人間がともに何かをあきらめることを前提にいうものである、おまえは何をあきらめるのか、何かをあきらめるつもりがあるのか。

おまえはおれをネガティブだというが、ネガティブ？　おれは仕事の上でほかの人間が為しえないものを成し遂げた男である、それをネガティブであるというか、いえるか。

おまえは家を空けることに引け目を感じている、

おまえは仕事をすることに引け目を感じている、

おまえはおれを置いていくことに引け目を感じている、

おまえは引け目をすべてのことに感じているおまえの引け目を感じるのはもうたくさんだ、

さいごのほうはぜんぶ大文字で、文字通り絶叫しておりました。

その絶叫を聞き取りながらわたしは考えました。夫の怒りが、爆発しておる。

しかし夫のわたし観はかなり的をはずれている。今まで何を見てきたのか。家を空けることで引け目なんか感じるものか。仕事をすることに引け目なんか感じてたまるか。これはまったくわたしではないではないか。

そのとき思い出した、なぜ夫とわたしがけんかしたか。その原因。

夕食はお鍋でした。新規購入の卓上電気鍋は快適でした。だからその頃毎日お鍋でした。つまり毎日、白菜を食べていました。白菜、どこにでも売っています、ナッパキャベジ、ないしはナッパといいくるめられて店頭に積んである。ナッパとな、ワインじゃあるまいし、なんかちがうなんかちがうと思いながら毎日買い求め、お鍋に放りこみながら、その日そのとき、夫に、ハクサイといったら通じなかったのです。それでナッパキャベジといいかえた。エノーキマッシュルーム（えのきです）、シイターケマッシュルーム（しいたけです）、ビーンヌードル（はるさめです）、ソース（味ぽんのことです）とつぎつぎにいいかえてるうちに、わたしはとつぜん、絶望にまみれました。今まで、十年間、暮らしてきて、こうか。今まで、十年間、いっしょに暮らしてきて、白菜のひとつも覚えられぬのか。何がアイラブジャッパニーズフードだ、何がアイラブナベだ、その上あんたはこの頃アトキンスダイエットで（それは高脂肪高蛋白質、低炭水化物のダイエット法です）ライスをちっとも食べない、ライス食べなくて、妻の文化の何を理解してるというのか、と。

ののしったらののしり返された。

なんで離婚したと将来あい子にきかれたらなんとしましょう。

白菜で、とどんな顔していうことができる？

それから数日してセキセイ夫婦がキスをした。

緑色のセキセイは、わたしが庭でつかまえました。庭に捨てたオカメのつぶ餌に惹かれて来たのです。それからずっとオカメと暮らしておりました。手のりのオカメはセキセイが来るやセキセイのカゴの上で一日中はばたいたり見せびらかしたり、「おまえは鳥だ、見ろ、おれも鳥だ、おまえは鳥だ、見ろ、おれも鳥だ、おまえは鳥だ、見ろ、おれも鳥だ、おまえは鳥だ、見ろ、おれも鳥だ」などと話しかけてやまず、人の肩に乗らず、食卓にも来ず、手のりがただの鳥になりかけたので、上の娘が自分のアパートメントに連れて行きました。セキセイはひとりぼっちになりまして。はるか日本では母のいない家で父がひとりで暮らしておりまして。その重複する無聊と寂寥にわたしはたえがたくなり、とうとう、もう一羽を買いに行きました。連れて行ったあい子が、あれがいいと指さしたのは、白い鳥。背が黄でも青でもない、白セキセイでありました。カゴに入れてみたら狭かったので新婚用のカゴも買い、子育て用の巣箱も買いまして、鳥たちがはばたいて逃げまどい羽毛がもうもうと舞うなかを、わたしは緑の一羽を追いつめてつかみ取り、てのひらにうごめくのをにぎりました（食いつかれました）。白い二羽めも難なく。そして新居へ放鳥した。白い鳥がすっと止まり木に降り立ったところに緑の鳥が。あなにやしえをとこを。それ以来、キスをやめません。思いがけず相性の良い二羽でありました。キスがどんどんディープになり、鳥といえども舌を入れているかもしれず、このあとはどうなるか内心手に汗をにぎって見つめておりまして、そのときも、夫とわたしの前で夫婦は臆面もなくキスをしました。

家の中で仲の良いのは鳥だけじゃないか、ああいう親密さはわれわれにはもはや無い、と夫が不機嫌きわまる声と顔つきでそう申しました。あんな親密さを示したら、三回に一回は、じゃセックスをということになる、しなくてもいいとお互いに納得しているはずなのに、老いた心は引け目があるから納得できない、それを避けたいとわたしは思いました。

思っただけじゃなく、口に出していっちゃったかもしれません。

ああ。しまった。

とびどぐもったらいけないと思っていたのに、使ってしまいました。

それから口論がはじまって、わたしは夫に桃を投げました。桃が皮膚にめり込んだあとは、まるで人が嚙みついたみたいに炎症がおこり、腫れあがりました。

年を取る。

時間がない。

体が動かない。

不安はたまっておりました。妻が自分に噛みついたという好機を得た。爆発させた怒りであります。どう考えても悪いのは妻でありましょう。人を害した。しかも配偶者を、暴力で。これはいけません。夫は正義の側に立ち、爆発させた、怒りを。

年を取る。時間がない。

仕事が評価されない。しかし時間がない。待っているだけの時間がない。健康には陰りが出てくる。体が思うように動かない。手術してもしても追いつかない。待っていられるだけの時間がない。年を取る。性交渉に失敗した。なんとなく。なんとなく。時間がない。年を取り、今までに経験しなかった事態が出来し、どう対処していいかわからない。待つだけの時間がない。工夫する時間もない。満足できない。追いつかない。時間がない。

夫の怒りがとめられない。時間がない。妻に。自分に。妻に。むしろ自分に。ペニスに。目に。耳に。心臓に。膝に。肩に。腰に。年取って役に立たなくなった自分に。年取った自分に。自分に。

寒くなったり暖かくなったりしながら日にちは経ってゆきました。

母の病院へ行く道に、日だまりの草地がありまして、こんもりとした草むらがそこここにありまして、それがみるみるつややかになっていったと思うとホトケノザ。赤紫の小さな舌のような花をいっぱいにつきだしておりまして、それもまたみるみるうちに、繁りが緩くほぐれてきまして一本一本が伸びてもきまして、伸びた伸びたと見ておりますとその中に白いナズナがちらばっており。ナズナとよぶにはあまり背が低いので、ナズナと同属のちがう植物ではあるまいかと見守っておりますと、ぐんぐん伸びます、伸びてしゃらしゃらと音をたてます。ヨモギはあのふてぶてしい繁りがすっかり死に絶えて次の世代に生まれ変わっておりましたし、カラスノエンドウはあかんぼの手のようなつるばかり密生させておりました。その中にきらきらしたものが目につきまして、よく見てみるとこっちにもあっちにも。それはオオイヌノフグリの青い花で、春の日にあたたまって、きらきら、きらきら、あんまりきらきら輝くので、目がどうかなっちゃいそうだなと思いながら見ておりますと、その隣で柔らかなハコベが、葉茎の先に、白い花びらをそっとならべてみせました。枯れた草むらもまだあちこちにあって、ぴくりともせず、死んで乾いたままなのですが。

母はベッドに横たわっておりました。

動けませんが意識はしっかりとありました。

ちゃんと受け答えするかというと、そうでもない。ボケてるかというと、そうでもない。ボケたりもどったりしながら、麻痺は進行していくのでありました。右手は変形しています。動けない手というより生きてない手。手ではない手。色も形も手ではない手。しいていえば飲茶《ヤムチャ》に出て来るトリの足先。煮しめられてあります。両足もまるで動かなくなりました。動かさないのですっかり細くなり、万一立ち上がっても、体をささえることはできない足です。おしっこも出なくなりました。そこで管をとおして導尿することになりまして、以前は、それを装着すると気持ち悪がってさわいだものですが、今はもうなんにもいわない。あいかわらず高血圧の利尿剤はのみつづけておりますが、もはや、不便でもなんでもありません。本人は看護師を呼び出すブザーをかろうじて左の小指でささえるだけ、本もめくれない、テレビのリモコンを押すこともできない、父やセキセイの無聊や寂寥、それとも重複する長い長い時間を母はここでこうして、なんにもできない、動けない状態で過ごしております。

わたしが枕元に行きますと、母は申します、ちょっとしろみ、そこを掻いてちょうだい、もう痒くってたまんないから。そこでわたしは袖をまくりあげ、母の病衣を押しひろげて、背中や腕や股や腹をがりがりと掻くのであります。

もっと上、がりがりと、爪たてて。

たるんでよれよれした腕です。乾いてふるふるした腹の皮膚です。股の裏側なんて、もう、なんにもない。こうもりの羽のようだ。かわはぎの干物のようだ。

ああそこそこ、もっともっと、と母はうめきます。そんなんじゃふにゃふにゃでだめだ、がりがり、爪たてて、もっと。

掻いてますと、わずかに小さな突起を触れて感じます。わずかな突起。ざらざらした乾燥した箇所。突起には掻くかわりに、爪の先でくっきりと十字を刻みつけてやります。あそこそこ、そこそこ、と母がうめきます。

痒いつらさは熟知しております。母の痒みを掻いてるだけでわたしにも苦はおよび、全身がむずむずと痒くなってくるようです。母は固まった左手の薬指と小指を動かして、じぶんで掻こう掻こうとしておりますが、それはむなしく皮膚を撫でるだけ、痒いが掻けない、でも痒い、その苦をかかえながら、母は不安と抑鬱にさいなまれることもなく、一日ただぼんやりと生きている。

昔々テレビの動物番組でサバンナのガゼルがライオンに食われるところを見ました。ライオンに首根っこを咬まれて、ガゼルは、ぶるぶるっと震えたかと思うと、目をあけたまぐったりしてしまい、死んだかというとそうでもない、生きているようなのです。ライオンはすわりこんでガゼルを食いはじめました。もう死んだかというとまだ生きてるようなのです。そして目をあけてぼんやりしたまま食われていくのです。そのとき解説者の説明が入って、これは脳内になんとかという化学物質が分泌されているのだと。そのために食われている瞬間、苦しい怖ろしいを感じないのだと。あのガゼルと同じように、今、この瞬間、母の脳内にもそのなんとかという化学物質が分泌されているのではないかと。それで一日ただぼんやりと、死ぬ怖さも動けない苦しさも感じずにこうして横たわっていられるのではないかと。

向かいのベッドには母と同じ年頃の認知症の女がいて、大声を出したり、病室を出たり入ったりしていました。その隣のベッドには同じ年頃の仰向けに寝た女がいてぴくりともしません。ごはんも食べません。わたしがスチール椅子を動かしたとき、したたかにその人のベッドにぶつけてしまいました、ごおんと音が共鳴してベッドが揺れ動きました、その人はくわっと目を開けましたが、開けたままぴくりともしません。

ああなっちゃったら、と母が申しました。かえって本人は楽だろうね、と。そして母はテレビも見ず、本も読まずに、一点をみつめております。しだりっかわのしとがときどき話しかけてくるんだけど、何いってんのかわかんないのよ、しとりで寝てたほうがわずらわしくなくっていいよ、と母が申しました。

そして夜になりますと、母も、そしてほかの老人たちも、性格を変え、何か思い出し、徘徊する人は徘徊をはじめ、感情をむきだしにして、ののしったり泣いたりいたします。

外から来て暗い病院の受付をとおって病室のある四階にのぼって出ますと、そこは夜のない世界です。常夜灯が昼間の明るさで随所にこうこうと輝いている、ナースステーションでは看護師が無心に書き物をしている。机の上には造花のアネモネ、造花のユリが。

夜のない世界です。

夜だけの世界です。

咆哮が聞こえました。野太い男の声が。おう、おう、おう。その階いっぱいに男の声がひびきわたりました。

照明はこうこうと照っていました。

伸びはじめの草むらのようにつややかな看護師は無心に書き物をしていました。

おう、おう、おう、おう、おう、おう。

おう、おう、おう、おう、おう。

怒っている人がここにもいました。

老いに。老いる自分に。そして世間に。夜に。老いる妻に。


そこを出て家に帰る夜道をほとほと歩いておりましたら、それが香りました。いきなり頭をわしづかみにされてぶんまわされたような暴力的な芳香が、欲情の思い出が、頭の芯に染み入って、一瞬思い出せない名前が、長いこと嗅がなかったこれを、知ってる、よく知ってる、ずっと欠けていた、欠けているのを認識して、あいたい、ふたたびあいたい、ふたたびあいたいと思っていたと思い出した。ああ。

沈丁花。

二メートルほど向こうの夜の塀の陰に花がひそんでおりました。

するりと目の前をやもりが動き、わたしは咄嗟につかまえました。ねずみに比べれば早春のやもりのなんとかんたんなこと。しばらくポケットの中に入れてにぎりしめておりました。やもりがてのひらのなかでうごくのが可愛くて、可愛くて、可愛くて、なんとかこのままこれを養い一緒に暮らし家族になりたいと思ったのですけれど、やめました。やもりはやもり。夜の闇にそっと放してやりました。

この期に及んで夢想するのは家族であるかと思うと、むなしさに笑いました。

カフカ／高橋義孝訳「変身」、宮沢賢治「どんぐりと山猫」、「古事記」から声をお借りしました。

人外の瘴気いよいよ強く、白昼地蔵に出遇う事

月一回の締め切りは、まるで月経です。

月経なんてもう終わったか終わりかけと同年輩の友人たちは申します。わたしはまだ終わりません。ほぼ四十年の歳月を、月経とともに過ごしてきました。月一回。月一回。月一回。すっかり慣れて、したしんで、そこらの夫よりずっと共棲のしかたはわかっております。それならば、月一回、「群像」に出す「とげ抜き」も、おなじやりかたで迎えればよいと考えまして、終わらぬ月経を先へ先へつなげていくような心持ちで語りついでいくうちにふと気がついた。

母の苦、父の苦、夫の苦。

寂寥、不安、もどかしさ。

わが身に降りかかる苦ですけれど、このごろ苦が苦じゃありません。降りかかった苦はネタになると思えばこそ、見つめることに忙しく、語ることに忙しく、語るうちに苦をわ

すれ、これこそ「とげ抜き」の、お地蔵様の御利益ではないか。

さて、夫の瘴気はいよいよ強く、わたしはじたばたしておりました。カリフォルニアに帰る日は刻一刻と近づいておりました。夫にも夫の怒りにも、われわれの進退や家族の解散の可能性にも、直面せざるをえなくなっておりました。

そのころ、わたしはたまたま日本にいたものですから、相談する友人にはことかきませんでした。それぞれに男との悶着や家族との葛藤や金の苦労を抱えています。話しはじめればいくらでもはらを据えて聞いてくれる女友達です。ところがそのだれも、夫の本性を知りません。いずれも夫に会ったことならあるのです。いずれも気持ちよく会話して、また会いましょうと別れました。彼女らにしてみれば、夫は、格好こそ小汚いが、口をひらけば感じの良い、知的で育ちの良さそうな、おだやかな外人だ。へ。差別語ですか？　外人の妻が夫を外人といいののしって何が悪い。がいじんです、あの人は外人です。外国人なんて客観的な存在ではまったくない。そんなものを家の中に棲みつかせたわたしのあやまちであるとさえ思いました。

持って行き場がないのでわたしは娘に心情をぶちまけました。あい子にとってはタネちがいの姉である娘です。巣立って今はよそにおります。娘というものは母親のうしろにぴたりとくっついて心情を聞き取ってくれる、男への不満をシェアしてくれる、その上この子は前の離婚のときにちょうどあい子ぐらいの年頃で、しないでもいい苦労を重ねて酸いも甘いも嚙みわけておる、だから今回も最初は話をきいてくれていたのですが、そのうち自分の意見をかいてきた。

〉〉あい子にはかわいそうだなあとは思うけど正直言ってお母さんがちょっと自己中でも別れることにしてよかったと思うよ、お母さんがそれでもっとお母さんらしく生きれると思うとすごくわくわくする。

わが子は二十になりぬらん、酸いも甘いも嚙みわけて、わかったようなことをぬかすのであります。昔、使っておりました、瞬間湯沸かし器、あれを二十年前の納戸からひきずり出してきたように、ぼんっとわたしは沸騰し、返信のアイコンをくりっくし、キイボードをたたきのめして、

〉ちょっとあんた、わかったようなことといわないでよ

〉あたしがあたしらしく生きてないとこなんてどこで見たの？

〉あたしがあたしらしいとこをあんたに見せたこともあったっけ？

いったいどこに向かってこの憤懣やるかたない思いをぶつければいいのかわからない状態でわたしは生きていたのでありました。

わたしは考えていました。

何くわぬ顔をして帰って、お金だけ銀行から動かして、大切な本はあのなまいきな娘のところに送りつけ、あとは捨てて、何もかも捨てて、パスポートとメモリだけ持って、あい子を学校の前でひっさらって飛行機に飛び乗る。

わたしは考えていました。

安アパートを近くにみつけておん出る、そこに住む、あい子は通ってくる、あるいはあい子も連れてそこに住み、週末には夫の住む家に通わせる、ほかのおおぜいの離婚した家庭の子のように。あい子の友人たちも、今日は母親明日は父親と、親の間を行ったり来たりしていました。

わたしは願う、わたしが細胞電話を持っていれば、と、先日あい子はいいました。だれちゃんが持ってきた、細胞電話を、学校に、長いストラップのついた、かれちゃんも持ってきた。

子どもがそんなもの持ったってしょうがないでしょ、ケータイなんて害ばっかりあっていいとこなんかなんにもない、とわたしがいいました、先生が許可した、だれちゃんとかれちゃんに、持っていていいと、なぜなら親が連絡できるから、なぜなら親が離婚したから、とあい子は食い下がりました。そしてね、おかあさん（とここは日本語で）、わたしが細胞電話を持ったあかつきにはぜひたまごっちをそこにぶらさげたい（ここは英語で）。

わたしは考えていました。

サーファー用の簡便住宅でいいんです、四畳半一間の木造アパートに住んだことのある日本人だ、起きて半畳寝て一畳で事は足りる、たしかに細胞電話をあい子に持たせないとやりくりができないな、と。しかしネットで物色してみますと、サーファー用の簡便住宅は設備が悪いのに値段はばかに高いのです。しかしまた、今ここで、あい子と離ればなれになろうなら、あい子の日本語はこれきりおとろえて、二度とふたたび、しんみつな親子の会話は持ち得ぬだろうと、そう思えば身も世もなく、かき曇る、心は、子ゆえの闇でした。

わたしは不思議な事象に気づきはじめておりました。あちこちで地蔵の話をきくのであります。あちこちで。わたしがとげ抜きのことを考えぬいていることなど人は知るはずもないのに、人はわたしに巣鴨やお地蔵様のことを語るのです。

母の枕元で年上の看護師が、伊藤さん、巣鴨よ巣鴨、といいました。

母を励ますように、巣鴨よ巣鴨。

巣鴨、とわたしはおどろきました。

すると看護師は、母がよく巣鴨の話をするのだがじつは自分も巣鴨が好きだ、自分には東京に住む娘がいるからよく東京へ行く、東京へ行けばかならず巣鴨に行く、だからいつか母がなおったらいっしょに巣鴨に行く約束をしているのだ、とこういうことをいいました。

ね、伊藤さん、巣鴨はわたしたちの合い言葉ね、と看護師がいいますと、顔だけは動く母がにっこりとうなずきました。

巣鴨にはだいぶ長いこと行ってないんですよ、とわたしは看護師にいいました。最後に行ったのは何年前か、近々行きたいとは思ってるんですけど。

すぐそこにある某養蜂園、と看護師がいいました、あそこの出店がとげ抜き地蔵の参道にできとんなっとですよ、蜂蜜やら何やらといっしょに、いきなり団子が売っとんなっとですよ、東京の人たちがわたしらがまねばしきらん東京弁でめずらしかつばうっとらすばいーうまかごたっみたいなことばいいながら、いきなり団子ば巣鴨名物と勘違いして買うて食べよんなっとですよ、それば見て、なんですか、わたしたちも地獄でばったりお地蔵さんに出会うたごたる気持ちになってですね、買うて食べました、子どもん頃から食べなれたあんいきなり団子ば巣鴨でね。

巣鴨でまちあわせましょう、ちょうどいいわ、お墓まいりをいたしましょう、と詩人の妻がいいました。あのときもおどろきました。まさか巣鴨とは。

詩人の生前に、一回だけお会いしたことがあります（以下敬語省略いたします、使いたいのはやまやまですが、使ってますと本質をみのがしてしまうような気がしますので）。

初対面のわたしはすっかり詩人の名声に臆しつつ、詩人の声に聞き耳をたてていました。詩人の口から出てくる音がどれもこれも聞き覚えがあり、祖父のたつ五朗、たつ雄叔父、かず巳叔父、血縁の（もう生きてない）男たちに声が似ていると思ったほどで、いえ似ているのは声じゃなく、子音や母音やその他もろもろの発音であるのだと気がつきました。その音で、うちのやつがしろみちゃんのものを読んでるんだよとささやかれ、天にのぼるこちでした。会ってしばらくして、詩人が亡くなりました。わたしはカリフォルニアでじたばたしておりました。それからわたしは本を一冊出しまして、亡くなった詩人の妻に送りました。詩人の妻からは闊達で緊密な文章がかいてある葉書が送られてきました。それで、また本を出しては送り、送っては葉書を受け取り。また送り、また受け取り。そんなことを十数年間。会ったことのない人と、細く長くつながった気持ちがうまれていたと思ってください。ところが先日、葉書が来ませんでした。亡くなった詩人の年から考えれば、その妻の身にも老いの苦がささっているのではあるまいかと気になりました。そしたら少しして、いつもの葉書がやってきました。それでわたしも葉書を書きました。……お葉書がこないので心配しておりました、お変わりなくて何よりです、身すぎ世すぎのために本をかいておりますが、お葉書がこなくなって、お葉書を受け取りたくて本をかいていたのかもしれないと感じたしだいです、と。

すると詩人の妻から一箱のチョコレートが送られてきました。わたしは御礼の電話をかけました。はじめて聞く声は葉書のとおり、ちゃっちゃとした、闊達で緊密な声でした。その声からは、詩人ほど強くはないが、でもやはり東京のそのあたりの音が聞き取れまして、それで話しているうちに思い出しました、巣鴨です。また、巣鴨です。亡くなった詩人のお墓は巣鴨にありました。あれから、東京に戻ったとき、ひとりで行ってみたことがあります。お寺は、巣鴨の駅から歩いていくと、参道の手前にありました。墓地にはお墓がたてこんでいるばかりで、めあてのお墓はみつかりませんでした。

みつかりませんでした、でも巣鴨には縁があるんです、今はお地蔵様のことばかり考えていて、いちど行ってみなくちゃと思っています、とわたしは申しました。

あら、じゃ巣鴨でまちあわせましょう、ちょうどいいわ、なにちゃんも誘って、と詩人の妻は共通の友人である詩人の名前をあげ、十数年前のあのときに、そのなにちゃんの介在でわたしは亡くなった詩人が亡くなる前に出会えたものです。ね、お墓まいりをいたしましょう、と詩人の妻がとびはねるような明るい声でいいました。

いつだったか夫が日本に遊びにきてました。わたしたちはまだ小さかったあい子を連れて、市内の小さなお地蔵様の前を通りかかり、わたしは立ち止まってお地蔵様のわきの小さな窓口でお線香を買いまして（お線香二本とろうそく一本で二十円でした）、あげました。ときどきあい子とふたりで、通るついでにお詣りしていたところです。そしたら夫が心底おどろいて、妻が娘に宗教教育をほどこしている、と批判がましく。誤解を解くのにだいぶかかりました。誤解がとけたのは、そのつぎに夫が日本に来たとき、わたしの友人があちこち連れていってくれまして、友人がどこかの神社でお賽銭をあげて手をあわせた、だれに祈っているのかと夫が聞きますと、友人は悪びれず、きいてくれる神さまならだれでも、と答えたときです。日本から帰って夫は周囲のだれかれに、その話をしきりにしてました、日本人の信仰心ほど不思議なものはない、宗教といっても宗教ではない、と。わたし自身は、信仰心などヒャアも持ち合わせません。でも、お地蔵様はまた別です。習慣というのですか何ですか、まごころを伝えたいときには日本語を使いたいと思い、おなかがへったら食べたいと思うのと同じように、こういうときにはお地蔵様。祖母のようにいのっていのっていのりきってトランスすればと思うのですけど、それができないならせめておふだを、いただいて、肌身離さず、もちつづけておれば良いかと考えた。

こんど巣鴨にいくんだよ、と母に申しました。お地蔵様にお詣りしてくるから、とげが抜けますようにって。

じゃおふだを買ってきて、と母が申しました。門を入ったところに売ってるから、みがわりっていうのが効くよ、おみかげというのもあるけど、みがわりのほうが効くよ、と母は申しました。

持ってるだけじゃだめなんだよ、少しずつ焼いて食べないと、縁切り榎の木の皮もそうだ、すりおろしておみおつけかなんかに入れて飲ませちゃえばいいの、そうすると効くのよ、と。

男と別れるならお地蔵様の参道をずっと庚申塚《こうしんづか》のほうに歩いていって都電の線路に出たら停留所のほうにいってごらん、するとね、お岩さんのお墓がある、あそこも効くよ、と。

お岩さんって雑司ヶ谷《ぞうしや》じゃなかった、とわたしはききました。

雑司ヶ谷は鬼子母神《きしもじん》、お岩のお墓は庚申塚、と母はたしかに申しました。

庚申塚で降りたらお地蔵様とは反対方向に歩いてってごらん、線路際にあるから、あたしはあんたが某となんかあったとき、なやんでなやんで、あそこにも願掛けしたもんだ、そしたらほら、ちゃんと、別れた。

二十二のとき、苦しい恋愛いたしました。あまり苦しくて、何度も母の前で身をもだえて泣きました。でもお岩のいのりで別れさせてもらおうたいくらなんでも考えていませんでした。そのあとも、苦しい恋愛には絶え間が無く、いな恋愛が苦しくなかったことなど無く、ほかにどんな男を母に知られて願掛けに行かれていたかわかったもんじゃありません。母のどの願掛けが効いて、こうなってああなって今こうしているのかわかったもんじゃありません。わるいことをいっぱいしてきました。しないではいられなかったんです、女がひとりおとなになっていこうとしたら、生臭いこともわるいことも思いっきりしないではいられなかったんです。そのけっか万《よろず》の仏《ほとけ》に疎《うと》まれたようなこの苦労、男で苦労し子どもで苦労し、またまた男で苦労して、一息ついたと思ったらこんどは親で苦労しております。

よろずのほとけにうとまれても、子どもの頃から手をひかれ、まいつきまいつきたどりついた、たどりついてもみじみたいな手をあわせた、母の手や祖母の手でごしごしごしごし煙を手にも足にも頭にもすりこまれた、あのお地蔵様なら、だいじょうぶ、待っててくれると思いました。

それは二十四日じゃありませんでした。春風のびゅうびゅう吹きすさぶ十九日。巣鴨はずいぶん様変わりしていました。前に来たのは十年前、アメリカの詩人夫婦を連れてきたときです。ちょうどお縁日でした。何をするにもおしあいへしあいで、案内役のわたしは疲れ果ててました。ディズニーランドよりはまし、と詩人夫婦に慰められました。信仰心はみたされるし、土着のカルチャーはまもられるし、と。

わたしは駅前の花屋で花を買いました。まちあわせの時間に遅れそうになってましたから花を選んでいるひまもなく、店頭のバケツから白と黄と赤紫の小菊の束を三つ取りまして、中に入って、ひとつにしていただけますか、と頼みますと、じゃこっちをあげましょう、と花屋の主人がバケツに入った花束になってない菊を取り出しました。

ええと、白と黄色と赤いのだったね。

それじゃすみませんけど、ぜんぶ白い花にしてくださいな。

はい、しろだけね、しとつにまとめちゃっていいんですね。

と花屋の主人の子音も母音も、すべてが聞き覚えのある音でありました。

春風の吹き抜けるお寺の境内に、詩人の妻が立っていました。そこに、なにちゃんと呼ばれた詩人があらわれて、もうひとり別の詩人もあらわれて、四人で墓地に行きました。

花ざかりでした。人々が手桶を持って歩いていました。墓地の入り口には、「あせぼ」とルビをふった馬酔木の束も色とりどりの花の束も売られてました。考えてみたらきょうはお彼岸なのよ、忘れてたわ、みいちゃんよかったね、し（ひ、のようにも聞こえる、し）ろみちゃんが来てくれたよ、と詩人の妻が墓石に呼びかけました。


ありがとうございました。ごちそうさまでございました。

それじゃこれで、とおじぎをしました。

これからどこへ。

お地蔵様で母のためにみがわりのおふだをもらってこようと思います、とわたしはいいました。

ぼくもお詣りしていこうかな、いいご縁だから、となにちゃんと呼ばれた詩人がいいました。

それじゃこれで、とおじぎをしました。

また会いましょう、と別れました。

詩人とわたしはならんで歩き出しました。ひさしぶりでした。

わたしはなにちゃんなどとは呼びません。ずっと年上です。親しい親しいと思っている人ですが、ずいぶん会っていませんでした。以前は会いもしたし、電話でよく話しもし、さんざんさんざん人の悪口やら噂やら、えげつない話が大好きな人で、いろんな話を聞かされて、でも話しているとふと書きたてだからといって、それまでのえげつない話からはうってかわって古語のちりばめられた真摯な詩を、張りのある、少年めいた声で朗読してくれたりもして、わたしは、ありがたさといとおしさがごたまぜになったような心持ちで、その朗読を聞きました。わたしには書きたての詩なんかどこにもなく、書きふるしの詩ばっかりたまっていましたので、お返しにこちらもということは一度もありませんでした。詩人はバックパックに詩稿を背負い、山登りに使うような杖を持ち、前屈みに歩いていきました。杖の先には何の呪《まじな》いか、小さな鈴が無数についていて、一足踏み出すごとにしゃらしゃらと鳴りました。

巣鴨ははじめてですか。

いや、はじめてじゃないよ、と詩人はいいました。

あたしはね、前にアメリカの詩人を連れてきました、ほら、何某とそのおくさん、ちょうど二十四日で大さわぎ、前にも進めないほどで、歩くたびに人にぶつかるし、迷子になったらそれっきりだし、何某が欲しがっていたお稲荷さんの狐がお地蔵様の向かいの仏具店にあったのでそれを買ったりして。

エキゾチックに感じたろうねえ、と詩人がうなずいたものであります。

参道に入っていきますと、お縁日よりは少ない人出。露店もそんなに出てないし、女たちもひしめいておりません。乾物屋、植木屋、花屋、
春先なのに菊ばっかり、とわたしがいいますと、
お彼岸だからね、供花には菊がいちばんさ、と詩人はいいました。

でもどうして？　季節にあいませんよ？　今は春。

茎の長い一本花をささげるものだからさ、むかし摩訶迦葉《まかかしょう》が釈迦のもとにいそいでいたとき、むこうから婆羅門《バラモン》がひとり一本花をささげてやってきてね、それで摩訶迦葉は釈迦の死を知ったってさ、とげのあるものは魂にとげがささる、邪気を払う力がないとこちらが死に食われてしまう、それで、とげがなく邪気を払える菊なんだ。

薬局、塩大福屋、衣料品屋、漬物屋、おせんべ屋、下着屋、メリヤス屋、佃煮屋、芋ようかん屋、布地屋、看護師がいってたあの蜂蜜屋。金柑屋、漢方薬屋、生姜屋、クコの実

屋、衣料品屋、ビーズ細工屋、八目鰻屋、蕎麦屋、甘味屋、おせんべ屋。

下駄屋、靴屋、作業服屋、ショール屋、風呂敷屋、洗い張り屋、衣料品屋、布地屋、針灸、七色唐辛子屋、そしてあちこちに点在する線香売り。

歩くうちにも詩人のすがたは変化していきました。

線香売りが顔を隠して立っていました。

詩人の顔をおおっていた髭は消え失せました。

猫背の背はするすると伸びました。

山登りの杖は背丈ほどなる錫杖の杖にうち変わり、
そこここに立つ線香売りがおどろいて彼を見、うやうやしくお辞儀をしました。

顔のしわが伸び、白髪が消え失せ、顔つきはみるみるおさなくなり、好奇心に目をかがやかせながら歩くさまはまるで十四五の少年のようにぴかぴかして、そのうちになんだか腰つきがふくらんできた。胸のあたりも豊かになり、乳房が盛りあがり、かすかに揺れてさえいるのでありました。つまり詩人は、男であり、女であり、男でなく、女でなく、前世は女であったことも男であったこともある、菩薩であるのに、人をいとおしみ、その苦を救いたいとねがうばかりにいまだに六道に住むという地蔵に変化《へんげ》して、わたしの隣を歩いているのでありました。

わたしはお線香を買い、地蔵の変化といっしょに門をくぐり抜け、香炉にお線香を投げ込みました。

不思議です。

ずっとお詣りしてなかったのにお詣りのしかたを覚えていました。

手を洗ってきよめるんです。

それから香炉にお線香を投げ込みます。

人に押されます、気にしてはいけません、人をぐいと押しのけて前にすすまないといつまでも香炉の前に出られません、香炉の前に出たなら煙を手でひきよせ、ひきよせ、わるいところを撫でるのです、頭、顔、肩、胸、手の先、喉、それから本堂にいき、お賽銭を投げて、いのります。

それから洗い観音の列にくわわって順番を待つのですが、その日ははぶきました。いのるわたしを、変化なされた地蔵尊は、バックパックを背負って杖ついてじっとながめておられました。

わたしたちは参道を来た方角へ引き返しました。わたしはわたしの話をしておりました。ざあざあと人が行きすぎますが、かまわずわたしは話をつづけました。

それでね、もうあそこに帰れるか帰りたいかどうかもわからないのです。

なんでいったいそんなことをしたの、と地蔵はききました。

あけすけな話になりますけど、とわたしはいいました。

かまわないよ、どんなあけすけな話でも、と地蔵はうなずきました。それでわたしは、たつのたたないのなめるのなめないの、あけすけな話をいっぱいしました。

問題のありかはわかってるのにそれを夫と話し合うことができないんですよ？　正直な気持ちをつたえることもできないんですよ？

そりゃそうだよ、と地蔵があいづちをうちました。

でもそれができなくて何の夫婦か、空気みたいに暮らしたらいいと思うのはわたしばかりで、彼は思わない、彼には何か信じてるものがあるみたいで、それはユダヤキリスト教的な妄想、もとい理想、夫婦間のロマンスは不変であるという原則、ないしは信心、だから老いてはいけない死にたくない、でも実際は老いるし死につつある身の上でしょう、その気持ちをひきずって、たたないたたないたたないと、べつにたたないのは誰が悪いわけでもないのに、朝に晩に、顔をあわせてもにこりともできず、針のむしろで生きています。

わたしたちは道を渡り向こう側へ。とげ抜き地蔵の人出はすでに過ぎて、参道は、ふつうに人の行き来する駅前の商店街に変じておりました。さっきまで山と積まれていた露店の菊は見あたらず、かわりに鉢植えのボケだの照手桃《てるて》だのエビネだのが並べられてありました。

あたりまえだよ、みんなそうなる、あの人がその年までできてたってことじたい夢のようなことだ、べつに気に病むことでもなんでもない、だけどそんなことだれがいったって本気に取りはしないだろうし、だれもそんなことをあの人にいえはしないだろうけどね、と地蔵はいいさして、わたしについと向きなおり、

あなたね、といいました。

彼の仕事をほめなさい、うんとほめなさい、あなたの仕事はあなたのペニスよりずっといいのよって、男にとっちゃペニスをほめられるより仕事をほめられるほうがどれだけうれしいかわからないんだから。

いままであなたには恥ずかしくていわなかったけどあたしの詩はあなたの仕事にどれだけ影響をうけたかわからないのよっていいなさい、そしてそれはたぶんほんとのことなんだから、と地蔵がいいました。

巣鴨駅のホームにおりたつと、たちまち地蔵は詩人のふりをして、詩稿の入ったバックパックを背負い、山登りに使うような杖を持ち、前屈みに歩きながら、駒込に向かう電車の人混みに紛れ込みました。わたしは遠ざかる緑色の電車を見つめて手を合わせました。

梁塵秘抄「儚き此の世を過すとて」他、赤塚萌子、吉岡陽子、高橋睦郎より声をお借りしました。いきなり団子とは生のさつまいもと少量の小豆あんを団子皮で包んで蒸したものです。

道行きして、病者ゆやゆよんと湯田温泉に詣でる事

　オグリさんのことばかり考えておりました。そしたら昨日メールが入って、〇でした、と。声にならぬ声をわたしは叫んで立ち上がりました。ここのところオグリさんのことを思わぬ日はなかったといっていいのです。オグリさんといえば仕事上のつきあいです。だからいつまでもさんづけをやめないし、話すときだってですますで、しかもふたまわりも若い男です、それなのに、気にかけて思いつめておりました。だから〇でしたの報告があったとき、わたしはこれはたしかに自分の呪いが効いたと思いました。祈りというべきなんでしょうが、このわたしが、一心に、一心に、為したものです、祈りというより呪いに近いような気がして、そうして思い出しました。わたしの呪いもさることながら、オグリさんにたしかに手渡したもの、こないだ巣鴨にお詣りして買いもとめたみがわりのおふだでした。

右折はしません、と知り合ったばかりのとき、三年前の夏ですが、わたしはオグリさんに申しました。オグリさんの勤務する文学館に行きたいが、という話になったところでした。ところがそこは、お城を背にして電車通りを水道町《すいどうちょう》、大甲橋《たいこうばし》を渡って新屋敷《しんやしき》、味噌《みそ》天神《てんじん》、水前寺《すいぜんじ》の交通量の多い右折帯の無い交差点で、対向車ばかりか行き交う路面電車にもおびえながら右折しなければ行き着かないところなのです。

親の遺言でね、死んだおとっつぁんが右折は絶対しちゃいけねえって。

だって伊藤さん、さっきおとうさんは要介護1って、とオグリさんがいいました。

そういうこともある、とわたしは申しました。言葉のあやというものです、それほどあたしは右折がいやなんです、離合もいやだけれどもしないことはない、でも右折はしません、あの右折帯の無い道で、後ろの車にむかつかれ対向車には無視されながら右折する勇気はとてもありません、右折しおおせてたどりついたところで、命からがらの目にあってますから息も絶え絶え、その上駐車場といったら体育館の裏で、文学館はその先の図書館のさらに奥、藪や繁みをかきわけかきわけ歩いていかなくちゃならないので、爪は破れて足はささくれ、蜘蛛にからまれ藪蚊に刺され、その上そこの地名が「出水《いずみ》」だもので、雨でも降ればたちまち水に流される、とっても行きたいのに、なかなか文学館には行き着けません、と。

そしたらオグリさんは、交差点の手前で左折して、水前寺公園の前を道なりに右傾して、信号で直進する方法を教えてくれました。しかも、文学館の前の大きなクスノキにテイカカズラが恥ずかしいくらいにからみついているところを少しだけ空けておきますからそこに停められますよ、停めたらそこが入り口ですよ、といいました。

それ以来、この町に帰るたびに用を作りまた用がなくともわたしは左折し、また道なりに右傾して直進して、オグリさんの勤務する文学館にオグリさんに会いにいきます。オグリさんはとても文学が好きなので、いろんな文学の話を、どう収集するかどう展示するかを熱心に話してくれます。詩なんかかいてほそぼそと暮らしているこのわたしが今まで詩人ですだなんて、世間様に大きな声でいえたためしが無い。詩人だということは知られていてもそれは正体不明というのと同じような意味で、ゴミ出しの日をまちがえてもああ詩人だからというので憎まれない、そんなような使い方しかしてこなかったのが、オグリさん、なんといっても文学の収集展示が商売ですから、今まで書いた詩出した本をオグリさんには何隠すこともなく、賢治のことも中也についても話し込めるのでありました。

文学館には紙でつくった等身大の漱石と汀女が無言ですわっています。奥の暗がりには、やはり紙の無言の山頭火が立っています。わたしがしょっちゅう出入りするのでみな顔見知りになり、あ伊藤さん、などと声をかけてくれます。この町には二十年前に乳飲み子を抱えてやって来ました。それから親も東京を引き払いここに移って十数年、その間にわたしはカリフォルニアに移り住み、この町には年に数回帰ってくるだけになりました。

東京の記憶はすっかり薄れました。東京を離れてから知らない地下鉄が何本もできました。新しい場所もできました。それらを何にも知りません。東京には「行く」とつかうだけ。「帰る」とはいいません。かといって、この町になじんだかというと、そうでもない。オグリさんとオグリさんの同僚たちが、あ伊藤さん、と声をかけてくれるまで、まるで身寄りが無いふうに生きてきたといっていいのです。河原に生えてるオオアレチノギクやヒメムカシヨモギの身の上は他人ごととは思えませんでした。

このたびは、四月の終わりに山口の湯田《ゆだ》温泉で催される中原中也祭、わたしたちはそれにいっしょに出かけようと相談していました。わたしの車で疾駆しましょうよ、とわたしはメールにかきました。

ぼくの車のほうが大きいですよ、とオグリさんが返信してきました。どうせ借りる車だから使わないと勿体ないし、とわたしが返信しました。

問題は右折だけでは無し、離合もある。離合とは、熊本の、両面通行の狭い道で、苦労しながら行き交うこと、またその苦労をいいます。どんな裏道も、離合なしにはとおれません。そこでわたしが生き延びる唯一の手が、軽しか運転しないことでした。

最近の軽はけっこう大きいし、とわたしは書き添えました。オグリさんは納得しました。それは、わたしがカリフォルニアにいるときのやりとりでした。

その日は午後ちょっと私用が入ってます、とオグリさんがかいてきました。じゃそれが終わった頃に出ましょう、とわたしが返信しました。わたしも父が夕食を食べるのを見届けてから出たいので、六時ごろでいいですか？　個人的な用なので午後はお休みとりました、用は午後イチで終わらせます、仕事しながら待ってますからいつでもいいですよ、とオグリさんが返信してきました。ははあとわたしは思ったわけです。オグリさんには個人的なことをときどき聞いてます。

何かめんどうなことでもありました？　とわたしは水を向けました。

道々ゆっくりご報告しますよ、とオグリさんが返信してきました。

そうしてしばらくしてわたしは熊本に帰りついたのです。四月も終わる間際でした。

クスノキが生長していました。お城の石垣のすきまからもりもり盛り上がってクスノキが覆いかぶさってきました。町を見渡せばあっちにもこっちにもむくむくとのび上がってあたりを睥睨していました。緑の塊がもぞもぞしたかと思うと黄色や赤が笑み割れて盛り上がりました。クスノキに邪意は無いのですが、ただ腹が減ってたまらず、なんでもいいから取って食おうと決心したところでした。イチョウはたくましく太ってすっかり新しい葉におおわれていました。サクラの木は、緑というより青、青というより水色でした。幹も枝もその色を吸いこんで、日があたってるところは日の色のしみこんだ濃い藍色になっていました。咲きかけのサツキはところどころ色がついて、絵の具の赤と白をこぼしたようで、色が混ざったり混ざらなかったりしながら、しだいに青や緑の葉の中にしみとおってゆきました。河原には赤や黄色のスイバが立ち上がってきらきらしておりました。草むらは汗をかいてとぐろを巻き、野イチゴや蔓イチゴの甘い実をつける花が咲いていました。そしてその、どの草も、どの木もが、生まれる生きるという行為にハメをはずしておりました。

四月二十八日。左折に道なりの右傾に直進して文学館にたどりつくと、オグリさんが待っていました。

ちょっと待っててください、ぼくの車を駐車場に動かして来ますとオグリさんがいました。すぐ裏に私用の駐車場を借りてるんですよ、ツバキが咲いてますけど見にきません？

それでついていきましたら、それは文学館の裏の、人の家の庭先であり、わたしなら自転車でも入れられないような狭さでありましたが、その庭先にツバキの大木が何本もありまして、花がいちめんに、咲いて落ちておりました。むかしイザナミが、人を毎日千人ずつくびり殺してやると叫んだ、そしたらイザナギが、なにをいうか、それならこちらも毎日千五百人ずつ生んでやると叫んだ、その応酬にも似た花の咲きようでありました。花期ももう終わりかけで、生み出された花の数はくびり殺された花の数にとうていかなわないようでありました。オグリさんが慎重に車を揺り動かしている間にも、花はみるみるくびり殺されていきました。

トタンがセンベイ食べて、春の日の夕暮れは穏やかです。アンダースローされた灰が蒼ざめて、春の日の夕暮れは静かです。

オグリさんは大きな男なので手足や首を折りたたむようにして助手席にすわり、灰色の軽は高速に乗りました、疾駆しました。照葉樹の雑木林はどうもうに繁り、ヤマフジが念が残って仕方がないようにからみついていました。竹藪はそこここで黄色く立ち呆けていましたし、菜の花の黄色いのも鷺の白いのもクッキリと見えていましたけど、やがて、それも、薄闇の中に見えなくなりました。


じつは脇の下にぐりぐりが出来ましたとオグリさんは話しはじめました。なんだろなと思っていたらどんどん大きくなってきて医者にいったらいろいろ検査されてリンパ腺のガンかそれに似た某氏病かもしれないと、某氏病というのは某氏が発見した病気で症例も少なく研究も少なく、ガンにそっくりだがそこだけ取れば治るという病気である、ずいぶん待たされて結果がやっと今日知らされるはずだったが、いってみたら、ようわからんので某医大にまわしたといわれてまた二週間宙ぶらりんになった。わかるのは連休明けということになるとオグリさんは、穏やかに、静かに、話しました。ただただ、月の光のヌメランとするままに、従順なのは春の日の夕暮れか。

そういえばやせましたとオグリさんはいいました。食欲はあるし、ただ仕事が忙しいせいかと思っていただけで、先生にきかれるまで不審に思わなかったですとオグリさんはいいました。

古賀《こが》は九州最後のサービスエリアでした。そこでオグリさんと運転をかわるまで、わたしは疾駆しました。ずっと前を見てました。そこからはオグリさんが疾駆しました。やっぱりわたしは前を見てました。とちゅうで横転した車を一台見ました。パトカーがきらきらきらきらしておりました。

宙ぶらりんのまんま、ずっと考えていなくちゃならないというのがたまらないですよ、とオグリさんがぽつりといいました。

チャンポンのことや中也のこと親のことや展示のこと、いろんなことをしゃべりつづけておりましたけど、オグリさんもわたしも、死とか無とか苦とか、それから無について、苦について、また死について、考えないではおられませんでした。


わたしたちは湯田温泉につきました。十時をまわっていたでしょうか。中也祭の関係者、詩人たちはまだみんな料理屋にいるということで、わたしたちもそこに歩いていきました。夜が更けてるのにあちこちでは湯屋の水汲む音がきこえ、町角ごとには「足湯」があり、湯気がそこここに立っていました。料理屋につきましたらみんながいて。あらあひさしぶり、太ったんじゃないの、某はまだ来てないの、あした来るはずだよなどと嬌声をあげながら、知った顔知らない顔ぺこぺこお辞儀に名刺の交換、ふと親しい詩人がいいました。

ホテルの屋上に露天風呂があるよ、消灯はたしか十二時だけど夜通し入れるみたいだよ。

で、わたしは一時近くにホテルの部屋に帰りまして、普通の西洋風のホテルでわたしの隣がオグリさんの部屋だったのでありますが、わたしはホテルの浴衣に着替えると抜き足差し足で屋上の温泉にいきました。女湯には、まだ明かりがついていました。だーれもいませんでした。それはスリッパのあるなしでわかりました。男湯には何人かがいました。それもスリッパでわかりました。あの詩人とそれからオグリさんもいるのかなとわたしは思いました。新月の薄ら曇りの夜でした。わたしは温泉の四角い真っ黒い湯船にするりと入り手足を伸ばしました。お湯は適度にぬるく肌にからみついてきました。オグリさんの脇の下や、オグリさんの苦、オグリさんの死や無のことを考えながら、ぬるい湯に浸かりつつ夜が劫々と更けていくのを見てました。

中也の誕生日は四月二十九日、中也の生家跡が中原中也記念館となりまして、毎年の生誕祭には盛大な催しものが行われます。中也祭であったことについては、ここではくわしく語りません。人がたくさん中也の詩の朗読をしました。ホラホラ、これが僕の骨だとか、汚れっちまった悲しみにとか、トタンがセンベイ食べてとか。わたしもしました。ながれ、ながれて、ゆくなるか？　とか、ある朝、僕は、空の、中にとか。そのために来たのです。昔からの知り合いや新たに知り合った人たちと話しました。今夜此処での一《ひ》と段盛《さか》り、今夜此処での一と段盛り、オグリさんも、もちろんいっしょでした。雨が、あがって、風が吹く。雲が、流れる、月かくす。みなさん、今夜は、春の宵。なまあったかい、風が吹く。いっしょでしたけど、知り合いの範囲が少しちがうので、かの時、この時、時は、隔つれ、此処と、彼処と、所は、異れ、同じ場所にいながら別の人たちと話していました。でもわたしはずっとオグリさんのことを考えていたのであります。ゆあーんゆよーん。そりゃーいろんなことを想像したのであります。オグリさんの苦。ゆやゆよん。その死。ゆよん。そして無。ゆやゆよん。それからあの道を左折して右傾して直進して文学館に行き着いても、あ伊藤さん、と声をかけてくれる人が居なくなるであろうこと。そこで命はポトホトかがり、君と僕との命はかがり。ゆやゆよん。ゆやゆよん。

夜半わたしはまた、だれもいない消灯過ぎの屋上に忍んでいって、ぬるいお湯に浸かりました。

そしてゆやゆよんといたしておりました。

文学館の裏にあるバショウ林のことをゆやゆよんと思っておりました。

そこにもやはりさらさらと、さらさらと流れる水がありまして、それでバショウが林になりました。暑さと湿度で、夏はいくらでもかさなって増えました。冬になると、何枚もかさなって枯れて静かになりました。あれはとても見事でした。人が来るたびに熊本名物といって連れていった処です。それから寂心さんの樟《くすのき》と呼ばれる八百歳の大木の下にも、わたしは人を連れていきました。

翌朝、朝食の席でいっしょにごはんを食べていたオグリさんがふと笑い顔をやめて、いいました。

ぐりぐりさわってみます？

わたしは手を伸ばしました。ゆやゆよん。オグリさんの持ち上げた脇の下には、きいていたとおりの豆粒のような固いしこりがぐりぐりと、ひとつだけじゃない、二つ、三つ、できていました。

ね、あるでしょ、とオグリさんはいってまた笑い顔をしましたけど、泣き顔のようでもありました。

わたしは前の夜、屋上の温泉から部屋に帰ってたしかめたんです。そしたらやっぱり持ってました。このあいだお詣りにいってもらってきた「みがわり」を。

悪いところにくっつけておくんだよ、そうするとしなしなってするからそれを飲んじゃうの、と母が申しました、焼いて灰にしておみおつけに混ぜて飲んじゃってもいいの。その母に、渡しわすれておりました。

オグリサン。

わたしはオグリさんに呼びかけました。この瞬間わたしから発する声はすべて呪いでありました。

イイモノ、アゲマス。

スゴク、イイモノ。

わたしは「みがわり」を
財布から取り出して
オグリさんのてのひらにゆやゆよんと
載せました。

タダノオフダジャ、ナイデスヨ、レイゲンアラタカナとげ抜き地蔵、ソノナカデモ、イチバンキキメガ、アルトイウ、「みがわり」ヲ、コノあたしガ、アナタニアゲルノデ、アリマスヨ、信心シテネ、とわたしは呪いをこめていいました。

帰りはもうひとり、女の友人が同乗しました。あたしが運転してあげるというのを押しとどめ、アメリカじゃ五時間や六時間の運転はざらにしてるからとわたしがステアリングをにぎって、湯田温泉をあとにしました。

前の日には雨が降りました。でもその日はすっかり晴れました。どうせなら赤間神宮《あかまじんぐう》にたちよって潮の流れを見ていこうと友人が言い出して、わたしたちはナビを設定しまして。まず中国道。

友人は男友達のことをしきりに話しました。かれがやさしくしてくれるのにあたしは強情だから、いまだになんにもないんですと。向こうにその気がないんじゃないの、やっちゃんもないんでしょ、ほんとは、とわたしはいいました。あるわよ、と友人はいいました、あたしはかれのことを思っているの、いとおしいなごやかな澄んだ気持ちの中に夜も昼も浸ってるのよ。だめだよ、やっちゃん、行くとこまで行かなきゃー、と海千山千のわたしはいいました。中国道をしばらく走って九州に入る手前で高速からおりました、ナビのいうとおりに曲がったり直進したりしながら、友人は男の話をつづけ、かれがあたしに向かうときは、何も考えてくれてはいや、たとえあたしのために考えてくれるのでもいやなどというものだからわたしはからかい、さんざんからかい、笑いさんざめきながら、わたしたちは市街地に入っていきました。オグリさんは後部座席で穏やかにそれを聞いていました。目的地周辺です音声案内を終了しますとナビが告げまして、

ああそこそこ、そこを右折。

友人が叫び、わたしは行き過ぎました。わたしはそのまま つっ走り、ゆっくりUターン

して戻ってきてから左折しました。二人はなんにもいいませんでした。

すごいのよ、ほかのものはどうでも、と友人は話しました。耳無し芳一と七盛塚が気味が悪くって、恨みや呪いがこもっていそうで。

ちょうど先帝祭の直前で境内には舞台がしつらえてあり、その日は四月の終わりでみどりの日で大安で、お日柄がよくお天気もよく、何組かの結婚式もお宮参りも行われていました。人々がさんざめいていました。わたしたちはそこに立ち交じらず、まっすぐに芳一の像と七盛塚に。そこは照葉樹が繁って薄暗く、くものすがかかり、ヤブツバキは貧相でしたが、花が咲いて落ちていました。七つの塚がならんでいました。わたしは知盛が好きでした。かれもそこに祀られてありました。小高い処にありまして、壇ノ浦の潮の流れさえ見渡せましたが、そこまでは人も来ず、塚の周囲は薄暗く、友人のいったとおり恨みや呪いがこめられてあるようで、そのとき、きゃっと友人は小さな声をあげて飛びすさり、おどろいて振り向くと、いやだ芳一が。

なに芳一が?

ほら後ろからみつめてるよ。

芳一が、わたしたちの後ろのお堂の中から、暗い目で、お詣りするわたしたちをみつめておりました。

赤間神宮を立ち出でてふと見ますとすぐそこに九州が見えました。

あのあたりで戦ったんでしょうね、とオグリさんがいいました、ここらへんはきっとまっ赤になったんですよ。

（みるべきほどのことをばみつってこんな景色の中でいったわけだ、あの男は）

九州があんなに近く見えるのよ、どんなに逃げて行きたかったことか、そう思うと可哀想で可哀想で、と友人もいいました。潮の流れは鎧を着た男など流しつぶしてしまうほどなみなみとして急でした。

そこから運転はオグリさんに替わりました。下関《しものせき》から九州道に入り、やっぱり若い男の運転は巧みでスピードがあって粗暴なほどで、折りからの横風に軽の車体は思いっきり揺さぶられました。

新門司《しんもじ》。小倉東《こくらひがし》。小倉南《こくらみなみ》。八幡《やはた》。

九州道に入った途端、あそこにもここにもクスノキが現れてきました。青葉が赤や黄色になってきました。ヤマフジが花を垂らして這いまわり、ときどきキリが現れて、ヤマフジと同じ色の花を上向きに咲かせました。

山わらうっていつの季語でした？　とわたしがききますと、今頃ですよ、と運転をするオグリさんが答えました。

ほんと大笑いしてるわねえ、笑ってるのはぜんぶクスノキ？　ほかの木は笑わないの？　と友人がつられて笑いながらいいました。

若宮《わかみや》。宮若《みやわか》。どっちだったか忘れてしまったように併記してありました。古賀。このSAでチャンポン。福岡《ふくおか》。須恵《すえ》。ほらだんだん古代の香りが。太宰府《だざいふ》。都府楼跡《とふろうあと》。水城跡《みずきあと》。かるかやの関屋跡もここにある。水城跡から七世紀の焼き米が出てくるんですよ、ひとつぶ拾ってだいじに持ってますよ、とオグリさんがいいました。

筑紫野《ちくしの》。鳥栖《とす》。ここで道が分岐します。長崎へいくには長崎道、大分にいくには大分道。

久留米《くるめ》とくると。広い広川《ひろかわ》。八女《やめ》はお茶。

南関《なんかん》には山鹿《やましか》さんという琵琶法師がいて、最後に弾くのを聴いたとき九十いくつの御年でした。もう十何年も昔の話です。

友人は携帯を耳に当て、ああ、何ちゃん、ママもうすぐくまもと、とかんでふくめるように話しました。穏やかでした。外に春の風景は流れてありました。山の木々はふくよかに、笑み割れてありました。何もかもが春の盛りに欲情する夕暮れでした。なんだか空気もかすかで蒼く、葱の根のように仄かに淡いように感じられました。

淡い菊水《きくすい》。淡い植木《うえき》。そうして熊本。瓦が一枚はぐれました。これから春の日の夕暮れは、無言ながら前進します。自らの静脈管の中へです。

それから数日経ちまして。わたしはもうとっくにカリフォルニアにもどりましたけれど、五月、例年ならば空は晴れ上がり、乾き上がっているはずなのに、今年はまるで水滴がそこらを漂っているように湿っています。青い空は無く、そのかわりにあるのははたはたと旗がはためくただの曇天。そんなある日、オグリさんからメールがきました。

〉昨日の夜ある人から誘われて
〉真夜中の南阿蘇谷《みなみあそだに》をドライブしてきました。
〉月の青い光が幻想的で、
〉谷の底を埋め尽くした田んぼには水がはられ、
〉蛙の心地よい声が響き、しばし人心地ついて来ました。
〉でもその人はいつも私を後部座席にしか乗せてくれないので、
〉後ろで水筒に入れてきたコーヒーを飲みながら、これって小栗《おぐり》の
〉道行きじゃん。

今頃気がついたかオグリさん、わたしたちが為したこともまさにそれです。返信しましたけど何をかいたか、道行きのこと、親身なこと、慰めること、あたりさわりのないことも。そしたらこんなメールが返って来ました。

〉どうしようもなくて、
〉何処にも出口が見えないときにじっとしていられなくて、

〉闇雲にどっかに駆け出したくて、
〉ただ動くということだけで救われる
〉ということもあるんだなあって実感でした。

それからしばらく経ちまして。オグリさんのメールがまた来ました。〇でした、某氏病でアタリでした、という悲鳴のようなメールが。

みがわりが効きました。呪いもこめました。

そして、この照手。

もう五十になりました。

すっかりみにくくなりまして。ぶよぶよだし、しみもあるし、皺も白髪も人に負けたことがないのですが。こう見えても若いころは何人もの餓鬼阿弥《がきあみ》を曳いて歩いたものであります。何人も、何人もの餓鬼阿弥を、熊《くま》野《の》の湯の峰まで連れていき、じゃぼんと浸けてやりました。そしてそれは効きました。まだまだ衰えたもんじゃありません。今回は、熊野の湯の峰のかわりに中原中也の湯田温泉、軽のレンタカーで、為しました。載せられて曳かれていくだけじゃない、ときどきオグリの餓鬼阿弥も運転をかわらなければなりませんでしたが、今の時代はしかたのないことですよ。ひばりの鳴き声、とんびの声。かん高い中原中也の歌う声。姫を問うかよやさしやな。車は灰色、車種はたしかダイハツの、

「動く《ムーヴ》」だったと思います。

中原中也から声をたくさんお借りしました。その他、説経節の小栗判官、古事記、平家物語、馬場純二、小野由起子、佐々木幹郎からも声をお借りしました。中原中也の詩は中也の表記とちがうところもございますが、わたしの声で口に出してみた結果です。お気にさわりましたらごかんべんください。

舌切らず、雀は姿を追い遣る事

犬にはよっぽど恩があります。

娘ひとり、それで救われました。上の娘です。異国に連れてきたのはいいが難しかった。文化にも言語にも、家庭にも学校にも、自分にも適応できませんでした。そんなときに子犬をもらいました。大きな羊飼い犬でした。警察犬の血統で、専門的な訓練も必要でした。それをぜんぶ娘にやらせました。現在娘は巣立って遠くにおります。去年わたしが四ヵ月、あい子とふたりで日本に住んでいたときには犬を引き取って同居してましたが、いかんせん学生の暮らしは不規則でアパートは狭く都会の生活は息苦しく、わたしは帰るや犬を連れ戻しました。以来わたしの足元にいつも犬がいます。

ある晩わたしはひとりでDVDを見ておりました。あんまりやるせないので泣くつもりでおりました。そりゃもう五十ですから、ころんだの叱られたのでは泣きません。でも対立や不安が解決できないときにはもどかしくて泣きますし、とげがささって凝り固まっているときにはとげを抜くためにわざわざ泣きます。そんな涙はほんとに熱くて、目や頬が溶けるかと思うほど。そのとき見てたのが「アイ・アム・サム」、英語の文化に住んでますと、サム・アイ・アム、あの有名な絵本からとすぐわかるタイトルの映画です。子ども時代の思い出も、読んだ本も聴いた歌も親子関係も、ずるずると引きずるあざとい作りの映画にわたしはやすやすと引っかかり、冒頭で、小さい娘が舌っ足らずに、ダディ、なんでダディはよそのダディとちがうの？　ときく。そのへんからもう、心に思い当たるものがあり、ダディといえばおとうさん、おとうちゃん、父親、ジジイ、それはもう、いろいろと思い当たり、涙が滂沱と。涙腺から目の奥鼻の奥へ、そこから後頭部へ、それから首筋、そこから肩へと、とげが抜けほぐれていったそのとき。とつぜん犬が立ち上がり、ふんふんいいながらわたしの顔に鼻面を押しつけてきました。泣くと来るよ、と娘がいっておりました、あれはこれか。でも泣き声は出してなかったのです、黙ってひとりで涙していただけだったのです。

羊飼い犬は濡れた冷たい鼻で申しました。

ひとりじゃないのよ。

あたしがいるのよ。

不思議なことであります。反応してるのは何でしょう、涙のにおいか、温度の変化か、それとも感情の起こったり消えたりすることか？　あの娘が十三歳で頑なでひとりぼっちであがいておったとき、この不思議な能力を持つ優しい動物が、ずっとそばにいてくれたのかと思ったら、いまさらながらありがたや、犬にむかって、手を合わせたくなりました。

雀犬《すずめいぬ》という犬種がございます。

語源は、フランス語だかオランダ語だかで雀だそうで。舌をかみそうなことばですので雀犬と訳語で申します。小型の愛玩犬ですが、敏捷で人なつっこく利口です。昔はヨーロッパの農村で雀追いに使ったとか舌切り雀伝説の素になったとかいう話です。

舌切り雀伝説が日本以外にあったというのには驚きましたが、いや驚くほどのことはない。雀はどこにでもいるし、伝説の根本はどこでも同じである。ただし、竹藪はありません。夫（日本版ではお爺さん）の愛した雀が妻（日本版ではお婆さん）に殺されて（日本版では舌を切られて）夫はイニシエーションの苦労をかさね（日本版では馬や牛の小便を飲まされつつ）冥界に（日本版では竹藪に）訪ねていった。冥界からの帰りがけ、善良な夫は小さい荷で（日本版はつづら）金銀財宝、欲深な妻は大きい荷におしつぶされる（日本版では毒虫や排泄物）という。異類婚姻譚、冥界めぐり譚、雀報恩譚、実《じつ》あり実《じつ》なし譚、多々かさなります。

その中欧版舌切り雀のモデルがこの犬だということで、スタンダードは懐に入るくらいの小型犬（四キロ前後）、頭が丸く、目には黒い隈取り、黒い頬、それからまん丸のつぶらな瞳ということで、たしかに犬というよりは雀の印象で、DNAを調べてみたら雀のDNAが混じっていたという出鱈目もまことしやかに出まわるくらい。

忘れもしない五年前、父も母も衰えつつはありましたが健在でした。わたしは犬を買おうと思い立ちました。年に一度帰ってくる娘や孫たちを心待ちにしている年取った親のすがたを見るにつけ、なにか、可愛がるものがいればいいのではないか。なんども犬を飼ったらと提案しましたが、父は良くても母がだめだ。母は無類の動物嫌いでございました。無類の動物嫌いでありましたがわたしがひっきりなしに持ち込んでくるものだから、犬も猫も鳥もさんざん飼った、もとより父は何にもしないし、わたしは子どもで子どもの生活が忙しく、結局、餌係はいつも母、ということになったものです。動物は餌をくれるので母に懐く、懐かれれば愛着は湧く、母という人間がもともと多少単純なところのある人でしたから、嫌い嫌いといいながら、家事をしながらまつわりつく犬や猫をからかって遊ぶという光景もしょっちゅう目にしまして、この老後の果てなる現在も、もしここに犬が居れば、お爺さんは外で散歩して、お婆さんは家で餌やり、といいリズムが出来ようものをと考え、わたしは犬買いを決行したのでありました。

そこで、調べ上げたすえに目をつけたのが雀犬。

老人にも抱えられる小ささで、引っ張られても転倒せず、足腰が痛むときには散歩もいらず、よその犬に攻撃的でなく、人間の子どもにもけっして威張らず、嚙みもせず吠えかかりもせず、よく見聞きしそして忘れず、毛の始末が楽で抜け毛も少なく体臭も少なく、性格は明るく、鼻面が長すぎずつぶれてもいず、ほめられもせず苦にもされず、高価そうな珍しい外見に老人の虚栄心が満たされるもの。

生後二ヵ月の子雀犬が、飛行機に乗せられて空港留めでやってきました。引き取りにいきましたら、空港のすみっこの薄暗がりの小さなかごの中でぶるぶるふるえておりました。親の家に連れて行きましたらたまたま二人とも不在でありました。かごから出して遊ばせながら待ってるうちに子犬がぴゃっと叫びました。ドアがあいて、逆光の中にわが親が二人立って、こっちを見ておりました。

あらなんかいるよ。

当時はまだ手足を動かすことのできた母が吐息とともに荷物を床に置きながらそう申しました。

だめだよそんなもの連れてきたって。

ドアをしめつつ手ぶらの父がそう申しました。

それ、そのことば、子どものころから何回何十回といわれたことか。この期に及んでまだいうか。もといたところに棄てなおしてくるときのすまないなさけない気持ちは忘れがたい、でもこの子犬には返す場所がありません。それで父も観念して、子犬を抱き取りました。雀犬という種類だと申しますと、じゃおまえはちゅんすけだ、と、即座に名前もつきました。以来、親の家に雀犬がおります。

利口で快活でしかも忠実で、ほぼ下調べどおりの犬だったので、わたしは満足しています。

もちろん多少の計算違いはありました。まず老人が老い果てると、かがんで足元の小犬を抱き上げることも出来なくなるということを知りませんでした。老い果てた老人は足弱になり、全身の力が萎え衰え、自分の身ひとつを支えるのもやっとのこと、かがむとひっくりかえってハイそれまでヨ。その上いくら小さくとも犬が引っ張れば老人は転倒するということも知りませんでした。両足が麻痺した老人は無論のこと、足が不本意に歩んでしまうパーキンソン病の老人も、時折どころではなく殆ど、散歩は出来ないということも知りませんでした。その上快活な犬ですからときに老人の手に余るほどはねまわるということも予想しませんでした。その上こんなに利口な犬なのにどういうわけか排泄のしつけが出来ないことについてはまるで知りませんでした。その上むかし板橋のあの家で、威厳を持って犬どもに、筋のとおった生き方をさししめし、わたしのような下っ端には噛むのうなるの食べ物を奪うのとやり放題だった犬どもが無条件の服従をちかっていた父でありますが、今は老い果て、支配にも権威にも欲がなくなり、なにもなにも小さきものはみなうつくし、子犬のしつけが出来ないばかりかする気も無いというのを予想していませんでした。

それでも父は父なりに、母は母なりに、かれらはこの犬を、とつぜん授かった桃太郎のように可愛がりました。今までいろんな犬を飼ったけどこんなに利口なのは飼ったことがない、犬にしとくの勿体ない、人間なら東大だよ、桃太郎なら鬼退治だよと、電話で親と話すたびの話題が犬で終始してました。

その頃は、二日にいっぺんアメリカから親に電話しておりましたものです。親と申しましても話すのはほとんどが母親。父親は、耳が聞こえない、話すのがめんどくさいという理由で、電話に出たがらなくなっておりました。わたしともしゃべりたくないという意志なわけで、ま、しかたがないとは思いつつ父がとっくに死んだような、死んでしまってわたしは捨てられてしまったような、そんな気持ちにならないこともなかったのです。

ほんとに利口だよ、教えればすぐ覚えるし、お爺さんの具合が悪いと心配そうな顔してみつめるし、お爺さんがお風呂からあがってくると全身ぺろぺろなめて乾かしてくれるの、いやらしい、と母は申しました。あたしはそういうのいやだから一回怒ってやったらもう来ない、ほんとに利口だよこの犬は、と母は申しました。あたしは怒るからあたしのスリッパは取っていかないでお爺さんのだけ、もう何足もだめにした、お爺さんはなめられてるんだよ、と母は申しました。

　でもお尻の始末が悪いのには困っちゃうよ、と母がしきりに申しました。夜中に何度も起きておしっこさせに連れていってぶつかって転んだ（老人が）とか床で垂れ流すからしみがしどくなってとうとう床を張り替えたとか。

　老眼の進んだ年寄りの家はそうでなくても汚いものです。昔の母は攻撃的なほどきれい好きで、いやそれはメタファでも何でもなく、この女は自分の家庭を攻撃し、家族や過去や現在さえもを攻撃し、木っ端微塵と打ち砕き、かつ娘という存在（わたしですが）をも完膚無きまで打ちのめすために掃除をするのではないかと思えたほど、すみずみまでぴかぴかに拭き清めていた母が、汚れに気がつかなくなり、投げやりになり、ひからびたうんこが落ちていようと、台所がべたべたしていようと、今の母は平然と生きておりました。抜けないはずの毛はやはり抜けて、部屋のすみずみに細い白い毛のかたまりが吹き寄せられて舞いました。

　ところでこの犬の性別ですが。桃太郎桃太郎とお婆さんは可愛がるし、名前が第一ちゅんすけだし、雄と思われるのも無理からぬ話であります。しかしこの犬は雌犬、避妊を、早々に施しました。

　あたしはほんとは犬は嫌い、と母は申しました。臭いし、毛が散るし、ちっとも可愛いとは思わない、ただお爺さんが猫っ可愛がりするだけで遊んでやらないからしょうがないから遊んでやるの。そして母はボールを放りました。犬は弾丸のように走っていき、あとに抜け毛がもうもうと舞いました。

あたしは犬は嫌い、とくに雌が嫌い、雌の猫も嫌い、メンスになるし、子ども生むし、ほら、うちの何が、子猫生んだばっかりなのにほったらかしてどっかにいっちゃったことがあったじゃない、畜生だなあと思ったわ、帰ってきたときはうんと怒ってやった。

子どものころから何度となく、聞かされた意見でありました。雌はいやだ。雌猫はいやだ。雌犬もいやだ。雌だという理由で、母は猫を面罵しました。面罵されて猫はにゃおんと鳴いてちぢこまったか？　とんでもない。素知らぬ顔でまた雄をさがして出ていきましたよ。

わたしは当時、苦しい恋愛して、離婚や結婚や中絶もくりかえして、立ち迷っていたころでした。母はだれを面罵したいのかなと考えました。

猫を？　わたしを？　それよりやっぱり経血を流して子どもを生んじゃった母自身を？　自分はもうお婆さんになって生まないのにまだ生もうとする経血で血まみれの娘を？

雌はいやだ、雌だからいやだ、雌は子ども生むばっかりで汚らしい、だから雌はいやだ、とお婆さんはいいました。

雌を買ったのはわたしの意志です。雌がいいと思いました。メンスにもなれば発情もする。セックスしまくって子どもも生む。畜生そのものの雌だからいいと思ったのであります。

そして五年が経ちました。

母が脳梗塞で倒れました。回復しましたが、それから何度も新たな梗塞を起こしては入院し、退院しました。それから父が胃癌を手術しました。その手術のトラウマから身体は二度と回復できないかと思われました。それからパーキンソン病と診断されて、ますます歩行が困難になりますと、以前から何もしない父でした、さらに何もしなくなり、生きる意欲も生活の力もなくなったようで、母が支えていましたけど、その母の足にも紫色のだんだらが浮かび上がり、関節がきしんで歩行が思うようにいかなくなり、物忘れも多くなり、料理が出来なくなり、とうとう父が要介護1と認定を受けて、ヘルパーさんという他人が家に入りました。それまではいつも二人でした。雀犬が来てからは三人でした。そしてわたしがあい子を連れて一時帰国をしたあのときに、がらがらと母が崩れて病院に、そしてそれきり、父と犬とが家に残ったのでありました。

その四ヵ月間、母も居場所がさだまらず、病院から病院へ移り動いていきました。

父と犬は、はじめて二人になりました。

それからあい子とわたしがカリフォルニアに帰りました。

その間、父と犬は二人きりで、ヘルパーさんを頼りに暮らしました。

それからわたしがひとりで日本にもどってきました。

またあちらに帰り、またこちらにもどりました。

そんな生活にみんなが慣れました。

父も、母の居ない生活に慣れました。

犬と二人の生活にも、ヘルパーさんに食事の世話してもらうことにもすっかり慣れました。

カリフォルニアにいるときは父に電話をいたします。朝にして、昼にして、夜にします。以前は億劫がって話したがらなかったのに、今はよく話します。聞こえないので話がちぐはぐになることもありますし、興味の範囲は狭まっておりますから、犬のこと母のこと自分のこと、時代小説と野球のことくらいしか話題にはできません。でも話します。そして実を申せば、わたしはわたしの父親が、体臭が臭くて煙草臭くて近づきたくなかったのに近づかないではいられなかったあの父親が、死んでまた蘇ってきたような気がするのです。

夢を見てもそれを話す相手がないしさ、と父が悲しげな声音で申しました。

婆さんの夢をよく見るんだけどちゅんすけしか話す相手がいないからさ。

ああかわいそうね、おとうさん、とわたしは申しました。

父親が電話のむこうでうなずきました。

もう疲れた、と父が力無く申しました。

そうよね、おとうさん、ずっとひとりでがんばってきたものね、とわたしが申しました。

父親が電話のむこうでうなずきました。

下痢しちゃってパンツにもれた、と父が恥ずかしそうに申しました。

たいへんだったね、自分で片付けられた？　とわたしは申しました。

父親が電話のむこうでうなずきました。

でもさらに申せば、母のいなくなった後、父は肉体的にもずいぶんしゃっきりいたしました。今までの半ボケはなんだったのよ、仮病だったのかよ、と母が憤りそうなほど。なによ、なんなのよ、なんでなにもかにもあたしにやらせてたのよ、なんでもできるじゃないのよ、新聞取りにいくのも、ちゅんすけのうんこの始末も、朝ごはんのしたくも、コーシーわかすのも、ちゅんすけのうんこで汚れたベランダを洗うのも、お勝手も買い物も掃除も洗濯も、しろみのおむつを替えるのも、とののしり渡る声がきんきんと聞こえてきそうなほど。

先日父に頼まれて、雀犬を獣医に連れていきましたら、まあちゅんすけちゃん、太ったわねえ、と受付で、大声で、驚かれました。太ったわねえといわれてどきりとしたのはわたしです。でも、お爺ちゃんに可愛がられてるからねえ、といわれましたからそれは犬のことなのです。犬はたしかにむくむくとふくらんで、尻はずっしりと重たげになり、その尻を振りながらよちよちと歩くさまは、雀犬というよりむしろ家鴨《あひる》か何か。

やせなくちゃって先生にいわれたわよ、とわたしがいいますと、いいの、と父は言下に。おれの楽しみはちゅんすけといっしょにごはんを食べることしかないんだもの、なあちゅんすけ、と父は申しました。

現在父と犬との食卓で、犬は母の座っていた椅子にすわっていいし、身を乗り出してじっと父の口元を見ていていいのです。父はつぎつぎと食べ物を犬の前に置き、犬がぺろぺろとたいらげます。食事を終えると、犬は父の口元を、ぺろぺろと根気よくなめ清めます。母の前でそんなことをさせてごらんなさい、母は躊躇なく父を面罵し、犬を食卓から蹴散らしたことでしょう。

これはわたしの目前で起こったことですが。ヘルパーさんがつくって置いていったおかずが、手をつける前に食い尽くされてありまして。お皿がぴかぴかになめまわされてあったのが動かぬ証拠。周囲にてんてんと散らばっていたごぼうとしいたけにも、ああ、と父は驚かず、筑前煮、だいすきだよ、にんじんとれんこんはすきなんだよ、なあちゅんすけ、と父は申しました。

父とわたしが話していたとき、犬が間に割って入り、父に向かって歌うように唸りました。やきもち焼いてるんだよ、なあちゅんすけ、と父が申しました。それでも無視してわたしが父と話してましたら、雀犬はぱたぱたと近づいてきて、父のスリッパを、履いてるその足からさっと抜き取っていきました。あーあまた、と父が嘆き声をあげました。こらちゅんすけ、爺《じじ》に返しな、と愛撫のような声でいいましたが、雀犬は知らん顔。しょうがねえなあ、と父が立ち上がりますと、ぱたぱたっと飛びたって向こうの竹藪へ。父が立ちすくんでおりますと（パーキンソン病の老人は急な動きが取れません）手の届くところへもどってきて、ぱたりと倒れ、くるりと腹をむき出してみせました。茶と黒の模様が乱れてまっ白な腹に桃色の乳首がてんてんとうかび、目の隈取りと黒い頰、その顔の中でつぶらな瞳が笑いました。なあちゅんすけ、とかがめない父がぶこつな足指で雀犬を愛撫しました。

今日も婆さんの病院にちゅんすけをつれてったの、と父が電話で申しました。待ってたよ、いい子で、おれが降りてくるまで。

父は昨日もそう申しました。

おとといもそう申しました。

毎日病院から帰ってくるとその日の様子を報告してくるのです。ありありと目にうかぶ。毎日、毎日、お昼前。いこうかちゅんすけ、と父がいい、犬がうれしがって吠えながらくるくると走り回り、タクシーを呼びまして、父が引き綱を曳いて、犬に曳かれて、まず父が、よたよたとタクシーに乗り込み、つづいて犬も。

お宿は何処だ
お宿は何処だ
心のなかでうたいながら、母の住む、麻痺した老人や意識のない老人が横たわっているリハビリ病院を、ふたりで訪ねてゆくのです。父が母に会う間、雀犬は出入り口のところにつながれて待っています。ちゅんすけちゃん偉かね、お爺ちゃんを待っとらすとね、と出入りする人々に声をかけられながら。

（ところで、舌切り雀とくれば瘤とり。それと相場がきまっております。瘤とりとくればかちかち山。狸が誅されねば終わりません。「おお、ひどい汗。」という誰もが知ってるあのフレーズへ、ともにたどりつくまでの辛抱です）
夫に瘤が出来ました。

宮沢賢治「雨ニモ負ケズ」、太宰治「お伽草紙」、マディソン「ワールド・ドッグ・エンサイクロペディア」の他、ドクター・スース「グリーン・エッグズ・アンド・ハム」、ダコタ・ファニング、清少納言、植木等（青島幸男）からも声をお借りしました。

梅雨明けず、母は断末魔に四苦八苦する事

おお、ひどい汗。

とあい子がいいました。そして腕をさしあげてそこに無い風をつかむまねをしましたら、無色のにこ毛が、腋下にそっと生えておりました。みじかいパンツからすっくりと伸びた足は、毛深く、そして日に焼けて、鼻の頭にはにきびがぽつんとうかんでおりました。

ここは成田で、わたしたちは羽田に行くバスを待っておりました。空中には、するどい嘴の虫が充ち満ちて、わたしたちの皮を破いて肉をしきりについばんでいるようで、それを、湿気と申します。わたしは疲れはてておりました。

骨もくだけよとばかりに肩にめりこむこの荷物！　着陸寸前に眠りこけてしまったあい子！　狭い機内に睡眠不足！　太平洋を西向きに渡る便は、向こう岸を昼頃に飛び立って、こちら岸に渡りつくのは遅い午後、でも向こう岸では深夜です。深夜、まだ日中のふ

りをして、これだけの荷物をひきずって空港から空港へ渡り歩けというほうが無理なはなしだ、もはや、すべての思考は停止して、帰巣本能だけで動いていたようなものでありますが。そこへ襲いかかったこの湿気！　六月二十四日の、地獄でございました。

あい子が小学校一年のときから、アメリカの夏休みが日本の夏休みより一ヵ月早いのをいいことに、遊びたがる子どもをだまくらかしつつ、日本の学校に入れております。この閉鎖的な日本の社会生活になじませインサイダーとしての能力を確保せむ、親の心ぞありがたき、その上去年は二学期をまるまる日本の小学校で過ごさせた。日本語の力は目に見えて上達し、ルビつきの「犬やしゃ」をひらがなで読みふけり、どちらの文化でも入ればたちまちそっちの言語で（ゲロだウンコだという）汚い替え歌を大声で歌える、これぞほんとのバイリンギュアル。しかしもはや思春期で、人と我とのかかわりがむずかしい。今年もまた、薄氷を踏む思いでおそるおそる連れてきました。

帰巣本能につき動かされ、湿原や湿地、沼沢を濡れ濡れに濡れながら泳ぎわたる鴨の親子のような心持ちで、ようよう熊本にたどり着きまして、まず、親の家。

わたしたちの家は、あき家で残してあります。ほんの五分くらい離れたところで、父が雀犬といっしょに暮らしております。

親の家に入りますと、そのむんとした臭いと温度に、クラクラといたしました。よくよく嗅ぎ分けてみますと、犬の臭いと煙草の臭い、替えないシーツの臭い、黴の臭い、どこかに残る尿の臭い、子どもの頃から臭い臭いと思っていた父の、男の臭いもわずかながら。居間にはこたつがでんとおかれ、父と犬とが、エアコンもつけずに生きておりました。

エアコンつけてないの、と思わずききますと、まだそんなに暑くないもん、と父はのんきに申しました。湿気がすごいわね、と申しますと、きょうから雨だからね、とさらりと申しました。こたつしまおうか、と申しますと、梅雨が明けるまでは欲しいから、と。犬が興奮して、ゴムボールのようにはずみました。口の中に手をつっこんでやると（この犬はそれが好きなのです）うれしがってもだえました。

これなら外に住んだほうがましではないか。

家なんて無ければ。

思えば夏はいつも同じことを考えたものです。雨風をしのぐために住む家が、風はとおらず、熱はこもり、臭いもこもり、まるで凝縮したオナラの中で暮らすようなことになるのである。家なんて無ければいいのにと、わたしはいつも思っていました。今も。昔も。この父やあの母と暮らしていた娘の頃も。日本人の夫と日本で安穏と暮らしていた頃も。

家を壊せ。

家を壊せ。

家を壊せ。

家を壊せ。

夏はかならず思いつめておりました。そのうち秋も、冬も、春も、思いつめるようになったものです。家を壊せ。家を壊せ。思いつめたあげくに実行にとりかかりました。家は壊れました。わたしはカリフォルニアに渡りました。

雨は一週間降りつづきました。そして雨が降りやみ、ぐんぐん気温があがりました。でも梅雨は明けませんでした。

母は、病室で、美しくなっておりました。

こんなお婆さんがと思うでしょうが、ほんとうです。もちろん寝たきりで、寝返りも、排便も、できません。排尿は尿バッグに頼りきり、尿臭がただよって消えません。でも表情は見ちがえるようにはっきりとし、さっぱりとし、いきいきとしてくすみがなくなり、色白に、しみもしわもなくなって、美しく変身しとげておりました。

化粧してるの？　とわたしは思わずききました。

さとったんだよ。

と母ははきはきと申しました。今まではどうしてこんなふうになっちゃったんだろうと考えて落ち込んで、なにもかもがどうでもいいと思えてた、でも今はもうすっきりした、これじゃいけないって思えるようになった、あたしはいつもそうなんだ、最初のうちはなやんで落ち込むけど、そのうち自分で気がついて前向きになれる、若い頃からいつもいつもそうだったもん、と母は十歳の子どものような口調でいい、自分でいったことに感動して、涙ぐみました。

このあいだこんなことがあった、と母は申しました。

みならいのかんごふさんが、夜、そっと部屋にきて、若い先生が好きで好きでしょうがないから、伊藤さん好きなしとがいるかどうか聞いてくれっていう、だから若い先生に、失礼なことをうかがいますがお気に障ったら勘弁してください、こんなお婆さんが変なことを聞くとお思いでしょうが、あなた心に決めたかたおありですかときいてやったの、そしたらいますって、それで、それは残念でした、じつはあなたのことが好きで好きでしょうがないという子がいて頼まれたのです、そしたらそれはだれですかっていうから、心に決めたかたがおありならむりになびくしつようはありませんけど、しとの運命というのはわからないものだからお教えしておきます、といって名前を明かしてやって、そのみならいの子にはいってやったの、好きなしとはいるそうだよって、こうなった上はしとの道を踏み外さないようにしなさいよって（母は不倫をゆるしません）と母は申しました。

かんごふさんたちが夜遅く、いろんななやみを持って来る、それをきいてやる、と母は申しました。

義理の母とうまくいかないとなやんでる子には、自分ばっかり生きてるって気持ちでものを見るからいけないとさとしてやり、演歌のむずかしいところを教えてくれといって来る子には、節回しの微妙なとこを歌ってきかせてやり、むかしの話の好きな子には番場の忠太郎や瞼の母の話をじゅんじゅんに話してやり、そうするとむかしの話はやっぱりいいねえといいながら、涙ぐんで帰って行く。

せいのたかい、髪の長い、若いおとこのかんごふが、夜になると、まあちゃんといって入ってきて、かゆいところをかいてくれる、と母は申しました。

母は寝たきりで常にそこにおりますけれども、この世に住んでるとは思えない「ぼけ」があらわれたりひっこんだり、人の音せぬ夜の病院の、看護師たちとのかかわりに、ふと常ならぬ存在に、みずからなったりなられたりする。このままここに住み着いて、手足は動かぬまでもこのように、人の相談にのり、縁をとりもち、財布をさがし、そんな生き方もあるのかもしれない、とそう思えた。やはり血はあらそえない、まあ子には昔からチカラがあったとトヨ子婆さんはいうでしょう。

あの菩薩顔がどうも気に入らねえな、と父が申しました。

おトヨさんが死ぬ前にああいう菩薩顔になったのを思い出す、ねえ、と父はわたしの意見にすがるように、婆さん死んじゃうんじゃないかと思ってさ。

梅雨はまだ明けませんでした。それなのに日差しがぎらぎらとしておりました。わたしは河原を歩いておりました。川を渡ろうとしておりました。そのとき道ばたにぽつんと、石のお地蔵様のように、小さな老女がいるのをみつけました。一メートルくらいしかないような小さな老女が、おつかいのお金を落っことした幼女のようにとほうにくれて、道ばたに佇んでおりました。

どうしました、とわたしは声をかけました。

人の通わぬ河原のまっただ中です。道の両側には夏草が今をかぎりと生い茂り、一歩足を踏み外せばそこは葛《くず》のたくる湿原がひろがっております。日射病でたおれたら助けは来ず、ひからびた老女の死骸は、たやすく腐敗して河原の草に食われるでしょう。

某眼科医院はこちらですか。

某眼科医院といったら、河原を抜けて、橋を渡り、大きな国道を、ああいってこういってと行き方を説明しはじめましたが、老女が何も理解していないのを見てとりまして、わたしもちょうどその方角に行くところです（それはうそ）、途中までいっしょにいきましょうと老女をうながし、わたしたちはゆっくりと歩きはじめました。老女といえども、バックパック背負って日よけ帽をかぶり、歩け歩け運動は日常し慣れたようすで、足はいたってたっしゃでした。

ほんとにお暑うございます。

ほんとにお暑うございます。とわたしもその口調にひきこまれつつ、いつ梅雨は明けるんでしょうね、と申しますと、明けやしませんよ、と老女はきっぱりといい放ち、空を見あげていうことには、明けたら明けたで、この熊本の呪われた夏！　と。

道々老女は語りました。

夫がおりましたが、こないだ死にました、数年前、ちょっとした検査で病院にいきまして、それっきり出てこられなくなったあわれな死に方をいたしました、ひとつの検査から、悪いところがみつかって、芋づる式にあそこもここも、検査や手術や、検査や手術や、つっつかれ、切り刻まれ、数年ごしの病院暮らしのあげくとうとう死んでしまいました、某大病院、あそこはまるで牢獄でございます、治療は良くとも病人や病人の家族の疲れを癒してやる余裕もくそもありませぬ、駐車場ははるか彼方の崖の下で、崖の下から何百歩もある石段をえっちらおっちらのぼっていかなくてはならないのでございます、たどり着いたそこは裏口で、そこを入りますとすぐ霊安室、そのうち夫もここに来るという予兆ではないかとおそれながらその脇をすりぬけて、みじめにがたつく引き戸をおしあけて、あとぜきおねがいします（戸を閉めてください）と張り紙も破れかけ、あとぜきしようにも戸が閉まらないような入り口から入りまして、長い迷路のような廊下を迷いつつ歩いていかねばならないのでございます、昔々、あなたのように親切な奥さんに呼びかけられたことがございます、その奥さんはいいました、かみやほとけが下したもうところを、人間たちは、どんなにつらくとも耐え忍ばねばなりません、かみやほとけは、人間たちより、はるかに優れていらっしゃるのですからと、でも今なら申しましょう、そんな意見はくそくらえでございますよ。

おばさん、辻につきました、あちらが国道、あのほら、赤い看板がみえるでしょう、あの看板のかげにかくれた建物が某眼科医院、ここから五分もかかりません。

奥さんありがとう、こんな遠くまでともに歩いてくださって、ご親切は忘れません、わたしはこれからあそこまで歩いてまいります、いままであなたと交わしたこの楽しい会話の数々、それを思い出しながらいけば、ほんの一歩きと老女はふかぶかとわたしにお辞儀し、またお辞儀し、ぴったりと二つ折りになったかと思うと、うめくようにささやきました、奥さん、ばばあからの忠告です、病院に入りましたら、医者のいいなりになって治療をされてはいけません、いらないと一言いえば相手は何もせぬのです、どうかおかあさんを早く苦しみから助け出してお遣りになって、奥さんがそう願えばそれはきっとできるでしょう。

父の予感は的中したかと思われました。次の日病院から呼ばれました。駆けつけてみると、あの白じろと美しかった母がすっかりドドメ色に顔を染め、酸素マスクを装着させられ、くぐもった声で、ああくるしい、ああくるしい、とうめいておりました。看護師が、わらわらと、何本もの線や管につながれた母のさらにそのまた上に、さらに多くの線や管をつなぎとめていきました。

いろいろお世話になりました、
六十年間おとうさんと楽しかった。

ともだえる母がいいました。黙ってるのもなんですし、ほかにいうことが無いのでわたしはいいました。もうちょっとがんばって。我ながら間のぬけたことをいったものです。すかさず母がいいました。

人生がんばりっぱなし。

そのとおりでございました。うつの人に話しかけるとき、いってならないことばの筆頭が、がんばれ、と。うつも死にかけも同じであると後悔しました。するとまた母がいいました。

苦の娑婆だよ。

ああくるしい、くるしい、ともだえた母は、あたしゃもうおしまい、といいつなぎ、そして、はっきりといいました。

先生一服盛ってください。

断末魔の四苦八苦。

曾根崎心中《そねざきしんじゅう》か心中 天網島《しんじゅうてんのあみしま》か。男に殺される女があわれにもエロかった。心に残ったことばでした。心に残ったその理由は、人が死ぬときの状態を、こんなに的確にあらわしているからだと、今の今、知りました。ひとりの一苦やふたりの二苦ではなく。何万。何百万。という人々の。四苦八苦、また四苦八苦。

命終わるの時天に音楽ありき。命終わるの時紫雲身にまつわりぬ。

これはどこで読んだことばだったか。今まさにそのときかと思いまして、耳をすましてみましたが、聞こえるのはぴっぴっぴっという機械音、しゅーしゅーしゅーという機械音。断末魔の四苦八苦はたしかにそこにありましたが、紫雲も音楽もどこにも無く、ああくるしい、ああくるしいと、母はうめく。今の母には、いえたぶん一生ずっと、頼るものが何もなく、そうして今は、がむしゃらにしとりぼっちで、とてつもなく無力で、むき出しに曝されて、苦しみを苦しむばかりなのでした。

それはわたしも同じでした。母の娘ですもの、がむしゃらにしとりぼっちで、とてつもなく無力で。

看護師が、わらわらと母を別室に移す手配をしておりました。すでに何本もの線や管につながれた母のそのまた上に、さらに多くの線や管をつなぎとめていきました。そして母は、何本もの線や管とともに救急車にのせられて、入院していたリハビリ病院から、どんな病人も受け付けて処置できるという大病院に運ばれていったのでありました。

結論からいえば、紫雲はみえず、天の音楽も聞こえませんでした。そして、母はまだ死にません。もだえ苦しむ母を前に、医師たちの説明によれば、これは心不全、それによって肺に水がたまって、この呼吸の困難がひきおこされたものであると。

この苦しみを取り除くことはできませんか、とわたしはききました。

医師たちにはできないようでしたし、医師たちは考えてもいないようでした。まだそんな段階ではないともいわれました。

でも苦しんでいます、とわたしはいいました。（どうせ死ぬなら）その苦しみをこそ取り除いて（死なせて）やりたいと思うのです。

ここにいる人は、と年上の男の医師がいいました。どの人もどの人も、みんな、痛い苦しい思いを抱えている、それがあたりまえなんです、病気というのが、もともとそういうものだからだ。

でも、とわたしはいいかけてやめました。会話というものは、成り立たないときもあるのだと知りました。生かしたいという善意であります。科学の力であります。現実は、かけ離れておりました。わたしは読み過ぎておりました。往生する往生伝や心中する浄瑠璃を。平家物語やバガボンドやDEATH NOTEを。そこでは人がたやすく死にました。つぎつぎに死にました。どんな死も、ありました。ところが現実の病室で、現実の母は、たやすく死んだりしないのです。といいますか、死ねないのです。

われわれは相談しました、透析をしたらよいと思います、水は出るでしょう、状態は一気に改善されるでしょう、この息苦しさも楽になるでしょう、と気象予報士のように医師たちがいいました。

そして雨が降り出しました。ただの大雨警報ではない、記録的な大雨が。熊本地方は八百ミリと予想が出ました。

どのくらい？　とあい子がいいました。八メートル、とわたしがいいました。

どのくらい？　とまたあい子がいいました。ヤードポンド法での返答の仕方がわかりませんでした。

あの家くらい？　とあい子がいいました。古い木造の家がそこに建っていました。あき家になってだいぶ経つらしく、片側がすっかりカズラでおおわれてありました。古くひしゃげてだいぶ沈んで、そうねたぶんあの家よりちょっと高い、と言いかけてその空の上にまで降った雨が達することを想像しました。家も、車も、人も、あい子も、水の中でゆらゆら動いておりました。道は冠水しました。車は、容赦無しに迂回させられていきました。それはどの道を通っても、どこかでかならずそんな具合でした。それでもわたしは病院に、母に会いにいかねばなりません。それは、坂をのぼってお城の石垣のめぐる道をくねくねと行ったところにありました。雨に濡れて、石垣も、草むらも植え込みも、行き交う人々も、黄緑いろの絵の具をぶちまけたような色をしていました。

透析は効果がありました。血液から五リットルの水分をしぼりだされ、顔の苦悶も、むくみもくすみもどす黒さもなくなりましたが、菩薩顔の美しさもまた失われておりました。トヨ子ゆずりの力も失われ、母はとおーくにおりました。

あたし入院してたんだってね、と母がいいました。

そうだよ、入院してたよ、一年間も。

あらそう、じゃお父さんにも苦労かけたねえ、と母はいい、なんでだろう、そんなに長いこと入院してたのになんで忘れてるんだろうと、心底不思議そうにいいました。

去年からずっとよ、去年はあたしたちがいたじゃない、あたしは帰って、来てまた帰って、また来てまた帰って、また来たの、おかあさんはそのあいだずっと病院にいたんだよ。

しらない、といって母は黙りました。何か考えてるふうでした。そしてまたいいました。

ここに来る前にほんとにそんなに入院してたの？

そうだよ、入院してたよ、一年間も。

なんでかねえ。

手が動かなくなったんだよ。

ああほんとだ、動かないよ。

いろんな病院、ありとあらゆる病院を、二人でまわったのよ、おかあさんを車椅子にのせてさ、皮膚科のある大病院にいって足の手術したのよ、それから整形外科のある大病院にいって神経の検査したのよ、それから神経内科のある大病院にいってまた検査して、それから血液内科のある大学病院にいったときは入院して大きな検査をしたのよ、さんざんさんざん検査したのに、とうとうわからなかったから、かかりつけのリハビリ病院に入院して、かかりつけの先生がずっと見てくれてたのよ、四階の病棟で、主任の某さんやかんごふさんの誰さんたちもみんなで。

入院しなくちゃいけないのか、と母はいいました。あんたにも苦労かけるねえ、で、いつ手術するの。

まともな会話になってないのを知りながら会話してるふりをして会話のようなものをつづけるのは、退屈でありました。怖ろしくもありました。話しながら、もうここには誰もいないのだと実感して、ぞうっといたしました。まだ生きてはおりますが、もう存在しません。対面してるそれは、影のような人でした。でもむかしは自分の母でした。これを孤独というのはあまりにもおおげさだ。母なんか、理解してもらったことも、期待したことも、なかったような気がする。でもここで、この濡れ濡れの木や苔の中で、あい子を抱きかかえながら生きているわたしは、たしかにわたしである、と考えおよんでいきましたら、とてつもなく寂しくなりました。

大病院の駐車場は、崖の下にありました。砂利道をずっと下っていきながら、あい子がわたしの傘を持つ手にぶら下がり、わたしはそれを払いのけ、またあい子がからみつく、そんなことをくりかえしながら、あい子が話しはじめました。

さっきおばあちゃんにね、おかあさんどこいったのってきいたら、先生とおはなししてるからじゃまするんじゃないよっていったのにね、一分くらいしたら、おかあさんどこいったんだろうねえっていうの、先生とおはなししてるよっていったら、あらそうしらなかったっていうの、で、一分くらいしたらね、よきちゃん（上の娘の名前であります）いつかえってくるのっていうからね、八月だよおばあちゃんっていったらね、今、何月っていうの、七月だよおばあちゃんっていったらね、あらそう、しらなかったわ、で、今、何月？　あ・おーっておもいながら、七月だよおばあちゃんっていったらね、あらそう、あいちゃんにきこうとおもってたんだけど、今何月って、あ・おー、七月だよおばあちゃんっていって、五分くらいたったらね、よきちゃんいつかえってくるの、八月だよおばあちゃん、あらそう、で、今は何月？　あ・おー、またここにわたしたちは行くよとおもったけどね、七月だよおばあちゃんっていったらね、おかあさんどこ？　外で先生とおはなししてるんだよおばあちゃんっていったらね、あらそう、なんのことかしらって、あ・おー、あ・おー、あ・おー、またここにわたしたちは行くよ。

あ・おーはやめてよ、うるさいよ、とわたしがいいました。カッコーの鳴き声のように聞こえる間投詞でした。

あ・おー。あい子はもう一回つけ足しました。

でもおじいちゃんはもっとひどいよ、あたしがよんだらね、でんわにでてね、あーちゅんすけかな？　っていったんだよあたしに、それはジョークじゃなかったよ、ちゅんすけはほえてたよ、うしろで、とあい子が英語のような日本語でいい、笑いだし、あ・おー、あ・おー、あ・おーとくりかえし、笑いながら、あらそうと祖母のまねをし、くるくると目をまわしてみせました。そこでわたしも笑いだし、笑いながら唱和しました、あ・おー、あ・おー、あ・おー。

会話とは、あ・おー。

成り立たないときも、あ・おー。

あるのである。

またここにわたしたちは行くよ、あ・おー。

雨が降って、あちこちで人が死にました。そして雨がやみました。雨上がりの日差しが、ぎらぎらしました。地表から水分はごうごうと立ちのぼりました。心不全じゃなくとも、肺の中いっぱいに水分はつめこまれているようでありました。

わたしは川沿いの道を車で走っておりました。道ばたに、ひとりの老女が立っていました。十年たつかたたないか、とわたしは思いました。今はあのように動きの自由な老女でも、十年もすれば、母のように老いはてて、病院のベッドに横たわるであろう、と。このごろ考えることといったらそんなことです。そのときその老女、わたしにむかって一歩踏みだし、手をふりました。わたしは車をとめました。汗だくで、今にも泣き出しそうな表情で、老女はいいました。バスが来ないのです、時間をまちがえて、あと一時間は来ないのを知りました、ここはタクシーも通りません、どうしていいかわかりません、某ホテルでお友達との待ち合わせがいついつにありますがとうてい間に合いそうにありません。

お乗りください、お送りしますよとわたしはいいました。

老女はちょこんと助手席に乗り込んで、汗をふきふき、いいました。

助かりました、ほんとうに助かりました、見もしらぬあなたをおとめして、失礼とは存じましたがああするしか方法がなかったのです。

お互い様ですからお気になさらず、とわたしは申しました。それから坂をのぼり、お城の中に入っていきました。雨上がりの石垣は、苔がひろがり、隙間から葉や蔓がはみ出して、見ていられぬほどの秩序の無さでした。老女は身の上を、息子が遠くの町にいて、先月帰ってきてまた帰っていったことなどを語り、一息ついてまたいいました。

助かりました、ほんとうに助かりました、見もしらぬあなたをおとめして、失礼とは存じましたがああするしか方法がなかったのです。

お互い様ですといいながら、わたしもまた、死にかけている母のことなどを語り、森を抜けて坂をのぼり坂を下り、ホテルの前につきますと、老女はわたしのほうについと向きなおり、いいました。

助かりました、ほんとうに助かりました、見もしらぬあなたをおとめして、失礼とは存じましたがああするしか方法がなかったのです、とすでにくりかえしたことをまたくりかえし、あたくしは、と声をつまらせ、この年になってこんな親切な目にあうとは思ってもいませんでしたと涙ぐみ、一瞬わたしに向かって手を合わせました。

石垣は、黄緑いろの絵の具をぶちまけたような色をしていました。炎天がつづいていたときは、木々もカズラもむっつりと黙りこくり、どす黒くなり、目をとじてしゃがみこんでいるようなようすだったのです。雨が降るやいなや何もかもがよみがえり、ぶくぶくと太りはじめました。まったく驚くべき秩序の無さでした。石垣の隙間から、崖の際から、光も陰もためこんだ、雑多な植物の群れが、はみ出してきました。植物の色の明度がぐんぐん、ぐんぐんあがって、破裂寸前に達していました。はれつするはれつする、何もかも無くす、みんな無くすとうめきながら枝が揺れ、車の横腹をたたきました。カズラが這いました。

太宰治「お伽草紙」、源信「往生要集」、梁塵秘抄「仏は常に在せども」、ホメーロス／沓掛良彦訳「デーメテール賛歌」、それから近松門左衛門、慶滋保胤、石牟礼道子などからも声をお借りしました。なお、八百ミリが八メートルの訳がなく、それは算数の苦手な伊藤の勘違いです。

ポータラカ西を向き、粛々と咲いて萎む事

先日若い人に、悩みの相談されました。プロのミュージシャンを目指してバイトしながら生きてきたがもう三十をすぎて、これからどうしたらいいのかと。親身になって、定収入ということや将来性や保障について考えていましたら、はたと気がついたことがございます。わたし自身、なにひとつ持ってないじゃないか。収入といえばほそぼそと書きちらす原稿料。本を出したところでたいして売れるわけでもなく。で、暮らせないかといいますと、これが、暮らせておりますのです。ぜいたくはいたしません。むしろ爪に火をともすようなつましい生活を送っておりますが、食費に学費、くうねるところも住むところも、飛行機代やたくさん集めた鉢植えのお代まで、どれも考えなしに支払いつつ、子ども三人育ててまいりました。どうしてやりくりしてこられたのか、いまだにわかりません。

夏休みの予定は、いろいろとたてておりました。七月の終わりには学校から解放される

あい子を連れて旅行しよう、八月になったら帰ってくる上の娘も連れて旅行しよう、それからお盆の混雑を避けて十三日には成田から太平洋を渡って帰ろうと。そうしましたら、梅雨は明けず、母は危うくなりまして。わたしは熟考し、まず最初の旅行をキャンセルしました。安いチケットには高いキャンセル料がかかりました。それを粛々と支払いました。そして携帯を買い求め、まず病院と、知らせるべき親戚と、それから葬儀屋の番号を入れました。そしてカリフォルニアから、いちばん上の娘を、呼びもどしました。八月に来る娘ではありません、その上の、長女です。わが子は二十になりぬらん、音楽を仕事とさだめ、ベイエリアの界隈で、人の批評に身を曝し、日銭を稼いで生きております。もう数年日本に帰ってきておりません。初孫で、可愛がってくれた祖母にせめて一目と思ったが金と時間がままならぬ、数日間ならやりくりできるというので、たった二日間熊本に来させるために、わたしは十数万の金を支払いました。心で泣きました。

七月の終わりに、やっと梅雨は明けました。やけくそのように、暑くなりました。発表される気温は、連日、三十六度や三十七度でした。こうなると、もう、気温というより体温です。何も着る気になりません。袖があるのも堪え難く、襟やボタンも堪え難く、袖無しの薄物ばかり着ておりました。すると五十歳の二の腕や脇腹が、たぷたぷと垂れてはみ出てくるのです。首筋に髪が触れるのも堪え難いので、くるくるまとめて団子にいたしますと、あごの皮膚がたるむのです。たるんで垂れて、はみ出てくるものを、見つめなおす日々でありました。どんなに上塗りを重ねても、すぐに化粧ははげてきました。そして長年のしみやらしわやらがたるみとともに。自分そのものを否定したい悪意が抑えきれず、粛々と、その非情な日々を生きておりました。

その矢先、夫がロンドンに行くといいだしました。

先日、夫の仕事を評価してくれる人が遠くから訪れてきました。そしたらペニスが伸びました。それから数週間してまたそういう人がやって来ました。ペニスはまた伸びました。

地蔵のお告げにしたがってわたしも必死にほめましたから、夫のペニスは、自恃とともに、すっかり長々とたちあがり、色つやも良くなっておりました。それでさらなる商談を成立させるために、ロンドンに行くといいだしました。四十数年前に喧嘩別れしておんできた所であります。人々に連絡を取ってみると、四十数年前の喧嘩別れにもかかわらず、また関係を再開させようかという話になった。それで、九月のはじめにロンドンに行きたいがどうかという。つまり、わたしのほうが、夫のいないカリフォルニアにあい子を連れて帰れなくなりまして。いつなんどき、父や母に呼びつけられるかわからない、それならば、九月の半ばまであい子ともどもここに居る、つまりは予定をキャンセルして、新たに予約を入れ直す、国内線も、国際線も、レンタカーも。あい子の学校も、仕事のやりくりも、人との約束も、置いてきた犬の世話も。気の遠くなるような作業でしたが、夫のペニスいな自恃の心をとりもどすことができるのならと思い切り、わたしは頭を下げながら予定を変更し、キャンセル料を粛々と支払いました。心で泣きました。そうして考えたものです。帰るころには涼しくなっているだろうかと。ところが希望はありません。去年も一昨年も、九月十月十一月と、残暑にもだえておりました。この非情な暑さが、わたしたちが国を出るまでつづくのは、ほぼ確実と思われました。

八月に入りました。

七月に日本に来た娘はあれからヨーロッパに渡っていったようで、ベルリンからメールが来ました。それからチェコの寒村からもメールが来ました。たいした内容ではありませんでした。ローマ字と英語で書かなくてはならず、ちゃんと会話してる気になれなかったからです。それでも渡る先々で、音楽をやってることは知れました。聴衆は、問いみ問わずみ嬲るらん。いとおしや。そしてぱたりと音信が不通になりました。娘の旅はつづきます。

西海岸にいたもうひとりの娘が飛行機に乗って太平洋を渡り、熊本にたどりつきました。この夏は大学に残って、夏期講習を受けておりました。根をつめて生きてしまう不器用な娘でした。毎日、娘から、国際電話がかかってきました。わたしはかけなおし、とりあえず、娘の気がすむまで、話をききました。電話代を、粛々と支払いました。夏期講習もやっと終わって、このくそ暑い日本にやってきたのでありました。背ばかりひょろひょろと伸びて、やせこけて、疲れはてておりました。娘は、熊本にたどりつくや、あい子とじゃれあい、英語でもつれあうようにしゃべりあい、けんかをし、ふとんをならべて折り重なって眠りました。眠る姿を見れば、満身創痍でした。家は離れても、からだは大きくなっても、いとおしや、まだおとなにはほど遠いと知れました。

四万六千日。お暑いさかりでございます。

旧暦でいえば七月十日、四万六千日の功徳日に、わたしは浅草へ行きました。某園芸家に会って話すという仕事が入ってき、お盆前のこの時期しか、わたしには時間がありませんでした。

じつはわたしもまた植物を、園芸を、生き甲斐にして生きております。その園芸家は、年の頃も、わたしの方がやや年上ですがそんなに変わらぬ、出身地も園芸にたいする嗜好も傾向もなんとなく似通っているというのを知っておりましたので、前々から、会ってみたいものだと思っていました。機会がようやくめぐりめぐってきたわけです。

ここでわたしがどんな格好をしてこの旅に出たか説明いたしましょう。

せめて初対面の人に会うのですから、おしゃれをしてとも思いましたが、この暑さです、結局は、いつもどおりの、ぺらぺらのキャミソールとぺらぺらのスカートに、絽か紗みたいに透けるものを上に羽織りました。ブラジャーなんかとうのむかしに捨てました。

若かったころは、乳首がぽつりと見えるのが、しかたないとは思いながらも気になっていたものです。今は、そんなところに乳首はございません。もっとはるか下、しかも左右不均等な場所にゆらゆらとついております。ときにわき腹のあたりに下向きでぽつりと見えたりしております。

　むかし、あの母が、よっと声をかけて、砂袋でも持ち上げるようにして乳房を肩に放り投げ、そこにしばらく架けおいて、それからそれをわしづかみにして、ヨロイのようなブラジャーの中に押しこんでおりました。それは皺だらけで、乳首はまっ黒といってもいいほどで、その脇に、ただれが固まっておりました。これはしろみが噛んだもの、と幾度も幾度もいわれました。わたしは知っておりました、母が呪いを封印していること。その封印が解かれれば、すべてが破壊されてしまうこと。乳房はどす黒く膨張して、家の中のものを一切合切、箸や茶碗や布団や蚊帳を吸い込み、神棚やちゃぶ台や鏡台を吸い込み（仏壇はありませんでした）、父やわたしや犬を吸い込み、路地裏に出ていって、所せましと置かれたトロ箱も、丹念に植えられた草花も、そこらを歩いている年寄りも野良猫も吸い込んでしまうこと。あかんぼの頃から何度も吸い込まれそうになりながら、生き延びてまいりましたとも。悪に立ち向かうウルトラなんとかのような面持ちで、立ち向かい、噛みついてのけたときにはさぞや憎しみと恐怖があったのではないかと、想像いたします。あの乳房。きのうも見ましたが、すっかり萎んで影も形もなくなっておりました。そしてこの乳房、三人も吸わせたのに、母ほどの大きさも邪悪さもありません。だからこそこんなふうにぺろんと出して歩けるのでございます。

それから耳飾りに首飾り。去年でしたか、友人の飾職人に細かな注文をつけてこれを誂えたとき、わたしの選んだ石を見て、同い年の飾職人はいいました、この年になったらもっと派手にちゃらちゃらしてる方が顔に映えるのよ、と。でもいいの、前から欲しかったから、こういうぽつんと雫みたいなのが、とわたしは申しまして、繊細な金の地にきらきら光る赤い石を取り付けてもらったのでありました。それ以来、指先に針を刺して絞り出したような雫が、耳と胸元に滴っております。

手には必携の日傘と汗吸いタオル。

さあこれで用意はできた、人に会う用意が。

そのようにわたしは家を出て車に乗り飛行機に乗り電車を乗り継ぎ、浅草寺の雷門の前で人を待ちました。そこはごった返しておりました。外人ばかりでした。うってるものは、うそっぽい、つまらない、まずそうな、ものばかりでした。坂があり、その向こうに隅田川の堤防がゆらゆらと見えました。人間の住む世界とも思えないほどの、暑いさかりでございました。

高層住宅の十何階というのは、思いがけなく風の通る場所でしたし、はじめて会った園芸家は、思いがけなく親しみのある顔だちの、どこかで知ってたようなふんいきの男でした。こちらも化粧はどろどろに落ちていましたし、彼はもとより化粧っ気なしで、半ズボンにTシャツという、いたってカジュアルな格好でわたしを迎えてくれました。

わたしはまず植物の見学を所望しました。南向きのベランダに通されまして、オリーブ、ダチュラ、ニガウリ、ローズマリー、マツリカ、ブーゲンビリア、オリヅルラン、エアプランツ、多肉植物、シャクヤク、タチアオイ、眼福でございます、と。

しかし見ましたのは、死屍累々、どれも悲惨な状態でした。そこには繁茂も繁殖もなく、花も咲いていませんでした。このベランダには、死をいとおしみたい欲望があるように思えました。植物の群れが、その欲望に粛々としたがっておりました。植物と男とは、心中しかけているようにさえ見えました。植木鉢の間に水槽が、小学生がカブトムシを入れておくのに使うような水槽がひとつ、置いてありました。中が見えないほど苔むしていて、目を凝らすとメダカが二匹泳いでいました。

もっといたんですけど死んじゃいました、と園芸家はいいました。

酸素ポンプをつけてやるといいですよ、とわたしは小学生に教えるようなことを申しました。メダカというのはつぎつぎに死ぬからいいんですよね、とわたしはなぐさめるつもりでつづけました。あたしも飼ってました、死骸を毎日すくってやってるうちに、メダカを世話しているのか死骸を世話しているのかわからなくなりました。

メメントモリ、と園芸家はつぶやきました。

ほとんどそれは死体愛、とわたしはつづけました。

園芸家がうめきました。


手で切って殺すことはないんですか、とわたしはききました。

死ぬにまかせるんですよ、と園芸家はいいました。

あら、あたしはいたしますよ、どんどん切り戻してやるうちに、やっぱりだめだなとわかってきますでしょ、もうどうやっても元には戻らないと、そうしたらひと思いに、剪定ばさみで、ばっちんと根本から切り落としてやる。

いやぼくは、そこまではしないけど、といいながら園芸家は、奇妙な、心当たりのあるような顔をしました。枯らす、枯らす、枯らして殺す、死屍累々、死のことは考えつめているという顔をしました。

うまくいかないのにどうしても買ってしまうというものはあります？　とわたしはききました。

シャクヤクです、と園芸家はそくざにいいました。

どうせ滅びるものを、だめに決まってるのに買っちゃって、無意識に、あえて死ぬところに置いてしまうのかもしれません、殺したいのかもしれません、いくつ枯らしたかわからない、これももう抜いてやらないと、といって園芸家は、干からびたシャクヤクの死骸を、わたしに見せました。

気にしませんよ、植物は、とわたしがいいました。

気にしませんよね、植物は、と園芸家がうなずきました。

植物にとっての「死ぬ」は「死なない」で「死なない」は「生きる」なんですもの、とわたしはさらにいいました。

そうですよね、殺してもいいんだ殺しても、「死ぬ」をかなしいと思いおそろしいと思う人の心は植物にはあてはまらないんだろうな、と園芸家はにっこりとしていい、それから、思い出したように、ぽつんといいました。

タナトスが。

ちょっと黙って、またそっとくりかえしました。タナトスというかね。

そして口ごもりました。ほんとうだろうかそんな馬鹿なことがあっていいのだろうかと自問している心の動きが伝わってきました。


西向きのベランダには、あいた鉢、土だけの鉢がいくつも置いてありました。夏の西日が射し込むと何もかも死に絶えてしまうそうです。それはそれは酷い夏の西日だそうです。死屍累々のそこに、花が咲いていました。見覚えのある、そこらでよく見る花でありました。薄紙のような紅色の花びら、花心は黄色。これは？　とわたしはききました。

ポーチュラカ、と園芸家はいいました。

あの補陀落《ふだらく》の？　とわたしが申しますと、
いやあれはポータラカ、これはポーチュラカ、似てますが語源はちがうんですよ、と園芸家はいいました。

これは咲きますが、散りません、一日花が、咲いて、萎みます、咲いて、萎む、咲いて、萎む、と園芸家がいとおしげにいいました。西向きの、吊り鉢の中に咲いた紅色の花が、ぽっかりと黄色い口をあけたっきり、無常をみつめておりました。

用事は済みまして。園芸家に連れられて、駅まで、路地から路地をつたい歩いていきました。路地にはトロ箱が、所せましと置かれてありました。段々畑みたいに積み重ねられているのもありました。そのどれにも、ニチニチソウやポーチュラカが植えられて、きれいに咲いておりました。ダチュラも植えてありました。マツバボタンもありました。タチアオイやクレオメも、コスモスの幼い株も、そんな箱の中で、ぐんぐん伸びてそだっていました。

某さんのそだった葛飾では、路地裏のトロ箱は、日常の風景だったでしょ？　とわたしはききました。もちろんです、これがぼくの園芸の原風景、と園芸家は答えました。

あたしのそだった板橋もこうでしたよ、とわたしはいいました。ちゃんとしたプランターや素焼きの鉢じゃだめなの、この発泡スチロールの箱じゃないとね、ああ、あそこの、葉ゲイトウの緑は、みごとだ、と思わず独り言のような観察を口に出しますと、園芸家も同じものを見つめてうなずきました。

どんな親しい友人も愛人も、こんなふうに同じものを同じ気持ちで見つめながら歩いたことはありませんでした。わたしは、一株の植物が園芸家の手でたんねんに植え替えをされるように、わたしの汗まみれの存在にその手がそっと添えられて、たんねんに駅まで送りとどけられているように、感じたのであります。暑いさかりの昼下がりでありました。歩けば歩くほど、照りつける西日に、園芸家の影は、濃くなっていきました。そして園芸家の本体、半ズボンをはいて化粧っ気のない男は、どんどん薄くなっていきました。しまいには薄紙のようにぺらぺらになって、向こうのトロ箱が透けました。駅について、さあここでとわたしが振り返りましたら、透けたそれは、目の前からすっと消えました。

わたしは、昔の話を思い出しておりました。ずっと以前に読んだ話。話の中で西を向いて思いつめていた人のおもかげが、頭から去らずにおりました。その人は、往生したい往生したいとそればかり、思いつめていたというのです。ところがあるとき、自分の意志なんて信じられぬということに気がついた。いざというときに、病気にかかって、苦しんだり意識もなくなったりというのでは往生などできるものじゃない、それなら死ぬには病気じゃだめだと考えて、身燈《しんとう》しようと思い立ちました。しかしさすがに苦しいものらしい、まずできるかどうかためしてみようと、鍬を二つまっ赤に焼いて、両脇にはさんでみました。皮膚はめくれ、肉は焦げ、脂は溶けて、酸鼻をきわめたありさまでしたが、本人は満足し、これならできると考えて、火傷の治療しながら身燈用のかまどを用意していたんですが、また考え直しました。身燈してどうなると。浄土へ行って生き直してどうなると。その上しょせんおれは凡夫である、いざとなって、ほんとに死にたいか死にたくないのか疑う心がわきおこらぬともかぎらない、苦しみ悶えたら往生もままならぬ、それを考えればやっぱり補陀落山《ふだらく》だ、あそこならこの身のままでふらりと行けるだろう、と考えるとさっそく心をきめ、火傷の治療をやめて、とある海辺へいき、小舟を一艘あつらえて、朝夕乗って舵の取り方を習い、東からの風が強く吹くようになったら教えてくれと本職の舵取りにたのんでおきました。やがて東風の知らせを受けますと、小舟に帆をかけて、補陀落《ポータラカ》、一人で漕ぎいだしていきました。補陀落《ポーチュラカ》、桃色や紅色の薄紙のような花が咲いて萎みました。

ポータラカ、ポーチュラカ、あの園芸家もまた、思いつめ、西を向き、吊り鉢に水をやりながら、咲いて萎み、咲いて萎み、漕ぎいだす時期を考えているのだろうと思いました。

八月十日もまた、お暑いさかりでございました。

ロンドンでテロの未遂があり、夫の腰がひけました。

夫が新聞を読んでいうには、ロンドンの空港は手荷物検査の列でごった返していて、人は空港の建物に入れずに、外に、雨の中、立ちすくんでいると書いてあった、半数以上の飛行機が半分以上も空席のまま飛び立っているそうだ、それも手荷物検査でひっかかった乗客が、時間通りにたどりつけないからだ。

それはテロ未遂の数日後の新聞記者の見聞きしたもので、わたしにはとても思えない、同じ状況、同じ天候が続いているとは、今から二週間後、あるいは二ヵ月後に、とわたしは申しました。

むかしこのようなことがあった、一九八一年のポーランド、一触即発とあらゆる新聞がかきたてたものだ、でも行ってみれば市内は平穏であった、とわたしは申しました。

むかしこのようなことがあった、二〇〇一年、インドに行く直前にニューデリーでテロがあり、あなたはあのときも必死にわたしをとめたが、わたしは振り切って出かけた、市内は平穏で、埃にまみれていたのは爆弾のせいではなく乾期のせいであった、とわたしは申しました。

なんと無知なことをいう、テロの脅威はそこにあるではないか、新聞の記事がそんな不正確なことを書くと思うか、と夫は激しく切り返しました。

平常時、あなたは主張している、とても勇ましいこと、テロのために行動を制限するな、テロリストの思うつぼにはまるなと、そのくせどっかでテロが起きるたびに幾度予定をキャンセルしたことか、せっかくのペニス、おっと機会を、みすみす潰して、今回も、とわたしは申しました。

キャンセルではない、延期である、と夫はいいました。たとえば十月の後半はどうだろう、おまえもそのころならばカリフォルニアにいるから、おれの留守、あい子の世話は問題ない。

わたしは絶句したのでありました。

十月の末、あい子の学校は二週間の秋休みがありました。当初、その時期にあい子を連れて日本に来る予定をたてました、ところが決めたあとで、連れて行くなと夫がいう。その上おまえもいたほうがいいという。なにしろ長い秋休みである、家族そろって予定をたてたほうが楽しいじゃないかと。それで、わたしは粛々と計画をたてなおし、何ヵ所かには謝りの電話も入れて、十月の後半の予定を前半に持ってきた……それを今更忘れたと。わたしは十分に間をとり、ため息をわざと夫に聞かせ、夫が透視できるようにはっきりと天をあおいで、スロウリーに、クリアリーに、吐き捨てるように、いいました。

耄碌したんじゃないの?

夫は受話器の向こうで爆発しました。

へい、HEE－roh－MEE、なにをいう、

HEE－roh－MEE、おれにむかって何ということをいうか、

HEE－roh－MEE、何ということばを。

すべてのことばの間に、HEE－roh－MEEが合いの手のようにはさみこまれ、ストレスのかかったHEEとMEEが激しく耳を打ちました。

これは、わたしの名前です。十数年前、夫に対し、懇切丁寧に、わたしの名前は、通常西洋人が発音するような、後ろから二番目のシラブルにストレスが置かれるhee－ROH－meeではない、平坦なhee－roh－meeであると教えました。わたしはもっと曖昧である、わたしのHも曖昧である、わたしのRも曖昧である、わたしのMも、わたしのIも、わたしのOも、ふたつめのIも、みな曖昧に、かつ平坦に発音されねば、わたしではないのであると口うつしに教えこんだ。しかししょせんどこかにストレスを置かなければ不安でたまらなくなる英語の話者です、夫は、わたしをhee－roh－MEEと呼び立てるようになりまして。その上、曖昧をこころがけたHは、むしろ口蓋の奥の方に舌をつっこまれ、Çと表記されるあの音に近くなりました。

むかし、言語学の授業で教わりました。東京弁の「ひ」、それをあえて表記するならÇであると。

çee－roh－MEEと呼び立てる声には聞き覚えがありました。しろみー、しろみー、と苛立つ母の呼び声です。のそのそと出て行くと、なにやってんのあんたはまったく、ぐず

だねまったく、なんで何々もできないんだよと、叱るというよりののしられたものですが、その çee－roh－MEE。この十数年間、いわれのない母の叱り声にそっくりな夫の呼び声に、粛々と、耐えてきたわたしであります。

そして今、その名前は、激高する夫によって後ろにも前にも強大なストレスがかかってき、Ç音は消え失せて、耳を引きちぎるようなH音と変化して、HEE－roh－MEE ア、ソレ、HEE－roh－MEE　チョイナチョイナ、と彼の怒りを増幅しておりました。

わたしは、怒らせるつもりではっきり口に出したのであります。

耄碌。

それこそ、まんじゅうよりも何よりも夫がおそれるものであり、それは無いと、ちがうと、日々否定したいものでありました。そんなことばでも口にしなければ、こちらの気がおさまりません。あんなに話し合い、こんなにコンプロマイズしてるのにコンプロマイズとはそりゃ何だと嫌みをいわれ、闇の中を歩いてるような気持ちになりながらキャンセルしキャンセルしまたキャンセルし、予定を組み直したその結果を、すべて忘れたという。

行きやがれ。行って一生そこにいやがれ。空港なんて永代封鎖だ。ジジイひとり紛れたところで困りゃせぬ。粉々に吹き飛ばされたとて、妻の呪いたあ、だあれも思うまい。

いくら呪っても、声が届かないのはわかっていました。次の日、わたしは粛々と、すべての予定を再変更し、キャンセル料を支払いました。ただひとつ、八月にやって来た上の娘の、母親にまもられた夏休みは無事に過ごさせてやりたいと思いまして、早く帰れ、すぐ帰れと囃し立てる夫を黙殺し、八月の終わりまで日本にいることに決めました。いったいこの夏、どれだけのキャンセル料を各交通機関に支払ったものか。数百ドルじゃききません、千ドル、日本円にしたら十数万はかたいでしょう。心でおいおい泣きました。詩を書くと、何枚書けばそれだけのお金になるか。それとも永遠にならないか。お金は、梅雨時の増水冠水のように流れ出ていってとまらない、抜きたいとげはとどまって、なかなか、なかなか抜けません。

それからお盆になりました。

いろんな人から、果物が送られてきました。

植木《うえき》の西瓜。荒尾《あらお》の梨に、玉名《たまな》のぶどう。

植木の西瓜を食べきって、荒尾の梨と玉名のぶどうは食べきらぬうちに、岡山《おかやま》から桃が来て、大牟田《おおむた》からぶどうが来ました。広島《ひろしま》からもぶどうが来ました。

八百屋さんには緑と赤のほおずきと、それから、手の指くらいの細い赤い新甘藷が出ていました。むかし、子どもの好物でした。十年か二十年前のはなしです。たまらずに買い求め、ねっとりと蒸《ふ》かしあげました。わたしたちは、梨や桃やぶどうや、新甘藷を食べました。せっせせっせと食べました。みずからがほとけさまになり申したような、食生活でありました。

世間はお盆で、死者が行き来してました。お盆の入りに町では花火や踊りがあり、人々が騒ぎ、静かになりました。お城をとりまく坪井川では、精霊流しも行われました。この川は、わたしたちの家の前を流れる川でもあります。わたしたちは、今年はまだ、迎える火も送る火も、焚く必要がありませんでした。夏の間に、あい子はおっぱいが大きくなりました。素朴な隆起の先端には、薄桃色の乳首があるようなないような、かすかな風にも耐えかねて、ちりちりと鳴りいだすように思われました。それからポーチュラカが咲きました。浅草から帰った次の日にわたしは、ポーチュラカを買いに走ったのです。二百九十八円で、むっちりと葉の繁るいい鉢が買えました。日なたに出してやると、薄紙のような花を、つぎつぎに咲かせました。咲いて萎みました。咲いて萎みました。赤い花が、咲いて萎みました。そしてこの夜、娘たちは河原に出て、花火をしております。河原の巨大な闇の中、赤や青のちいさな火が、刹那、刹那、燃えて光って消えました。

いとうせいこう「自己流園芸ベランダ派」、桂文楽「船徳」、梁塵秘抄「我が子は十余に成りぬらん」、鴨長明「発心集」、八木重吉「素朴な琴」などから声をお借りしました。

鵜飼に往来の利益を聴きとる事

話は少しだけさかのぼります。某さんがわたしに案内をくれました。八月の第一土曜日に水前寺公園で薪能《たきぎのう》を奉納します、と。手紙には、当日のプログラムと、親切にも、平凡社から昔出た「マンガ能百番」という本からのコピーがつけられてありました。演目は「鵜飼」でした。

某さんは、文学館でときどき顔を合わせる仲でありました。謡をやっているとききました。謡といえば、子どものころ、近所の氷川神社《おしかわさま》で奉納していた、あそこでは毎年やっていたのだ、ちょうど某さんたちのようにとおぼろげに思い出す。お習字の先生が謡も教えていて、手習いした板敷きの大広間の後ろの壁には大きな松が描いてあったことも思い出す。謡曲集上中下、何年も前に買いましたが、読みとおしてはおりません。いつか読まねばと思ってはおりましたし、あい子にもいい経験だ、いってみようかと考えました。直前に夫から電話がかかってきまして、きょうあい子を連れて能を見にいくのだと申しますと、うははと笑って、かわいそうな子どもよ、という。聞けばもう半世紀も前、前々妻を伴ってはじめて日本を訪れたとき、世に名高きノウシアターというものを見むとて行きしが、つまらなかったつまらなかったつまらなかったつまらなかった、なんにもわからなかった、拷問であった、おれは（と強調して）日本の文化は好きだし、おまえのことも愛しているが（なに、時候の挨拶です）、好きになれないのは、マウンテンポテト（山芋のことです）とナットー（ほかに言い換えができないのです）と、それからノウと、それからもうひとつ、なんといったか、あの映画、あの監督の、ほら、あの、あれじゃなく、前にもいったが、あの、あれ、といつものことですが加齢による物忘れにもだえておりましたので、

オヅ

と介錯してやったのでありました。

ダンスのようなものとあい子にはいいふくめ、夕闇せまる水前寺公園、駐車場のおじさんに公園はもうしまってますよと注意されつつ、細道をつたっていきますと、周辺の店もしもたやもみんなしまってしーんとしておりまして、たどりついた受付に、早い灯りがともっておりました。

木立の奥に、幕が張られてありました。人がいて、低いざわめきはあっても話し声は無

く、空気は異様に張りつめて、もう舞台は、はじまっているのだと感じ取れました。やがて蟬が鳴きやみ、日が暮れ尽くし、巫女たちがうごめいて、あちこちに篝火が焚かれました。

「鵜飼」でありました。

某さんの送ってくれたものを読んではありましたが、目の前で何がどうしてどうなっているか、いったいストーリーがあるのか無いのかもわかりませんでした。ことばが聴きとれませんでした。この芸は、ここでこうして見ているより、中に入ればもっと楽しめる、現代詩と同じである、あそこで謡ったり楽器を鳴らしたりしている人々はさぞやいい心持ちであろう、などと考えておりましたら、下の方で、あい子が、あちこち掻きむしったりうめいたりしているのに気づきました。

おかあさん、とあい子は苦しげにささやきました。すごく、すごく、すごく、つまんないの、ずっとみてなくちゃだめ？

無理もないとわたしも思い、夜陰と、そばの人が出たのに乗じて、あい子の手をひいてするりと抜け出しました。池のほとりの道をつたって出口へ向かいながら、ここの、ササゴイっていうサギがね、鳥なのに釣りをするんだってよ、といいますと、つり？　どんな？　ぼうをもって？　とあい子はすぐきげんをなおして話に飛びついてきました。築山をのぼり行きどまりを引きかえすと、灯りのともった自販機をみつけました。缶は、ごとんと、とてつもなく大きな音をたてて、転がり出てきました。振り返ると、闇の中に、築山も池も舞う人も見る人も釣るササゴイもすっぽりと隠れておりました。

帰りまして、わたしは本棚に埋もれた謡曲集を探し出し、埃を払いつつ読み始めたわけでした。そして、あの空間では何も聴きとれなかったことばを読みとりました。筋もはっきりわかってきました。そしてそれ以来、もう何週間もたちますが、「鵜飼」をくりかえし読む、いいえ、読むというよりは本のそこを開いて眺めることをしております。

殺された漁師は、舞台に出てきて、こういった（のを読んだんですけど）。

鵜舟にともす篝火の　後の闇路をいかにせん

密漁をしたために殺されましたけど、そもそも殺生がやめられないのですから、救われません。死んだら、後はいったいどこにいくのか、と。

殺生なんて、わたしはやむにやまれぬ思いで叩き殺す毒虫以外はしたことがありません、といいかけて、はと気がついた。なんの、いたしました。肉は食しますし、よろこんで食しますし、それから水子も殺して流しました。それもなんべんも。しないではいられなかったのです。

さて、後の闇路を、いかにせん、と鵜飼の嘆きに唱和して。

で、ここです。げにオオライのリヤクこそ。

くりかえすのです。夕をたすくべきちからなれ。夕をたすくべきちからなれ。

某さんのくれた手紙、ずっと机の上においてありました。そこには「鵜飼」の最後の部分が引用されてありました。いちど読んだきりで、ほかのものに紛れてしまい、移動の際にたぶん捨ててしまいました。某さんがなんと書いたのか、何をわたしに伝えようとしたのか思い出したいのですが、思い出せません。やぎさん郵便じゃあるまいし、おてがみ捨てちゃいましたとは口が裂けてもいえません。

げに往来の利益こそ
他を助くべき力なれ
他を助くべき力なれ

往来とは、行ったり来たりです。わたしの今しているような生活のことです。でも一所不住の僧の生き方も、また、往来というようだ。往来の利益とは、注釈によれば、「往来の僧に対して功徳を施すことこそ、他力による成仏を果たすことになるのだ」とかいてある。「利他により他力（阿弥陀仏の衆生済度《しゅじょうさいど》本願力）を頼むこと」ともかいてある。出会う人。通りすがりの人。行き過ぎる人。かかわる、かかずらわる人々。わたしが往来しながら出会うそういう人々にかんして、あるいは人々が往来しながら出会うわたしにかんして、とてもなつかしい話が、そこには書いてあったような気がするんですが、思い出せません。ほんとに、やぎさん郵便じゃあるまいし、あのてがみのご用事はなんでしたかなんて、口が裂けてもいえません。

謡曲「鵜飼」、梁塵秘抄「鵜飼は憐しや」、秋山純晴私信より声をお借りしました。

耳よ。おぬしは聴くべし。溲瓶のなかの音のさびしさを。の事

父のあぐらの中できいた話では、嫁取りの話が秀逸でした。ほら話とわかっていながら、同じ話を父がくりかえすので、あるいは真実かもしれないと思っていたわたしは馬鹿かもしれません。その話には歌のようなふしがかすかについていたものです。

〽むかし結婚しようと思ってさ、お嫁さん募集って新聞に出したらさ、三千人もきちゃったのさ

〽そんで家の前に女の人をずらーっとならばしてさ、一人一人面接してさ

〽好きなものはなんですかなんてきいてハイ次の人ってさ

〽そしたら二千五百番目におかあさんが入ってきたのさ

すぐ決めた？　とあぐらの中でわたしはどきどきしてききました。何回きいてもここはどきどきするとこでした。

ああ決めた、だからあとの五百人にはもう決まっちゃいましたっていって帰ってもらっ

た、と父はいいました。

そこでわたしはききました。おかあさんはどんなふうだった？

ふとその話を思い出しておりました。


今の父や母に足りないのは信仰じゃないかと、わたしはカリフォルニアのうちの近所のショッピングモールの中の本屋の店内のコーヒー屋の店先の外気の中におかれたテーブルに席を取って、紙コップ入りコーヒーをすすりながら、隣人を相手に話しておりました。コーヒー屋の店先にしつらえた椅子席はカリフォルニアの公衆の場で喫煙できる数少ない場所のひとつでありますから、隣人はしきりに喫煙しておりました。

この隣人は、かなり年上ではありますが、家族のように行き来している親しい友人です。ユダヤ系の家族で生まれ育ち、ユダヤ系の男と結婚し、ユダヤ文化も伝統もひととおりは知っているが、実生活でそのような戒律を守る気はさらさら無い、豚も食べればエビも貝もクリーム煮の牛肉も、という隣人であります。信仰は無い、と断言する、信仰が政治を動かす今の風潮は気に入らない、気に入らないばかりか馬鹿の阿呆の狂気の沙汰、信じるものは自分と民主主義と資本主義だけ。そういう意味ではまったくつれあいと同じであります。

その隣人がのけぞりました。信仰？　なんの？　どんな？

うえる、信仰とか、あるいはそのようなもの、とわたしは少々恥ずかしくなりながら申しました。

何でもいいけど、蜘蛛とか。

蜘蛛？　とまた隣人はのけぞりました。

母は蜘蛛がきらいです。見るやたちまちたたき殺さずにはおられません。じつをいえば蜘蛛にかぎらず、蠅も蚊も毛虫もゴキブリもヨトウムシも、そこにいてはならぬ虫はすべてたたき殺しておりましたが、蜘蛛というのがとくに家族の団欒中にひょいとあらわれるものですから、立ち上がって右往左往したたきつぶす母の姿が目に焼き付いておりました。それでわたしは横たわる母に向かってこう提案したものです。

蜘蛛を殺しすぎたのよ、おかあさん、蜘蛛のたたりかもしれないよ。

たたりとかごりやくとか、母はもともとそういう考えに慣れておりますから、蜘蛛ねえ、とつぶやいて、じゃ退院したら何か供養でも、と一瞬納得しかけたのですが、たちまち我に返り、そんなわけないじゃないのよ、蜘蛛だなんて、といい捨てました。奇抜ながらも妙案であったのに、とわたしは口惜しく思ったものです。

戦争に裏切られ、虚無の中に投げ出され、東京で焼け出され、足を踏ん張って、生きてきた父と母であります。信じるものなんかどこにも無い。大切なものも無いかもしれない。

うちには仏壇がありませんでした。法事にもお寺にも縁がありませんでした。神棚なら、ありました。死んだ誰とかが父の夢枕に立って供養してくれと頼まれたから神棚にまつっているのだとききました。母がごはんをあげ、父が柏手を打っていました。それなりに、かみやほとけや霊や魂を、おそれかしこみ敬う気持ちはあったようです。それはいつのまにか取り払われました。高度成長期がやってきたのはそのあとです。東京オリンピックもそのあとです。都電がなくなり地下鉄ができたのもそのあとのことです。

なんにも、なんにも、信じまい。

おかあさんあれは？　とききますと、ああ捨てちゃったよ、という答えが返ってきました。いつまで取ってたってしょうがないあんな古いもの、また新しく買えばいいんだし、と。

まったく虚無的でした。

でも不思議なことに、母はお地蔵様には通ってたんです。いったい何を信じて？　なんのために？　「とげ抜き」について考えれば考えるほど、この根本的な疑問点につきあたらざるをえないのです。なぜ「とげ抜き」か。

夏に帰ったとき、母に「みがわり」を渡しました。

一度は渡しそびれた「みがわり」です。前にもらってきたのは、オグリさんのために使ってしまいました。それでまた折を見て巣鴨のお地蔵様でもらってきました。こんど帰ったら渡そう渡そうと後生大事に肌身離さず持ち歩いていたものです。あらありがとと母はいい、このね、枕の下に置いといてと母はいい、なつかしいねえ、巣鴨もかわったでしょなどと話しましたが、もはやそれに執着するでもなし。たべたいといいだすでもなく。

数日して、それが無い。おかあさん「みがわり」は？　枕の下に入れといたのに無いわよ、と申しましたら、シーツ替えるときにどっかにいっちゃったらいやだから巾着に入れた、その巾着はおとうさんにうちに持って帰ってもらった、あの巾着おさいふも入ってるから、と申しました。

肌身離さずもってるものなんじゃないの、とききましたら、肌身離さずもへったくれもないよ、もう、ああいうものは、と母は四十年前、いらなくなったものを捨てたように、さばさばと申しました。

わたしは思う、わたしの両親はともに寂しくてそしてふしあわせだと、それがわたしを悩ませる、とわたしは友人に語りました。

母は病院で寝たきりで、二十分おきに看護師がやってきて向きを変える。

父は家で犬と暮らす。日本の朝、夕方の娘から電話がかかってくる。元気だよという。

昼頃病院にいく。婆さん元気だったよと夜の娘に電話をかける。夕方、真夜中の娘から電話がかかってくる。もうごはんは食べちゃっている。ヘルパーさんは四時ごろ来て四時半にはごはんが出来るからすぐ食べる。じゃおやすみと五時ごろ娘にいう。

だれもいない。誰とも話さない。わずかな人づきあいもとうに絶えてしまいました。あるのは犬のぬくもりと、日がな一日読み耽る時代小説。あまり父が読み耽るので、藤沢周平や池波正太郎にはなにか宗教の代替となるようなものがあるのかと疑ってわたしも読んでみましたが、無いようです。かるい依存を誘うようなものなら、あるようです。魅力的な主人公がいて、旨そうなものを食べ、悪いやつがいて、恋心と遠雷のようなセックスがあって、人が死にます。テレビはやかましくて品が無くて見ていられないと申します。野球は見ます。巨人が負けると悲しくなります。ときどき時代劇を見ます。判で押したような展開です。そして一日が過ぎていくのであります。

雷が鳴ると犬が父の膝に飛び乗る。なんだ、こわいのか、情けないなあ、こわいのか、といいながら犬を撫でる。寂しい。犬が腹を見せる。それを撫でる。もっと寂しい。寂しい老後であります。老後は寂しいのであります。

娘が帰ってくる。ひとつきかふたつきにいっぺん。娘にも家族があり生活があり遠いところに「よめにいった」事実をわすれたわけじゃないが、帰ってきてくれれば楽になる。ほっとする。ひとつきかふたつきにいっぺん帰ってくるというのを前提に、生活が成り立っていってるような気がする。娘が帰るとたちまちしぼんで動けなくなってしまう。かげでは主治医が、またいつものがでたというのであります。しかたなかですよ、おじょうさんがおかえりになるといままではりつめていた気がゆるんでしまうんですね、と。たちあがるのも十分かかる。ゆうべころんで二時間たちあがれなかったという。あとで報告されてもこまるからその場で電話してちょうだいね、といってもいっても父はころび、二時間かけて起きあがり、それを娘にうったえる。何もできない。つらい。さびしい。くるしい。くらい。何ができるか。わたしに何が。つらい。さびしい。くるしい。くらい。つらい。さびしい。くるしい。くらい。

わたしは逡巡する、わたしの両親だけじゃなく、人はみな、老いるとふしあわせになっていくのかそうじゃないのかと、知り合いの両親は、父親は九十二母親は九十、健康で、二人で住んで、まだ父親は車を運転するそうだ、良いことだ、しかしあなたは思わないか、かれらの周囲で、人々はほとんど死に絶えたにちがいないのである、わたしは逡巡する、かれらは思うだろうか思わないだろうか、寂しいと、わたしの母は、手足が動かなくて、寝返りもうてず、排泄もできず、食事も摂れず、家には帰れず、本も読めず、犬にも、妹たちにも、友人たちにも、もう会えない、わたしは逡巡する、母は、死ぬことができないのか死にたくないのか、先日心不全を起こしたときも、彼女は助かろうとしたのである、夜間で医師がいないといわれたときには、それでも病院かと語気を荒げて看護師相手に押し問答したそうだ、そうまでして生きる価値はあるか。

ない。と隣人がはっきりいいました。

人はみな老いるとふしあわせとわたしは解す。

そのとーり、と大きくうなずいた隣人はいいました、わたしは自殺を考える。

どきりとしました。

なんで？　あなたほど行動的で精力的に生きてる人をわたしはほかに知らない、五分ごとにディナーパーティーをして十分ごとにいろんな国をかけめぐって？

自分の人生は（過去形）活気があっておもしろかった、それにはたいへん満足している、しかしそれは自由に動けてどこへでも行けてつぎつぎに知らない人に出会うかぎりの話である、できなくなったら、まだできているのだが、どうなるか、わたしたちの周囲にいた、わたしたちもその一員であった、活動的で創造的な、詩人もミュージシャンもアーティストも、みな老いた、先月も某が死んだ、某もガンを得た、某は認めようとしないがパーキンソンの症状が出ており、痴呆も出てきてポエトリーリーディングのときの話がさだまらない、だからさらにこの状態がすすんで、夫も死に、若い友人たちがわたしを見捨てたときは（それはありえない、あなたはみんなの中心、とわたしは申したのでありますが）、自殺したい、じつはどうやって自殺しようかいろいろと考えてある、飛び降りもだめガスオーブンもだめ、好ましいのは車の中にホースをひきこむことだ、おお老いるとどんどんつまらなくなってくる、おおhee－ROH－mee、ほんとにどんどんつまらなくなる、いまわたしは七十代前半、七十代後半になったらもっとつまらなくなり、八十代前半になったらもっともっとつまらなくなるであろう。

もしや自殺とは、この文化の中ではとてもいけないこと？

そのとーり、と隣人はうなずきました。

気の毒に、われわれの文化ではざらに行われていた宗教的高みを得るために、とわたしは申しました。船で乗り出していってそのまま沈んだり身体を焼いたり。

それはこの文化ではありえない、と隣人はいいました。

こういうときに信仰があれば、とわたしがいいました。

プウ。

隣人は木管楽器を吹き鳴らしたような声をあげました。その心は、抗議。愚弄。皮肉。嫌悪。そして付け加えました。

ブッシュじゃあるまいし。

わたしたちは西を向き、このあたりでは西といえば海なのです。そのコーヒー屋のテーブルは西向きに、遠くの家々の屋根の向こうに海が見える場所にしつらえてありました。友人もわたしも、午後の太陽の下で波がきらきらきらするのをしばしみつめました。

わたしは本を読んでおりました。わからなければ探してみようと思い立ったのでございます。信心というものを。どうやって死んだらいいのかということを。そうして、願うのです。もしですよ。もし間に合えば、死に方を母や父に伝えたいと。虚無の中で生きてきて、信じるものがなんにも無くなって、自分しか頼りにならなくて、その自分も無くしつつあって、ぽかんと中空に漂って、死ぬのを待ってるあの人たちに。

まず「死者の書」を読んでみた。でもこれは死んじゃった人をどうするかで、これから死ぬ人のことは書いてないようでしたから、途中でやめました。

つぎに「往生要集」を読んでみた。

「一には屎泥処。いはく、極熱の屎泥あり。その味、もっとも苦し。金剛の嘴の虫、その中に充ち満てり。罪人、中にありてこの熱屎を食ふ。もろもろの虫、聚り集りて、一時に競ひ食ふ。皮を破りて肉を食み、骨をくじいて髄を吸ふ。昔、鹿を殺し鳥を殺せる者、この中に堕つ」

ここは惹かれて何度も読んだ。そして思ったのは、ここにはぜったい堕ちたくない、と。どんな苦を受けるより、くそどろ地獄の熱々うんこに煮られるのはいやであります。鹿と鳥を殺さなければそんなとこには堕ちないそうで、さいわいまだ殺しておりませんから、万一殺しかけたら、くそどろ地獄を思い出して自分をとどめます、というこれが、信心の芽生えなのか。

「往生要集」の第一章は、このような引用で終わります。

「この身をみてごらん、筋や脈がからまりあい、湿った皮がそれをおおっている、穴は九つ、穀物をつめこみすぎた倉のように、屎や尿、もろもろの不浄もたれながす、この身もそのとおり、汚穢が中に満ちみちている、骨を動かしてみると、じつにもろい、堅実なところはどこにもない、ばかものはしきりにセックスなどしたがるが、以下のことがわかっておればそんなものに執着してどうなるとすぐわかる、よろしいか、鼻汁と唾と汗はつねに流れ出ておる、膿や血はつねに満ちみちておる、汚い脂は乳汁に混じり、どくろは脳で満杯だ、胸の中には痰があふれ、その中には生熟の臓器がごってり入っておる、脂や皮膜や、臓物が、臭く爛れた不浄と、同じところに入っておる、罪の身は深く畏れよ、まるで何かを恨みながら生きてる人のようだ、さとらずただむさぼるだけの人は、まぬけでばかだから、むやみとその身を大切にするのである、この臭くて汚い身は、腐れはてた城郭のようなもの、日夜煩悩にせまられて、いっときもとどまらずに動きつづけておる、骨で城壁をつくり、血や肉を壁塗りの泥とする、そこに、「怒り」と「むさぼり」と「おろかさ」の色を塗る、にくむべし骨身の城、血肉にひきずられ、まちがった方向へみちびかれ、内外の苦に煮られていく、ナンダよ（釈迦が弟子に呼びかけているのです）、そうなんだ、知るがいい、わたしがいうとおりに昼夜つねに鍛錬おこたらず、欲を持たず、現世の迷いからのがれたいという一心でつとめれば、生死の海も容易にわたれる」

これで第一章が終わりました。第二章に取りかからないうちに、某野さんという、父のケアマネとして万事世話になっているかたから緊急のメールが入りました。「入院」という件名になっていました。
〉〉突然で驚かれると思いますが、お父様が入院されることになりました。半分検査入院に近いものです。ただ、どうもこのごろ呂律がまわらないのと動悸が激しいという理由で、先生が大病院に入院という措置をとられました。それで突然ですが明日にはもう入院できることになりました。長くても二週間ということです。ちゅんすけちゃんは前々からのお話どおり動物病院に連れていきますのでご安心ください。こちらにいらっしゃるご予定はおありでしょうか。
　ご予定は、とわたしはため息をつき、返信をくりっくして書きつけました。
〉ご予定はおありじゃないいんですが
　そこで、その不遜な敬語の裏返しがジョークにもなりえていないのに気づいて、書き直しました。
〉予定はなかったんですけれども
〉なるべく早い便でそちらに戻ります。
〉それまで某野さん、某田さん（ヘルパーさんの名前です）
〉どうぞよろしくお願いいたします。

今どきはｅチケットといいまして、航空券の紙券発行は省略され、なんにも持たずに空港のカウンターに行き、ただ身分証明さえ見せれば搭乗券がもらえる仕組みになっております。ということは、今日買って明日搭乗も可能なのでありますが、熊本という地は程遠し、成田からさらに乗り物に乗り換えて羽田へ、そしてそこから国内線のひこうきに乗らないと行き着けない場所なのです。さいわい成田に着くのは午後の四時、いそげば羽田発の最終便に間に合います。ところがそこに主婦のさだめが行く手をふさぎ。なるたけ安く買おうとして、国外在住者のための割引国内線チケットを買う、それは紙券発行なのでした。つまり、今日買って明日それを受け取りに行き、あさって搭乗、日付変更線を超えてしあさって成田着となり、連絡が入ってから四日目の夜遅く熊本にたどり着きました。もうレンタカー屋も動物病院もしまっておりまして、何もかも五日目の朝からということになりまして、わたしはぼろぼろに疲れてまっくらなわが家にたどりつき、冷蔵庫をあけました。

マーガリンとマヨネーズとしょうゆ。

ビールが数缶。ワインがひとびん。こんにゃくゼリーが三つ四つ。

夏のままです。紅茶と麦茶が何袋も残っていました。野菜ジュースが何本も買い置きしてあり、冷凍庫には冷凍パスタが一袋と食パンが数切れ、残っていました。

次の日は朝早く起き出して、まず手配しておいたレンタカーを借りにいき、それから動物病院に犬を迎えに行きました。犬を散歩に連れ出してから、犬を置いて父の様子を見に行きました。夏に母が入院していた崖の上の大病院でありました。父はほぼいつものとおりでした。でもなんとなく小汚く、しわくちゃな印象はあり、声はかすれて遠くのほうから聞こえてくるようで、つながりの悪い電話がとぎれとぎれになるようで、これが今回の主症状と思います。

あしたちゅんすけを連れてきてあげるから、とわたしは約束しました。時間をきめておとうさんが入り口まで出てきてくれれば会えるから。

困ったことは、いるものとかはときどきますと、だいじょぶ、みんな某田さんがそろえてくれた、それにここには喫煙所もある、一階の自動販売機の裏の外が喫煙所で、椅子にすわって吸えるようになってんの、おれのことはいいから、なるべく早く婆さんのところにいってやってくんない、きっと心配してるからさ、おれはすぐ帰れるっていってやってくんない、ちゅんすけも寂しがってるだろうしさ。

困ったことといえば、と父は申しました。おしっこが間に合わない、なんだかすごく近くなってて、したいと思ったら出ちゃうから、もう二回ももらしちゃってさ、溲瓶《しびん》を看護婦さんに持ってきてもらったんだけど、このごろ小さくなっててどこにあるかわかんないから探してるうちにもらしちゃう、と父は申しました。

ああ、いってるうちにもらしたくなってきた、もれる、もれる。

しょうがない、わたしは手をのばして、父には見えないがわたしには見える父のペニスをつかみました。今までつかんだどのペニスよりも、小さくて、しなりとだらけて、ペニスと呼んでは酷なような、おちんちんとそっと呼んであげたくなるような、ひとつの性器でありました。

〽むかし結婚しようと思ってさ
〽お嫁さん募集って新聞に出したらさ
〽三千人もきちゃってさ
〽そんで家の前に女の人をずらーっとならばしてさ
〽ひとりひとり面接してさ
〽二千五百番目におかあさんが入ってきた

今は病院で寝たきりで、手も足も動かせないでいる母ですが、そのはなしをなんべんもなんべんもきいた当時の母は、不健康に太った中年の女で、いつも不機嫌な顔をしておりました。この話をする父をにらみつけながら、ふん、ばかなことといって、と母はいい捨てました。すきだよ、と父が母にいいました。なにいってんの、と母がお勝手から返しました。そういうやりとりをしょっちゅう見てました。すきだよ、と夫が妻にいうのはあたりまえのことだと子どものころは信じていたものです。
それでその答え。
おかあさんはどんなふうだった？　という質問に、シルバーナ・マンガーノみたいにきれいだった、と父は答えました。その女優は見たことがありませんが、何度もききましたから名前は忘れません。不機嫌な顔の絶世の美女なんでしょう。三千人の美女の中から、不機嫌な美女をしとめたおちんちんが、
老いて、
しなびて、
溲瓶の中で、
しょぼしょぼしょぼと尿をしました。
父のいる大病院を出ましたら、つぎは母のいるリハビリ病院。
母には、ぜひとも読んできかせたいものがありました。とるものもとりあえず、机の上にあった本をざざーっとかばんにつめて出たのであります。飛行機の中で読んでいたのもその中の一冊、それは折りたたみ式の経本で、こないだ何の気なしに買いまして、そのまま机の上に置いてありました。なにがかなしくてそんなものを飛行機の中で読まにゃならぬと、よく友人にもいわれます、ふつう読むのはミステリーとか新書だろうがといわれる

んですが、そのへんはもうわたしの個人的な好みですからご勘弁ください。で、探求のつづきです、「般若心経」を読めばなにかわかるかもと、飛行機の中で取り出しました。その経本の、いちばん後ろについていたのが、「地蔵和讃」。おおここでも地蔵かとなつかしく思いながら読みはじめたところ、不覚にも号泣いたしました。夏も過ぎ、太平洋を渡る人は少なくなり、わたしは二人がけの窓際を一人で占めておりました。さいわいでした。毛布をかぶって声をころして泣きました。何で泣けたかわかりません。子どもの死は経験がありません。水子なら身に覚えが無いわけじゃ無いが、ぜんぜん気にしておりません。わたしをゆさぶったのは、たぶんここです。

「昼は一人で遊べども、日も入相《いりあい》のその頃は」

日暮れのもの悲しさと置いてけぼりになる切なさは、自分でも経験したし、子どもにも経験させた。させてしまった。泣き疲れた子どもを抱き上げてごめんごめんおかあさんが悪かったとあやまった記憶がなんべんもございます。

きっとそれだと思いつつ、母の病室の枕元に行きまして、数週間の不在が無かったように話しはじめました。母はもとより数週間の不在など、気がついてさえいないのかもしれません。

なんだかね、ひこうきのなかでよんでね、ないちゃったのよ、産んだ子がみんなここにいるような気がしてさ、といいながら、わたしはその場で現代語に訳しつつ母に読んできかせました。
これはこの世の事ではございません、
死出の山道を、ずうっと下っていったところにある賽の河原の物語でございます、
聞くにつけてもあわれなお話、
二つや三つや四つや五つ、十にもならない子どもらが、賽の河原に集まって、父が恋しい、母が恋しい、恋しい恋しいと泣くのです、その泣き声は、この世の声とはちがっておりまして、聴くものの肉や骨をつらぬきとおすように、悲しくひびくのでございます、その子どもらが何をするかと申しますと、河原の石を集めてきて、それで回向の塔を積む、一重組んでは父のため、二重組んでは母のため、三重に組んではふるさとの、兄弟のため我が身のためと、つぶやきながら塔を積む、そうやって、昼は一人で遊べども、日も入相のその頃は、地獄の鬼が現れて、おそろしい声でこう申します、やれおまえらは何をする、娑婆に残った父母は、追善作善の勤めもせずに、ただ明け暮れにおまえらの死を、むごや、悲しや、ふびんやと嘆いておる、親の嘆きはおまえらが地獄で苦しみを受けるもととなる、おれを恨むなよ、おまえらのためを思えばこそと、黒鉄の棒をふりあげて、子どもらの積んだ塔を押しくずすのでございます、泣きさけぶ子どもら、そのとき、地蔵菩薩がゆるぎ出させたまいつつ、かわいそうに、この子らは、寿命がみじかいばっかりにこうして一人で冥土に旅してきたんだな、娑婆と冥土はこんなに遠いのだ、これからはおれを

冥土の親と思って頼りにするんだよと、子どもらを御衣の裳のなかにかき入れて、かわいがってくださいます、ありがたや、よちよち歩きのあかんぼを、錫杖の柄にすがらせて、その肌にぴったりと抱きとり、撫でてくださいます、かわいがってくださいます、ありがたや、と読みとくうちにも母の目に、みるみる涙がたまってゆきまして、
ああ、ああ、と声をしぼり出すように申しまして、
母親になったものならだれだって
みにおぼえのしとつやふたつ
産んだ子も
産まなかった子も
そだてた子も
そだたなかった子も
ながした水子も、しろみも
あたしも、おかあさんも、と母はとぎれとぎれに申しました。
そしてわたしは思いました、あるいはこれか。「往生要集」や「死者の書」には無かったがここにあるのはこの感情。やさしい、かなしい、なつかしい、そして、ありがたいと、感情に揺さぶられて思わず泣けば力が抜けて楽になる。
母が目をぬぐおうと、動かぬ手をゆらゆらと、鼻のあたりに泳がせました。あの山門を

くぐったところにある、大香炉からたちのぼる、煙にふれる、煙をよせる手に見えました。

金子光晴「洗面器」、中原中也「秋日狂乱」、源信「往生要集」、地蔵和讃から声をお借りしました。

秋晴れに浦島の煙立ち昇る事

十月というのに三十度近い夏日がつづきました。人々はニットやブーツで身を固め、汗だくになって歩いていました。暦の上の四季のことなんかわすれて、夏の格好をしつづけておればいいのです。わたしはそういたしました。すると盛夏ほど暑すぎず、いたって快適、ずっと夏のままでもいいかと思っておりましたが、常なるものは何もありません。季節は少しずつうつりかわり、松も桜もクスノキもイチョウもハゼも、交じる木の、緑の残りて、秋の葉の、はや色づくか、残る木は、葉が落ちもせず、色も変わらず、ただ蹲《うずくま》って固まっていくように見えました。そのうちキンモクセイがにおいはじめました。裏の駐車場に大木があり、右隣も左隣の家にも数本ずつあり、数ブロック先の公園にはぐるりに植えられているものですから、鼻から口から染みとおり、五臓六腑に染みわたり、もはや芳香というより瘴気でした。

芳香というより瘴気でした。

父は、何事もなく退院し、もとどおりの生活をするようになったのですけど、もとどおりというのはどこまでをもとどおりというのか。覚悟はしておりました。何回もこれを繰り返してきたのです。年寄りが入院などして環境を変えると、いろんなトラウマが積み重なり、痴呆は出るし、妄想は出るし、性格は変わるし、永久につづくものか一過性か、わからないのではありますが、わかっているのは、もとどおりには戻らぬということ。父もまた検査だけの入院で、結果もたいへん良かったのですが、知らないうちに玉手箱をあけてしまったような印象でした。煙が立ち昇りました。

煙が立ち昇りました。

日本では、わたしは自分の家に寝に戻ります。家はがらん、窓は大きく、モノが無く、しーんとして、だあれもおりません。家族がいたときはひとつしかなくて不便だと思っていたトイレが、ひとつあれば事足ります。わたしはそこでひとりで寝起きして、父や母のところに「出勤」いたします。

朝、父が電話をしてきました。

よう。

ああ、とわたしはうめきました。

おはよう。

早いわね、とわたしはうめきました。

コーヒーのみにこないかい？　と父が申しました。こないだ某さんが（ヘルパーさんの名前です）おいしい豆を買ってきてくれた、六時ごろトイレにいったら転んじゃってさ、その拍子におしっこももらしちゃった、起きあがって着替えるまで一時間もかかったよ、こういうときにはあれだね、うちにもいたらいいよなあ、ムスメかヨメが、でもいないからさ、ムスメもヨメも。

ときどき考えます、わたしは自立した女です。

自立させたのは父であります、父もまた、縦の物を横にもしないと母にはののしられておりましたけど、とりあえず、セタイヌシのカチョーとして、自立した男でありました、自立とは、経済的なやつも難しいが、精神的のはさらに難しい、わたしもなかなか出来なかったくちであります、何度も出て行っては逃げ帰り、また出て行っては逃げ帰りました、今ではこの荒波を、両足ふんばって、親に頼らず、夫にもそこまで頼らず、生きております、ところがここに来て、いったい自立に何の意味があったかと疑問に思うことばかり、よそに家庭を持つ娘が家族をほったらかして何週間もそばにいるのに親は心配もいたしません、それればかりかおしっこちびったのうんこもらしたの、平気で弱みを娘に聞かせたがります、今ここで老い果てたる男は、昔、わたしのヒーローでした、弱きを助け強きを挫き、わたしのためなら、熊に、狼に、悪代官に、敢然と立ち向かっていきました、しかしここに来て、わたしは思い当たった、日本の文化では、ヒーローの条件は、弱みを持つこと、それを曝すこと、弱くてもろく情けなく、一人じゃなんにもえ出来ず、ヒロインに頼り切り、よその女には見向きもされぬような醜さをも合わせ持つこと、でなければヒーローになりえぬのではないか、その上自立とは、若者が親から離れてセックスをするためのただの方便だったのではあるまいか。

そのとーり、親離れして、わたしはさんざんセックスいたしました、子も産みました、そして今、いつのまにかわたしは自立し、家事をし、育児し、金も稼ぎ、父が為しえなかった縦の物を横にすることもちゃんとしてます、子のためには戦います、親の危機には駆けつけます、介護するべしと、社会からも親からも期待されておりますし、期待には応えるつもりです。

むかし、父は、あぐらの中のわたしにいいました、女の子だって負けちゃいけないと、女の子だってなんでも出来るんだと、それを信じて、世間に出ていきました、出来ないこともいっぱいありましたが、出来ることもいっぱい見つけました、女の子だからというので出来ることもいっぱい見つけました、それが、ここに来て、テノヒラを返したようにいうのであります、うちにはムスメもヨメもいないからさと、皮肉か、ボケか、冗談か、ぐさりぐさりと身に突き刺さる、いたらいいなあ、（ヨメにいかない）ムスメかヨメ（にきたよそのムスメ）が。

秋晴れの一日、わたしが文学館を訪れて、薄紙のようなポーチュラカの話をしましたら、補陀落《ポータラカ》するのにいいとこがありますよ、とオグリさんがいうのであります。なにしろこの辺の人は、みな補陀落のことをよく知っています。昔から、この辺で行われた行事でありました。

玉名《たまな》でもやったそうですけどあそこじゃ向こう岸に雲仙《うんぜん》が見えてるからどうもぼくはその気になりませんね、どうせなら天草《あまくさ》の西の果てですよ、とオグリさんがいうのであります。

それで某日、こんどはオグリさんの車で行きました。父のことが気がかりだから、なるべく早く市内に戻ってきたいというので、朝早く立ち出でて、行って帰った。

今日はこんなにせわしないですけどね、本番のときはきちんと時間をかけてですね、と軽口を叩きながら車は市内を横切り、宇土《うと》を抜け、三角《みすみ》西港を左にみて、三角の港に近づくと見えるあの小島が美しくて来るたびにどきどきします、とわたしはいいました。そして天草の第一の橋を渡りました。

なにしろ道が一本しか無いからお盆正月は天草まで七時間かかります、とオグリさんがいいました。

第二第三の橋を渡りました。

第四第五の橋を渡ったらそこが本渡《ほんど》で、それからトンネルをくぐって、海岸線に出ました。

うちの前にあるのはカリフォルニアの真西向きの海ですけど、空は青く、海も青く、からりと乾いていて、サーファーやイルカがうじゃうじゃいますから、とてもその向こうに浄土があるとは思えません。大昔に訪れたアラン島の海も西向きでしたけど、断崖絶壁で、切り立った崖の下は不機嫌きわまりなく、荒れ果てていました。崖にのぼりつめたのは日暮れ前の何もかもが幽《かす》かな時刻で、友人のはいていた白いズボンのお尻や跳ねていく野ウサギの尻尾がうかびあがって、それがただのお尻や尻尾には思えませんでした。

じゃ何ですか、とオグリさんがききました。

精霊といいますかね、あのへんならいかにもいそうな。

天草の西の果ての崖の上から見たのは、おだやかに凪いだ海でした。

いつもはもっと波があるんですよ、とオグリさんは言い訳しました。東シナ海ですからね、有明の内海とはぜんぜんちがうんです、あの下の、あの岩のあたりにいつも白波が立ってるんですよ、子どものころはあの岩場のあたりに降りていって磯伝いに岬をまわったところの海水浴場まで歩いていったものです、とオグリさんがいいました。このへんでそだった人でした。

太陽が照っていました。海は鮮やかな緑色でした。大気には湿気があって、沖には靄がかかっていました。見えないパネルを操作して、明度だけぐいぐいとあげていったように、沖は光で満ちてました。トンビがひょろひょろ鳴いてました。崖の上には照葉樹の灌木がもさりもさりと繁みを作っていました。木の陰に無人の灯台が一基、十三仏のお堂がひっそり。そしてふたたび西を向きますと、海の果ての光の中に、おびただしい死人の魂が、うごめいているのが見えました。

うごめいているのが見えました。

やはり見えましたか、あれは死人の魂、いっときも休まずうごいているんですよね、とオグリさんがいいました。

ずっと秋晴れでした。毎日毎日。帰る日もまた秋晴れでした。

前の晩、わたしは遅くまで片づけをしていました。移動のたびに、こちら側でもあちら側でも、着るものや食べるもの、読むものや紙や書類を片づけて、持っていくものは持っていくように持っていかないものは持っていかぬように仕分けして、捨てるものは捨てていかねばならないのです。よく冷蔵庫の中の牛乳の飲み残しを捨て忘れ、鍵を預かる近所の人に捨ててもらったりもするのです。明け方までかかってやっと終わって、寝たかと思った朝の六時、わたしは電話でたたき起こされました。

ああ、とわたしはうめきました。

ほら今日行く日だろ、と父が申しました。

いやでも九時に出れば間に合うから、とわたしはうめきました。

早く起こしてやった方がいいかなと思ってさ、あんたはいつもばたばたするからさ、と父は申しました。今日帰るかと思うとゆうべ寝られなくてさ、こっちに寄るんならコーヒー淹れといてあげるよ。

で、寄りました。

こんどいつ来るの？　と父が小さい子どもみたいにききました。

十二月になると思うの、とわたしは答えました。

じゃおせいぼ送るのはそのときやってくれる？　と父がききました。

うん、やってあげる。

ちゅんすけも洗ってくれる？

うん、やってあげる。

こたつ出すのもその頃でいいね。

うん、やってあげる。

待ってるからさ、と父があどけなくいいました。

わたしは父の淹れてくれたコーヒーを飲み干して、父を置き去りにして、出ていきました。

出ていかねばなりませんでした。

熊本から羽田へ、羽田から成田へと乗り物を乗りついで、階段を上り下りして、通路を歩いて、荷物を曳いて。熊本市の郊外も、羽田空港の周辺も、モノレールから見た風景も、成田エクスプレスから見た風景も、空き地という空き地、野っ原という野っ原に、セイタカアワダチソウの黄色とススキの銀色が、揺れていました。ごうごうと、もの凄まじい音をたてて、秋草は風に揺れました。

秋草は風に揺れました。


謡曲「姨捨」から声をお借りしました。

気がかりなのは、あい子です。まだ十歳なものですからやはりそれはそばにいてやりたい。夫一人では手に負いかねます。電話で夫が、疲れたとても疲れた一日何も出来ぬマジで出来ぬ、おれひとりでは手いっぱい、ただ子どもの送り迎えをし食事の世話をするだけの生活だと訴えますので、それの何が苦労かとせせら笑いつつ、夫の愁訴を黙らすためにも、あい子のそばには一刻も早く帰りたい。しかし十歳は、三歳や五歳とはわけがちがうのでありました。学校があって友人がいて父と犬がおりますから、そりゃ母は恋しかろうが、毎日そばに居なくとも、充実した刻々を過ごしているようでした。

それよりも気がかりなのは、子犬です。

去年わたしたちが日本にいた四ヵ月の間に、夫が、あい子の歓心を買いたい一心で、犬を買いました。あのときわたしには、別れるつもりなんて毛頭無く、期間が過ぎたらきちんと帰る予定でおりましたのに、夫には、これぎりあい子に会えなくなるかもしれぬというさしせまった不安があったようでございます。

あい子が電話で、ダディ、とあのアメリカ英語のａの音、鼻にかかってくにゃりとくずれたのを叩きつぶしたような発音で呼びかけて、犬が飼いたい、というのを熱心に聞き取って、よしクリスマスプレゼントに買ってやる、どんな犬、とききますと、あい子はすかさず、雀犬、おじいちゃんちのちゅんすけみたいな、と。

犬嫌いの夫でありました。羊飼い犬を飼うのにも、それはそれは根気のいる根回しと辛抱強い説得が必要でした。それなのに、クリスマスの前日に家に帰りましたら、そこに子雀犬がおりました。しばらく、ちゅんすけちゅんすけと呼び間違えていましたけど、やがて慣れました。ずっと以前、乳首を掻いていたら乳首をかまれたと申しました。あの犬は、これであります。

やがて、上の娘とともに大学にいった羊飼い犬が都会の生活に適応できずに戻って来、一匹が二匹になり、わたしは朝晩、鵜飼のように大小二本のリードを持って散歩をするようになりました。

犬という犬に喧嘩をふっかけていく羊飼い犬が、この子犬には侵入者ではなく家族として、辛抱強く接してくれたのには心が温まりました。幼い子犬にも群れの原理はたたきこまれているらしく、羊飼い犬を上位とみとめて、何事もきちんとゆずるのには敬服しました。

子犬はぐんぐん大きくなりまして、数ヵ月もしますともう思春期だ。ただのおもらしからマーキングに移行しはじめたころの少年犬の、尿の臭かったこと。それは歯が生えかわって去勢するまでつづきました。そして離れていたその間、ああ抱きたいなと思い出すのは、あい子でも夫でもなく、子犬のからだとそのぬくもりとその体臭なのでありました。

太平洋を渡ってきましたら、こちらでも季節は変化しておりました。フリーウエイの中央分離帯に植えられたキョウチクトウは盛りをすぎていましたし、アレチノギクはわた毛でした。荒れ地や路傍では、パンパスグラスがさかんに白銀の穂を出していました。そして夫の顔には、瘤が増えておりました。前は右頬だけだったのに、今は両頬、その上額にも、鬼の角のできそこないのように。

どうしたの、とききますと、発達したのだ、とこともなげに申しました。

前にはなかったのに？　と申しますと、どこにでも出来るらしい、としらばっくれました。

前からあった右頬の古瘤は、肥えふとり、赤光りして、髭の繁みからにょっきり顔を出しておりました。炎症を起こしているのだ、と夫が申しました。取り除かねばならない、中は膿でいっぱいだ。そうして電話をかけて医者の予約を取りました。

瘤の話。しようしようと思いつつ、しそびれておりました。

発端はこうなのです。あるとき夫の背中にできものが出来ました。みるみるそれは脹れあがり、てかてかし、吹き出物とかにきびとかいうには大きすぎる。それで瘤と呼びました。頂点に黒い点があり、そこが開口部と知れましたから、にきび搾りの快感を思い出してわたしはいてもたってもいられなくなり、夫を無理矢理うつぶせにして、おためごかしにマッサージするふりをしながら、瘤を指の腹で撫で、爪の先でつねりあげ、ほおずきを揉み出すようにたんねんに搾り出していきましたら、ぬったりと中身が出てきました。にきび搾りと違っていたのは、ぜんぶ出切ッたと感じる快感が無かったことです。

にきびの芯が、にょろりと、あるいはぷッつりと、はたまたぴゅっと飛び出す、あの快感。

その上、それは臭かった。動物の営みの凝縮された臭いといいますか、西洋人の先祖代々食べついできた獣肉や発酵乳の残滓のこびりついた臭いといいますか。

膿よりは固く、にきびの芯よりは柔らかく、際限なく出てきました。まるで、背中全体に貯蔵してあるかのようでした。やがて瘤は赤くなり、熱を持ち、腫れあがってきました。とうとう夫は医者に行き、それを切開して化膿した中身を出しました。おまえがいじくりまわしたせいだ、とくどくど文句をいわれました。

わたしの考えでは、にきび搾りとは、セックス行為と同じであります。肩揉みも、オナニーも、また同じであります。つまり、からだを使って無心にあそぶということです。セックスといったらペニスをヴァギナに出し入れするだけなんて情けなや、なんと後ろ向きな考えでありましょう。そういう考えでしたから、文句をいわれて、なんという了見の狭い男だろうとうんざりした記憶があります。

瘤は再発しました。わたしがさわらなくても化膿して、腫れて痛み、夫は医者に行き、切開した。そんなことを何回か。ところがあるとき、瘤が、頬に出来ました。

頬がぷっくりと脹らんできたその瞬間から、夫の外見が、なんとなく、なつかしい。子どものころから知ってるような。何遍も出会ってきたような。思い当たってみれば、それは「瘤とり」のお爺さん。夫もろとも民話の中に取り込まれてしまったような心持ちでありました。

以来、わたしは瘤爺さんと同居する婆さんのように、行住坐臥、瘤を見るともなく見ておりましたが、夫は、もしや、踊りのうまい瘤爺さんではなく、踊りのへたな隣の瘤爺さんという可能性も考えるべきでした。いやむしろ、夫の性格からすると、どう考えてもそっちでありました。ぎくしゃくした性格のお爺さんは、鬼に遭遇して、瘤が取れないばかりかよけいな瘤までもらって来てしまう。シュアイナフ《あんにたがわず》、帰ってきて発見したのは、増えた夫の瘤、てかてかと赤光りした瘤でありました。

予約の当日、医者に行った夫が、不機嫌で不愉快きわまりない顔で帰ってきまして、まるですべての不満をわたしにぶつければ良くなると確信しているように、いったいぜんたいなんだって、医者というところは一回の訪問で片づかないのか、この国の医療制度はまったくもって腐りに腐っておる、とわたしに向かって吐き捨てるように申しました。ほんとうはもっとたくさんのののしり語をまきちらしたのですが、いちいち覚えていられなかったのです。

そういう激しい物言いはやめて、とわたしは冷静に申しました。わたしを攻撃したって何も変わらないでしょう。

攻撃ではなく表現である、こういう時にはこういう話し方をするのはおれの文化である、文化的差異がおまえにあるのは良くてもおれにあるのはいけないのか、と夫が嚙みついてきたので、わたしはさっと話題を戻しました。

で、手術するの？

顔のまん中なので、ただの外科医じゃなく形成外科の専門家が神経を傷つけぬように取り除かねばならないそうだ、しかし除去しても瘤はまた出来ると医者は予言した、と夫は申しました。

主治医は形成外科医に行く許可を出したから、これからおれは形成外科に連絡をとって予約を入れて、おそらく予約の入るのが二週間後、診察したその日に手術ということにはまさかなるまいから、手術日はそれからさらに二週間後、へたをすると三週間後四週間後、これっぱかりの瘤を取り除くのに、と夫は、わたしへの攻撃ではなく、はっきりと医療制度への攻撃にきこえるよう努力しながら、そう申しました。

瘤爺さんにはお婆さんがいるように、夫にはわたしが、瘤のあるままつれそっていくのだろうとぼんやり思っておりましたが、いつか別れは来るものです。

ネットでしらべてみますと、粉瘤という名前でした。あの中には垢のかたまりがつまっているそうです。いろいろつっ突きまわるうちに、とうとう動画に遭遇いたしました。某皮膚科のサイトでした。瘤が、消毒され、切り裂かれ、中から肉色の袋のようなものがのぞいております。繊細なピンセットの先端が、それをずるりと抜き取るのです（ため息）。肉色の袋が、そっくりそのまま、少しの血を付着させ、くたりと抜き出されて（吐息）横たわります。鋭利なメスはその袋も切り裂いて、バターのような垢の塊をぬめりと取り出して（もうひとつため息）みせるのであります。一連の動きにわたしはふるえるほどの快感を感じて、「お気に入り」に設定しました。それ以来、ひんぱんにそこを訪れて眺めています。子どもの頃から想像しておりました、瘤とりとは、しんこ細工をひねりだすように、頰からひねり取り、またくっつける行為であると。しかしじっさいは、切り裂いて、ぬめりずるりくたりと抜き取る（吐息とため息、完遂の快感）行為でありました。

雀犬の集会というものの存在を、このたびはじめて知りました。

羊飼い犬だけを連れて歩いていたときは、羊飼い犬に勝手に守られぬために、よその犬に近づかぬよう、細心の注意を払っておりました。わたしを守ろうとしてよその犬に襲いかかり、傷つけたこっちが日本円にしたら何万という獣医代を払ったのも一度や二度ではございません。しかし雀犬はちがいます。快活で好奇心が旺盛で懐っこいのでありました。

雀犬を介して、新しい知り合いが出来ました。公園でよく会う夫婦が雀犬を連れていて、あら、ということになり、雀犬は雀犬と遊びたがりますから立ち止まり、雀犬たちは遊ばせ、羊飼い犬はフセをさせて、人間同士は話し込むようになりました。連れている犬そっくりの、快活で素直で懐っこく、好奇心が旺盛な人たちでありました。その夫婦がしきりにわたしたちを誘う。雀犬の集会がありますよ、このあたり一円の雀犬が集まって、某大学の自然いっぱいの敷地内をともに歩くのでありますよ、と。

まったく気乗りがしませんでした。何がかなしくて、犬のつきあいをせにゃならぬ。夫もわたしも、隠者か流刑人のように、こんな辺鄙な地に住んで、人とのつきあいさえ途絶えがちで、とても楽しく生きておる。しかしあい子は隠者でも流刑人でもなくただの小学生でありますから、その集会に行きたがりまして、ダディおねがい、と、あの砂糖を煮とろかしたようなａの発音とその思春期に入りかけの肉体をからみつかせての懇願に、とうとう夫は折れました。

集まったのは某大学内の植物園。まっ青なカリフォルニアの空の下、日陰には、半陰性の蔓草が繁茂して、這いのぼり、垂れさがり、日向には、色とりどりの小菊が今を盛りと咲きみだれ、その間にはオレンジ色のカボチャが、枯れた蔓の先に馬鹿げて大きく肥えふとり、点々と転がっておりました。そうしてそこに、いるわいるわ、おびただしい女と雀犬が。男は、あの公園の夫婦の夫と、瘤とられのガーゼも痛々しい、わが夫だけでありました。

不思議なことに、どこかしら身体の不自由な女が多くおりました。実際、中の何人かは電動車椅子に犬をつないでおりました。老い果てた老女も、何人もおりました。いえ不思議でもなんでもありません。あのちゅんすけを選ぶときに、いろんな犬種をさんざん調べて、この雀犬にきめました。穏和で善良で快活で忠実で素直である。体の不自由な老人にも世話ができる。そして飼い主たちはみな犬に似て、穏和で善良で快活で素直でありました。困った人には惜しむことなく手をさしのべよう、手をさしのべてともに雀犬を愛そうという。

何か質問はありませんか、雀犬の新しい飼い主として、とリーダー格の女、七十代前半がにこやかに話しかけてきました。

愛想笑いでひきつっている夫を押さえて、わたしは申しました。

トイレのしつけがなかなかできません、前の犬のときは苦労しなかったのに今回は苦労しています、何かいい方法はありますか。

七十代前半のリーダー格は、八十代後半のご隠居格に話題をふりました。あなたどう？

八十代後半はおもむろに身を乗り出して、それはね、雀犬はすばらしいでしょ、あなたがたも知ってるとおり、賢くて愛らしくて忠実で独立心に富んでいて、そして長生きで、あなた知ってる？　この子たちは二十年の間生きるのよ、八年や九年で死んじゃうような大型犬とはわけがちがう、そもそもの間違いは、あなたがたが子犬をえらんだってこと、お尻のしつけがしたければ、最初からえらぶべきでした、五歳くらいの雀犬を。

そうそう、そうそう、と六十代前半と五十代がいいました。賢すぎるのよ、人間のいいなりになるなんて。

五十匹の雀犬と五十人の女の集団は、人目をひきました。新しい宗教？　と通行人のひとりが話しかけました。夫はさらなる愛想笑いに頰をひきつらせました。その頰に、ガーゼが白じろと目立っておりました。

そのとき感じた激しい違和感は、何と申しましょう、この雀犬をあがめる集団の中で、夫がぽかんと浮き上がっている不安。踊れないお爺さんは瘤を取ってもらえないだけではない、罰せられるのではないかという不安。不信心者として、ずたずたに引き裂かれるのではないかという不安。引き裂かれても、不信心者であるかぎり、自殺願望のある友人や横たわる母や退屈な父のように、死ぬことも出来ないのではないかという不安。

わたしは、夫を救い出そうときめました。それで勇気を出して、リーダー格に申し出ました。娘はみなさんの散歩に同行したいといっていますが、わたしたちは大学内の某所で用を済ませてきていいでしょうか、どうしても今日しか会えない人がいるのです、散歩がおわったころに迎えに来ますから。

おおもちろん、何の問題もありませんよ、と女たちは口々に請け合いました。

嘘も方便。蛙の面にはしょんべん。われわれはその集団から抜け出して一目散に車に戻りました。息を弾ませながら車にたどり着くや、夫は大声でいいました。

かれらは月じみている！

そして笑いました。夫は、愛想笑いとはぜんぜんちがう、腹の底からの大笑いを、噴き出すように笑いあげました。わたしは思わず、集団が歩き去った方角を振り返ったのであります。一瞬、月じみた集団が今のことばを聞き取って、報復せむと、夫に向かって、雀犬のように敏捷に、牙をむいて、襲いかかってくるのではないかという想像にとらわれました。そんな馬鹿な。あんなに善良で快活で穏やかな犬たちである。女たちである。しかしなおも脳裏をかすめたのは、連れ去られたあい子は、竹藪から、ぶじに戻ってこられるだろうかという不安でした。

マディソン「ワールド・ドッグ・エンサイクロペディア」から声をお借りしました。

伊藤ふたたび絶体絶命、子ゆえの闇をひた走る事

老いの話どころではなくなりました。子どもが危機です。

しのびないのは子どもの苦。

自分の身にふりかかる苦は。

あさましい暗闇をひとりでのたうちまわっておれば、やがて抜けていくのです。

親の身にふりかかる死の苦は。

粛々と受けとめていくしかありません。

しかし子どもの苦はちがいます。

あどけない笑い顔をはっきり覚えております。

いつだったかこの子が泣いたとき、乳をふくませたりあやしたりしてたしかに泣きやませた。

笑い顔を取り戻した。

あのときできたように今回も、なんとかしてやりたいと思うのです。
苦しむ子ども。
ほんとを申せば、見たくありません。
見てるふりして見ないでいられるものならそうしていたい。
でも、目をそむけてはいられないのです。
子どもは「見て」「見て」と。そして「助けて」「助けて」と。
この身を投げ出してでも助けてやりたい。
でも、見ててやるしかないことがあるのです。
他人は見てくれませんからせめてたらちねの
母が見よう。
子どもの苦しむありさまは。
せつなすぎて涙もでません。
かくいうわたしもさんざん親に見せました。
何の因果でこの子はこんなに男の苦労をしなきゃならないのかなと
二十代の半ばのわたしを前に母が、疲れ果てていいました。
この子だけはと思って、大切に、大切に、そだてたのにな。

セコイア国立公園に行きたいと思っておりました。数年前の春に行きました。もう一度あそこに立ち戻りたいとずっと思っておりました。それで、この秋、あい子の秋休みに行こうかと。片道七時間はかかる道のりを、運転して行って、見て、帰る。山の中なのでだいぶ寒くなっているにはちがいないが、観光的には時期っぱずれ、人も少なし、熊も少なし、公園内のホテルも楽に取れるだろうと。ロサンジェルスの街を越え、山を越えると、葡萄畑がある。それを過ぎると油田がある。昭和玩具の水飲み鳥のような採掘機が上下している。それを過ぎるとオレンジ畑である。冬の花蜜をもとめて養蜂家がやって来る。窓ガラスにもバンパーにも蜜蜂が激突して蜜をまき散らしてこびりつく。それを過ぎると森林があらわれ、国立公園に入る。公園の中の山道をのぼっていくと、森の中の木が大きくなっていくのに気づく、一本、また一本、巨木が見え隠れする、そしてとうとう樹齢数千年の巨木が目の前にたちはだかる……。などとシミュレーションして楽しみにしていたのでありますが、出来なくなりました。

大学にいってる上の娘が、少しずつ傾いておりました。それは、刻々察知しておりました。

最初はこの子の個性だろうと思っていました。

しだいに個性じゃ片づけられなくなり、電話口で笑わなくなり、

泣き声で電話をかけてくるようになり、ひんぱんにかけてくるようになり、

食べられない、眠れない、勉強が頭に入らない、どうしたらいいかわからないと、愁訴が悲鳴になりました。

心だから見えないものの、手ならちぎれて血が出てるし、胃なら穴があいて倒れてるわけで、
親の出る幕でありました。

その矢先、事件が起きました。

ある日娘の目の前で、物理学の教授が、ぱたりと講義をやめて、いいました。

わたしはもはや立っていられない。

そして唖然としている二百人の学生を尻目に教室を出て行って（彼らの目の届かないところで）自殺しました。

次の週は休講でした。

その次の週には教室に学校の職員が来て、事情を話しました。

再開のめどはまだ立ちませんという回覧メールが来ました。

動揺したらカウンセリングを受けましょうという回覧メールも来ました。

動揺してる？　とわたしはききました。

べつに、と娘が答えました。

そういうこともあるんだなあと思っただけ、と娘が答えました。

そのときわたしは、巨木はまだ数十年数百年生きながらえるであろうから、この秋休みには、大学町へいって娘の顔を見てこよう、できるなら連れ帰ってこようと決心したわけです。

そこで、

夫とあい子を車に積んで、

セコイアのある北北東から大学町のある北北西へ進路を変えて出発しました。

夫はほんの数週間前に白内障の手術をしたばかりで、

うむむ、運転は、できないことはないが、しないわけでもないという。

できるのできないのときましたら、

ううむ、焦点が合わないのだ、強い光は見えないのだ、夜間は路面が見えなくなるのだという。

つまりさせない方が賢明である。

全行程をわたしが運転する覚悟を決めました。

そうして運転し遂げました。

火事場でもなんでもありません。

ただたらちねの、馬鹿力が出ただけです。

殺風景な内陸の幹線道路じゃなく、海沿いの道を行きました。

長い道のりでした。

退屈な町中の高速を、ときどき渋滞し、ときどき疾駆し、ときどき渋滞し、
やっと抜けたかと思ったら、ぱっかんとひらけた海沿いの一本道に出たのであります。

海だ、海だ、なんと美しい、サーファーもいない、何もない、見渡すかぎり海だけの海。

夫とわたしが叫びたてました。

あい子は声だけわたしたちにあわせながら（わーすごい、おーびゅーてぃほー）、後部座席にねそべってこの夏とうとうゲットしたゲームをしていました。

ですから電子音がずっとひびいていました。

ゲームにあきると、リコーダーを取り出して吹きはじめました。

ですからリコーダーの甲高い音も、ずっとひびいていました。

そしてそれはときどき激しく調子っぱずれになるのでした。

昔の、伝道所跡をいくつも通過しました。

町を通過し、発電所を通過しました。

また町を通過し、伝道所跡を通過しました。

そこここに「王の道《エルカミノレアル》」跡をしめす鈴が建っていました。

王の道に沿って伝道所は作られ、北上し、
北上するにつれ、先住民を平定していったのでありました。
その血みどろの王の道の跡はずっとつづきました。

西向きの人影の無い海が、ずっとつづきました。
山が海に落ちていきました。
日も海に落ちていきました。
暗くなっていきました。
あの岬をまわったら町があるかと思って走るんですが、まわり切るとさらなる岬がある
ばかり。
空は黒ぐろとし、海は黒ぐろとし、
森も、崖も、また黒ぐろとして、
ときおり灯りが動いていきました。
人里離れて携帯も通じない。
走れども走れども、
同じところをぐるぐるまわっているような気がしてしかたがない。
ほんとうに先へ進んでいるのか、

えんえんとつづくように見える岬は、実はたった一つなのではないのか、
人家はあるのか何かに化かされたのではなかろうかと、
不安になりはじめたころ、
道はとつぜん上りになり林の中に入り、てんてんと、動かない灯がともり、
灯が増えたと思うと、きらめく町がひらけました。
とりあえず車をとめて、
モーテルで一泊して、
翌日出直そうと決めました。
家を出てから九時間目のことでした。
内陸の幹線道路をとおれば、どんなに混んでも八時間運転すれば着きました。
それをわざわざ海沿いの道をとおってやってきた。
そもそもわたしたちは海の近くに住んでおります。
どこに行くにも海のそばを通ってサーファーのいる海を見ます。
あの海も、この海も、同じ海で、同じく真西を向いていました。
うみにおふねをうかばしてずっと行きますとその先には、
ハワイがあり、グアムがあり、サイパンやポナペがあり、犬吠埼があり、それから、
浄土があるはずでした。

よき子は、そこに、大学の入り口にひっそりと立っておりました。よき子を抱きしめたら、それはよき子じゃなく、背骨とアバラと肩胛骨でありました。手をにぎっても、それはよき子じゃなく、冷蔵庫から出したてのゴボウの束のようなものでありました。ものを食べず、しゃべるときも口をひらかず、終始うつむいてにこりともしませんでした。それはわたしの知っているよき子じゃないようでしたが、ときに人はこうなると、経験からも知っております。それで、よき子じゃないとしきりに思えるのですが、錯覚であろう、じつはよき子なのであろうと考えようとしました。長年おかーさんをやってきたせいであります、泣いてるわが子を見れば、おおよちよちどうしたと、あやしてしまう癖がついております。それで昔のように抱きかかえてあやしましたら、身長はわたしの二倍あるくせに体重は半分しかないよき子は、くたりと萎れて身をすりよせてきました。そのなんというか、説明し切れない違和感、抱きながら、やはりこれは、よき子ではなく、人間でもなく、石か何か、たとえばこんな、さむらいがちょっと抱いててくれといわれて抱いた赤ん坊とか子泣き爺とか、（前世からの因縁で）親をたかり食う取り替えっ子とか、狐憑きとか鶴女房とか、そういう話がしきりに思い出され、わが子というより、人間というより、妖怪。精霊。狐狸野干《こりやかん》。そのたぐいとたしかに思えました。

よき子は疲れはてておりました。

たとえば、一日根を詰めて仕事したので疲れたとか、たくさん歩いたので疲れたとか、いうのでない。生きにくくて疲れているのです。たらちねの母にはわかる、この生きにくさは、一歳半のときからこの子にありました。もともと狐狸であり野干であり妖怪であり異星人でありました。じつを申せば一家眷属、みんなそうで、だれもまともに社会生活を送ってはおらず、送っているものもなんとか隠しとおしているだけで、本性をあらわせば妖怪または狐狸野干。そしてこのよき子も、苦労して、努力して、仮面をかぶってはきたのですが、二十になるかならぬかで、仮面作りの未熟さにぼろが出ました。もはや取り繕えなくなったのでありました。

ホテルは大学のそばでした。二部屋予約してありました。わたしはひとつの部屋に夫を置き去りにして、もうひとつの部屋のひとつのベッドもからっぽにして、もうひとつのベッドに、あい子とわたしとで、疲れはてたよき子をつつみこんで眠りました。

二日目は終日ゆったりと近くの湖畔で遊んでみました。ところが遊ぶうちによき子はみるみる元気がなくなってまいります。あい子が、これは変わらず元気いっぱい、ボート屋があるのを見て、あれに乗ろうという。ところがよき子は乗らないという。しかしあい子は乗りたいという。でもやはり、よき子は乗らないという。あい子とわたしの楽しげなようすについていけないのがつらいという。夫はもとより、そんなものに乗ったら腰と膝が再起不能だという。しかたがない、わたしは引き下がり、あい子と二人で二人乗りのに乗ることにしました。

見ればなんと本格的なカヌーです。恐れをなすわたしに、受付係は大口をあけて笑い、たったの一回しか湖面でひっくり返った客を見たことがありません、そしてその客はとつぜん立ち上がったんですよという、そのことばを信じて、前がわたし、後ろがあい子で、本日天気晴朗ナレドモ波高シ、漕ぎ出だしました。湖の水は、潮水でした。それはどうしてなのかわかりません。湖のまん中は寒風が吹きすさんでいました。目の前をガンの群れが飛んでいきました。

二時の方向に難破船発見、とわたしは叫びました。櫂をあやつって近づいてみると、難破船には骸骨の旗がはためいていました。ハロウィーン用の飾り付けでありました。

十一時の方向に足こぎボート発見、全員全力で衝突回避、とわたしが叫びました。右です、右です、おかーさん、右をこぎます、とあい子が叫びました。船乗り用語を使いたいが知らないので（じつはわたしも知らない）子どもの日常では何か特殊な感じのする「でますます調」になるしかない。

二時の方向にウの群れ発見。十時の方向よりペリカンがこっちに向かって直進中。

船長、前に水を飛ばさないでください。

おかーさんこそ、ちゃんとこぎなさい。

三時のほうこうによきちゃんはっ見です、ダディとコーヒーのんでます、とあい子が叫びました。

よき子は、あい子の視線から隠れようともがいておりましたが、あい子が執拗に呼ぶのでついにこちらを見て、認めて、小さく小さく小さく弱々しく手を振りました。

夫は、遊ぶあい子とわたしから離れて、よき子とコーヒーを飲んだ。よき子はなんにも食べませんが、コーヒーだけはいくらでも飲むので、手持ちぶさたになり、飲んだ、飲んだ、飲んだ、飲んだ、がぶがぶと、つぎつぎにおかわりを買ってやって、二人で飲みつづけた、おなかががぼがぼになった、溺れるかと思った、コーヒーに、それからよき子の持っている沈黙に、と夫が申しました。


思わず目をそむけたくなるほど、よき子の顔かたちはみにくくなっておりました。見て、見て、と存在全体が主張するので、見たくはないのですが、見ざるを得ないのです。それでじっと見つめておりますと、こんどは、見るな、見るな、と甘えた声でとろとろと申します。しかし見ないわけにはいかないと思って、見てしまうのです。だから見てしまいました。頰はこけ、顔色は悪すぎてドドメ色、やせすぎたあまり口が閉じないところも見てしまいました。尻たぶがこけて、太ももが開きすぎてるのも見てしまいました。おしりの穴も閉じてないのだろうと想像しました。髪の毛も抜きすぎて、禿げ寸前。それで気がついた、誰かに似ていると思ったら、恨めしや、どこかで見たことのあるおイワさん。

ハタチの女が持っているべき、ピチピチもイキイキもワクワクも、どこにもないではないか。

親の出る幕である。

連れて帰ろうと思いました。

でも帰れないんだもん、とよき子は言い張りました。

おかーさんのところには帰りたい、でも帰れない、まだ帰れない、ここはいやだ、ひとりぼっちはいやだ、ほかの人と違うという意識をいつも抱えて生きているのもいやだ、自分は今、つくりかけのビルディングのようだ、

いつだったか、つくりかけのビルディングを見た、

枠組みが、鉄骨が、配線が、

むき出しになってた、

あれは自分あれは自分あれは自分、とよき子は叫びました。

いたい、いたい、いたい、いたい、と叫ぶのと同義でありました。

まだ帰れないもん、まだ帰れないもん、とよき子はせっぱ詰まって申しました。

わたしはよき子に、漫画を持っていってやったのであります。いらないといわれました。浦沢直樹の「20世紀少年」一巻から四巻であります。イロイロと吟味して、これはヨロコブと思って持っていった。数時間で読み切れて、何べんも読み込めて、次はどうなる

とあとをひいて、五巻が読めるまで生きていようと思えるような漫画であります。なんで読まずにいらりょうか。それを、いらないという。漫画なんか読んでるひまがないもん、勉強する時間がなくなっちゃうもん、とよき子は叫びました。漫画なんか読んでたらつい読んじゃってだめになるもん、持って帰って、今は読みたくない、でも勉強しようと思うと時間がどんどんたっちゃってなんにも出来ないんだよう、とよき子は泣きました。おかしい、ぜったいおかしい、治療しなくちゃいけない、とこのとき思いました。漫画も読めないようじゃ、まともではない。

まだ帰れないもん、まだ帰れないもん、とよき子はすすり泣きながら申しました。

それでよき子を連れて大学の人々に会いにゆきました。カウンセラーにも会いました。下宿のおばさんにも会いました。いつ帰ってきてもいいように手はずをととのえました。万一よき子が混沌の渦にのみこまれてしまったとしても、わたしが連絡しさえすればどこかから必ず助けの手がさしのべられるようにも工夫しました。大学の保健センターで薬を処方してもらうようにもいたしました。ところが医師との予約が今週は満杯で、来週も満杯で、さ来週になるという。

心の疲れた学生たちが、さぞやたくさん、

保健センターに行列して、必死の思いで順番待ちをしているのであろう。

その裏にはさぞやたくさんの、

必死の思いで子を思いながら、ただ見ているだけの、たらちねの母たちが、いるのだろう。

驚くのは、漫画も読めなくなったくせに、よき子は、よその人に対するや、たちまちふつうの学生のふりをするということでした。子どものときからこの国に住んでるから発音はいいし、英語なりの敬語もですます調も使えるから人との距離もてきとうに取れる、ところがわたしに向かって日本語に切り替えるやいなや、たちまち退行し、ことばづかいも退行し、歩き方も、感情の表現も、退行し、退行し、退行し、英語では出来たでちゅまちゅ調も忘れ、だだっ子がとほうにくれて地団駄ふんでるような話ち方に、いちゅのまにかなってちまうのでちた。

とにかくよき子を置いて帰ってきました。帰りは殺風景な幹線道路をまっしぐらに疾駆して、七時間半で帰れました。それからこのかた、よき子のことしか考えてませんでした。よき子のことしか考えてませんでした。よき子のことしか考えてませんでした。はっと気がついて、何か忘れてると思ったら、父のことです。数日間忘れはてていた父へあわてて電話をいたしますと、また足が痛くて歩けない、また下痢した、またトイレの前でころんだ、また便秘した、それより第一つまんない、と父はうめきました。ほんとにつまんないんだ、一日中することがない、と。わたしはたちまち自責の念にあたふたしながら申しました。

こないだ送ったプラモデルは？

部品が小さすぎて見えなかった。

こないだ送った本は？

読んじゃった。

おとなの塗り絵、やってみる？

塗り絵なんかいやだ、あんたじゃあるまいし（わたしは幼児の頃「きいちのぬりえ」に夢中でした）、自分で描いたほうがいいもん。

こないだ色鉛筆セット送ってあげたよ？

描く気になれないもん。

いや、こうして書いてみますと、甘やかされた子どもと甘やかす母の会話にしか見えませんが、これは父と娘であります。その証拠に、八十四歳の父は、絶望というモノを、そこに具体的に見ているような声でいいました。

ただ、ただ、つまんない、テレビも見るものないし、新聞も読むとこないし、本もたいてい読んじゃったし（池波正太郎や藤沢周平は故人ですので限りがあります）、ちゅんすけとふたりでぼーっとしてるだけ、こんなものなんだろうけどさ、年寄りっていうのはさ。

絶望というにはあまりに穏やかな感情ではありますが、絶望にはちがいありませんでした。

もともと家族同士の通話はフリーというふれこみで加入した携帯電話です。前々から毎日のように通話しあっていたよき子ですが、わたしたちが大学町に行って帰ったあとは、さらにひんぱんに、二時間おき、一時間おき、三十分おきに、かけてくるようになりました。泣きだしたいのを堪えているような涙声で、何々と何々の予習をしなくちゃいけないのにやってないしー何々の宿題はまだやってないしー何々はまだ読んでないしー二時間あるけど何からやっていいのかわかんないうちに時間がどんどんたっちゃうんだもん、とよき子は訴えました。

何々と何々をやらなくちゃいけないんだけど、さっきからここにすわってやろうとしてるんだけど、なんにも頭にはいらないの、なんにもできないの、何々も何々もできないの、とよき子は泣き声でいいました。

じゃ何がいちばん今すぐやらなくちゃいけないの、とききましたら、何々、ああーでも何々は何々だから何々のほうが何々なんだもん、とよき子はぐじぐじいいました。

しょうがないからそのぐじぐじいうのを聞き分けて、優先順位を提示してやりました。何々が一、何々が二、何々が三、何々が四。

ああーでも何々は何々で何々だから何々だもん、とよき子はいいました。

じゃ、何々が一、何々が二、何々が三、何々が四。

ずずずとよき子はすすりあげました。

この順番にやればいいでしょ、と提案しますと、わかった、とよき子は泣き声でいいました。

やらなくてもいいものもあるの、いい加減にやっても大丈夫なの。

わかった、とよき子は泣き声でいいました。

その前にね、とわたしは申しました。まずカフェテリアにいって、コーヒーのおーきいのとあまーいもの、買って、たべてごらん。

わかった、とよき子は泣き声でいいました。

よき子のやせ方は心理カウンセラーにも心配されて、抗うつ剤の処方よりもまず栄養士のところにいかせたほうがいいのではないかといわれたほどであります。こういうときは誰しも摂食障害じみてくるもので、よき子も、食べないかと思ったら食べすぎて、食べすぎちゃったーと電話口で訴えたりもする。でも、よき子は甘いものが好きなのです。先日会いに行ったときも、ほかのものは食べなくても、甘いものならそこそこ食べるというのに気がついておりました。

ね、あまーいもの、マフィンとかブラウニーとか、あったかいものとあまいものはほっとするから、ね、とわたしが申しましたら、うえーん、とよき子は泣きました。

背後では、犬どもが、わたしの一挙手一投足に、耳をそばだてております。羊飼い犬は足元に、雀犬は部屋のすみのかごの中にまるまって寝ております。寝ておりますが、眠っているわけではありません。よき子の電話を切って、あーあとため息をついたら、たちまち二匹は立ち上がり、そわそわして、うろうろして、羊飼い犬はうえうえ《さんぽ》うえうえ《さんぽ》うと絞り出すような声をあげて腰を揺り動かし、雀犬は甲高い声でやんやん《さんぽ》やんやん《さんぽ》と吠えわたり、羊飼い犬にかみつこうとしてみたり、かみついてみたり、報復されたり、ああああ、うるさい、とわたしは声に出してののしりますが、犬どもは聞いちゃいない。そこへまた着信音が鳴って、取るともう一人の娘であります。向こうからは用のあるときしかかけてこない、こちらからかけても通じない娘であります。このごろはよき子のことを心配してちょくちょく電話をかけてきましたが、その日はどうもそれだけではないらしく、ぐずぐずといつまでも切らないので、どうしたの、何かあったのとききながら、どうしたの、いたいいたいしたのとよく聞いたもんだな、この娘は小さいときからよくぐずる子であったなと思いながら、耳をすませておりましたら、あのね、と少しずつ話し出し、なんですか、こないだ恋人と別れたことはどうでもいいんだけど、食べる行為がまともじゃないとかうまく人とかかわれないとか訴えはじめ、やがて、うえーん、とよき子とおんなじ声を出して、だって食べちゃうんだもん、やめられないんだもん、うえーん。

かくいうわたしもさんざん親に見せました。二十代半ばにたてつづいた男の苦労を、母は凝視したあげくに疲れ果てていいました。何の因果でこの子はこんなに男の苦労をしなきゃならないのかな、この子だけはと思って、大切に、大切に、そだてたのにな。

父にも、さんざん見せました。今のよき子と同じ年頃、まだ男で悩む前、今のよき子みたいに、生きること自体が苦しくて、身をよじって苦しみながら、ひとりではいてもたってもいられずに、父の仕事場に（そのとき父は小さな印刷屋をやっておりました）入っていきますと、何をやっていても父は手をとめて、機械をとめて、わたしに向き直り、椅子に座り直し、休憩のしるしの煙草に火をつけました。いくらでも聴くぞ、という父の決意であり、父の誠意でありました。

ちちのみの父にできることなら、ははそはの母だってとわたしもがんばりまして、丹念に話をきいてやり、電話を切ったら時間というのは経つのが早くて一時間半。あーあとため息をつきましたら、たちまち羊飼い犬が立ち上がって、うえ《さんぽ》うえ《さんぽ》うえう、雀犬がかごから飛び出して、やん《さんぽ》やん《さんぽ》やんやん、思わず目を瞑ったとたんまた着信音が鳴って、取ると、よき子が、うえーんと泣きました。ひとしきり相手して電話を切るや犬どもの騒ぎが一段とそうぞうしくなり、ばたんとドアがしまって、はーい、とあい子が飛び込んできました。おっと日本へ、朝起き抜けの、生存確認の定期電話の時間でありました。ゆうべまたころんじゃった、下痢もしちゃった、下痢しちゃってころんじゃって起きあがれなかったときもひとりだった、とちちのみの父は老い果てたかすれ声で申しました。あーあとため息をつきながら電話を切ると、それまでは仕事場に籠もり切っていた夫が半日ぶりに姿をあらわして、お茶を飲もうおれといっしょの時間を過ごそうと誘いました。

たらちねも、ははそはも、

母、はははははは（笑）

八面六臂の四苦八苦かも

その一瞬、ほんの一瞬でございます、海鳴りの音しか聞こえないような西向きの海辺の夕暮れに、煙たなびく苫屋のそそけた七輪の前にしゃがんで、さんまを一尾、ぱたぱたと焼いているわたし自身が脳裏によぎりました。わたしひとりで食べるさんまでした。さんまの焼けこげた姿態も、まざまざと目に浮かび、苦みもしょっぱみも、舌にひんぴんと伝わってきましたが、それはあくまでも自分用の一人前でした。

泣きっつらに蜂というのは、昔の人がこの日のわたしのために作り置きしたことばかと、思えた日でございました。さんまの空想もそこそこに、現場に戻ったわたしであります。次に見つけたのは、囓られてボコボコになったメガネケースでありました。電話している間に、ボコボコにされたかと思われます。何年か前になかよしの友達がくれました。

緑色で、ドイツ製で、ドイツ語の漫画が、印刷してありました。いいわねそれ、といろんな人にいわれたものです。友達の顔をいつも心に思いながら、お守りみたいに持ち歩いておりました。残骸を見たときには息を呑みました。息を呑む声に反応して羊飼い犬が吠えたてました。戸口に人が来たと思ったんでしょう。来る人はみな泥棒で、出会う犬はみな狼と思いこむ習性の犬なのです。わたしはねずみ退治の素早さで雀犬の首根っこをつかまえると、舌をひっこ抜きました。そしてそのまま庭に放り出すと、犬は尻尾を尻の下にぴったり隠したままぱたぱた逃げていきました。いくら大事といってもたかが古びたメガネケース、長年使いこんで破れかけてきてました。その上犬どもには、メガネも、さんざんやられました。作ったばかりの新品を、嚙み砕かれたこともございます。どのメガネもサングラスも、つるが囓られましたから、かけたり外したりするたびに髪にひっかかって痛いのです。靴も、乳首も、イヤフォンも、歯ブラシも、捨てたはずの生理用ナプキンも、わたしの匂いがしみついて、思慕なのかなんなのか、どこからか探し出されて囓られました。メガネをやられても靴をやられても、そういうもんだと構えていられたのに、メガネケースの残骸を見ているうちに、涙が出てきました。とまらなくなりました。そうして声をあげて泣きました。れいによって羊飼い犬が鼻をすりよせてきました。夫とあい子がぼうぜんと見てました。わたしはさらに大声をはりあげて泣きました。泣くほどに、目の奥から熱い波が発せられ、肩の凝ったのを溶かしていきました。

あゝ怖かった怖かった。

わたしは声に出していってみました。

あゝ怖かった怖かった。

たらちねの母といえども生身であります。

むかしは小さな女の子でありました。

怖いときには泣いてました。

父や母や夫や王子様に、助けてもらいたいと思っておりました。

何べんも何べんも助けてもらいました。

父にも母にも、夫や王子様にも。

でも今はだーれもおりません。

父は老いて死にかけです。

母も死にかけて寝たきりです。

夫や王子様には、もう頼れません。

このごろじゃすっかり垂れ乳で、根元からゆあーんゆよーんと揺すれるほどになりまして、
足を踏ん張り、歯をくいしばり、
ちっとも怖くないふりをして、

苦に、苦に、苦に、
苦また苦に、
立ち向かってきたんですけど、
あゝあ、ほんとに怖かったのでございます。

大島弓子「F式蘭丸」、中原中也「三歳の記憶」他、小泉八雲、景戒、大伴家持、林流波、佐藤春夫、芳賀矢一、秋山真之などからも声をお借りしました。

とげ抜きの信女絶望に駆られて夫を襲う事

先輩からのメールにかいてありました。うちの父が亡くなる前日に、巧く死ねるかなあとつぶやいていました、と。

高校の先輩です。今年になるまで会う機会がありませんでした。わたしはあなたの先輩なんですよ、と初対面のその詩人はいいました。それからわたしたちはメールの交換をしているというわけです。

高校といってもこっちは一年向こうは三年、全校集会や校庭の焚き火で同じ場所にいたのだろうと思う程度、あるいは、階段の暗がりを、友人たちと叫びながら駆け下りていったときなど、顔をしかめながら歩く三年女子とすれ違ったに相違無いが、それがもしやと思う程度。今年会ったといっても、東京で、詩人の集まりで、ほとんどすれ違ったようなものですから、今の顔も忘れております。

高校は、文京区の坂の上にありました。ただの都立高校と思っておりましたが、なんと詩人の養成所も兼ねていたのです。坂を下りていって、地下鉄の駅がありました。坂の上にあったから、屋上に登ると関東平野が見渡せました。まだ新宿の高層ビル群もあんなに出来ていなかったころです。新宿に二、三本、中野に一本、池袋に一本、高層ビルが見えました。あとは煙みたいな、もやもやした、汚れた、ひらたい、ひらべったい東京の町が。ときに富士山も見えました。秩父連山も見えました。わたしはいつもそこに登って、高校の三年間、遠くを見てました。屋上のそのまた上にもう一つ登れるところがありまして、そこに。馬鹿と煙は高いとこに登るといいますが。馬鹿でしたからねえ。

しかしながら良いものです。同じ学校の同じ雰囲気の中で自分を形成した少女がほかにもいるということを知るのは。先輩、わたしは生物部でした、雑草の観察をしたくて入ったのに解剖用ねずみの飼育をやってました、とわたしはメールにかきました。わたしは高一の夏に図書館にかよいつめて詩を読みました、二年違うと学園紛争のあるなしでずいぶんちがってくるものです、部活はぜんぜんやりませんでした、と先輩はかいてきました。そんなやりとりをしばらくつづけていたと思ってください。そのうちに出てきた先輩の、お父さんの声でした。

巧く死ねるかなあ。

それが、頭の中にうち響きました。そのとき気づきました。死とは、だれにとってもはじめてのことなのだと。

今、先輩は老いたお母さんと、巣鴨で同居しています。

夫を連れて、巣鴨に行きました。十二月二十四日のことでございました。ちょうど日曜日とかさなって、歳末の熱でクラクラしているような状態がそこにありました。佃煮になりそうなくらい老女たちがひしめいておりました。その中を、夫は、人にぶつかりながら歩くことに慣れない西洋育ちなものですから、前にも後ろにも行かれず、立ち往生しかけておりました。老女の佃煮の中で、夫は、そっくり半身が抜きんでておりました。

背丈はわたしの二倍、体重は三倍ある大男です。年だってわたしの二倍はゆうにあり、空襲の思い出はもちろんのこと、むかし、ピンク・フロイドかT・レックスか、だれかの隣に住んでいたという話で、今どきの若者はやかましいやかましいと思いながらその騒音に耐えていたというのですから、年もわかる。つまり周囲にひしめく老女たちとほぼ同年配といって良いのです。皺だらけだし、禿げてるし、残った髪はまっしろだし、佃煮から見れば、外人の老爺、それ以外のなにものでもない。しかし不思議です、夫と名がついただけで、どんなに老いても、父のように老い果てません。いつまでも生々しくわたしの道をふさぐ。ほかの、若かった、男どものように。

巣鴨行きは、前々から考えておりました。

わたしたちと出会う前には、日本になんども来ており、アサクーサ、アキハバーラはひととおり観光し、イトーヤ（文具）やカッパバシドリ（台所用品）、ミツコシの地下（試食品の食べ歩き）という、かなりマニアックなショッピングもこなしていた外人であった。そこで、折角日本人の家庭に入りこんで暮らしている今となっては、さらにディープな東京をネイティブの案内で体験させようと思いました。塩大福を食べながら参道を歩き、お地蔵様にお詣りして、やつめうなぎで精をつけて、七味唐辛子をおみやげに買って、湯上がり用ユカータをそのへんのおばちゃん用衣料品屋で買い求める、と。

そこに一抹の下心は無かったかと、いわれればどきりといたします。ございました。苦を抜きたいと、ずっと考えておりました。

夫をとげ抜き地蔵に連れて行き、ひしめく老女たちの中を歩かせる。すると夫の化けの皮がたちまち剝げます。つるんと剝げます。禿げます。夫の頭のように。不信心。無理解。傲慢さ。因業さ。強引さ。好色さ。これまでの悪行がすべてあたりにあらわれて、信心する老女たちが怒り、つまり彼女らもまたそういう男の悪行に、人生をかけて絶望しているはずですから、干からびた膣をカタカタ鳴らしながら、襲いかかってくれるのではないか。わたしのかわりに。彼女らに、食いちぎられ、引きちぎられて、ずたずたになったその肉塊を踏みしめて、ざまあみろっと、わたしが足を踏ん張って叫ぶ、そんなイメージを持っておりました。

ところが最初からうまくいきませんでした。入り口の塩大福屋は混んでいて、帰りにしようとあきらめました。もっと良いでしょう、ふつうの日に来たほうが、お地蔵様のご縁はなくとも、こんなに混んでいない、とわたしは夫に申しました。じろじろ見られているのが気にかかりました。いまどき、外人なんてめずらしくないはずです。それなのに周囲の老女たちが、上を向いて、夫をみあげて、仰天したような顔をして、連れの老女に、夫を指さしながら、ささやくのを見ました。そして口をふさいで笑い顔を作るのも見ました。ささやかれた老女がまた別の老女にささやきました。

耳を澄ませてみると、彼女たちは、口々に「サンタさん」といっている。

十二月二十四日、お地蔵様のお縁日であると同時に、サンタさんのお縁日でもありました。

ほら、サンタさん。くすくす。サンタさん。くすくす。サンタさん。ほら、サンタさん。ひそひそ。サンタさん。サンタさん。ほら、サンタさん。くすくす。サンタさん。サンタさん。ざわざわ。ほら、サンタさん。サンタさん。ひそひそ。サンタさん。サンタさん。ひそひそ。ほら、サンタさん。サンタさん。サンタさん。サンタさん。くすくす。くすくす。サンタさん。サンタさん。サンタさん。サンタさん。

ざわざわ。ひそひそ。くすくす。ささやきが、伝播していきました。

ささやきを通訳してやりますと、愛想笑いにひきつっていた夫は憤然として申しました。

おれのどこが、似てるというのだね、風船みたいに膨らんで、雪でもかぶったみたいな白髪頭の、あの年寄りと？

まんまじゃんと思いましたが黙ってました。

夫がさらに申しました。

まるでカリフォルニアのあの雀犬の集団がそのまま来たようだ、信心する輩はどこにでもいる、そういえば前に日本に来たとき、おまえはあい子に偶像を礼拝させた、どこかのテンプルで、あい子はまだやっと歩けるくらいの年であった、あれには呆れた、おれと同じ無信仰者と思っていた妻が、隠れて信仰を持っていた、しかも彼女は宗教教育をほどこしていた、おれの娘に、おれの承諾も無しに、ところがおまえだけではない、おまえの友人もまた、通りすがりのシュラインで金を投げて手をあわせ、別のテンプルでも金を投げて手をあわせた、だれに祈るかと聞いたら、きいてくれるならだれにでもと、何であるか、この節操の無さは、何であるか、このおびただしい老女たちの信仰の対象は？

で、わたしも考えたわけです。お地蔵様と思っていたが、はて、ご本尊の地蔵像をわたしは見たことがあるのか。ありません。

何があるの、あの建物の中には？　と夫は本堂を指さしました。

たぶん地蔵の像、中のくらがりに、でも見たことはない、とわたしは正直に答えました。

それは偶像だろう、人の作った。

そのとーりそれは偶像である。

いくら投げ入れた？

五円。

ダイム以下じゃないか。

でも、ほら、五円玉には「御縁《ごえん》」があるから。

（夫はくるりと目を天にむけて「救いがたい馬鹿かも」の意思表示をしつつ）

あそこでは香を投げ入れた、ここではコインを投げ入れた、投げ入れるという行為に意味はあるか？

投げ入れるときに自分の願いがあちらに届く。

なにを願う。

とげ抜きを願う。

だれに。

（これには答えられませんでした）

あの像は？　と夫は並んだ人々の先にある洗い観音を指さしました。

あれを洗って願いをこめる、何百万回何千万回もこすられて、むかしはすり減った石のかたまりのようであった、今のは二代目、とわたしはいいました。親はこすっていたけれども、わたしはしたことはない、並んで待つのがいやなので。

ここまで話して、わたしはお詣りの過程を頭の中でくりかえしてみました。駅から歩く。お線香を買う（人数分買うことにしてるからひとりひとりの顔を思い浮かべ）。お線香を投げ入れる（ひとりひとりの苦を思い浮かべ）。煙を寄せる（いのりながら）。五円玉を投げ入れる。暗がりを拝む。今は、はっきりとわかりました。わたしはこう申しました。

やはり、それは煙である、偶像ではなく、
煙である、わたしが信心する、立ち上って消えてゆく。

煙、と夫が空疎に笑いました。そして申しました。突き放すように。

なにほどの、信心であるか。

瞬間わたしはむかついて、やるなら今だと思ったわけですけど。

そこで例の下心でございます。

ずっと考えておりました。夫の化けの皮が剝げます。剝げます。剝げていきます。つるん、つるんと。それであらわれる悪行のかずかず、家事は手伝わない、あれこれと指示する、エラそうにふんぞりかえっているのは何様のつもりか、怒る老女、干からびた膣、おびただしい膣、阿鼻叫喚、ずたずたになった夫の肉塊の上、わたしが足を踏ん張って、ざまあみろっと叫ぶ、ずっとそれを考えていました。巣鴨のあの参道の、お縁日のたけだけしさなら、それが出来ると思いました。老女たちの半生は、いちいちきかずとも知れました。そこには、おびただしい絶望が、あったはずなのです。

でも今、夫をこうして巣鴨に連れてきて、むかついて、じゃまもの（あい子のことですが）もいない、思う存分引きちぎれる、積年の恨みを晴らす、というときになって、わたしは躊躇したのであります。

こないだヨーロッパに遠征に行った夫が、数葉の古写真を持ち帰ってきました。得意そうに差し出して、若い頃のおれだという。髭面の三十代後半のなまめいた男がこっちをみつめて、少し照れて、ウインクしてまして、一見してそこらで撮ったスナップじゃなく、プロの写真家によるものと知れました。

わたしは禿げはきらいじゃありません。目のまわりの皺はセクシーと思っております。髭面もだいすきです。そしてそこには、禿げて目のまわりに皺があり髭面の若い男が、つまり、あちらもこちらも三十代ならたちまちセックスをはじめたくなるような若い男が、愛嬌たっぷりにウインクしておりました。このなまめいた男が五十年たってこう老いてこう皺だらけになり、ここにこうある。

無常であります。

それで思い出しました。汗をかいたあい子のあたま。くさいくさいと囃したてたら、わきのしたはもっとくさいよ、ほら、と嗅がせてくれたので、嗅ぎますと、鼻がひんまがるほど臭いのに、深呼吸をせずにはいられない懐かしさ。なんといいますか、性交のはじまりを期待させる甘やかさ。はて、どの男と考えますと、夫です。いつの間に、老いて臭わなくなっていたのでしょう。無臭すなわち無常でありますす。最初からこれだけの年の差があれば、いつか相手は爺になるとわかっていたのに、いざ現実となりますと、ときにぎょっとするのです。明け方目覚めて、老い果てた男が隣に寝ているのを発見したときなど、その白髪と皺があまりに凄くて、人というより、浦島の煙と暮らしているような気さえいたします。かくいうわたしも五十歳、しみだ、白髪だ、脂肪だと、あらゆる「し」のつくものがにくくてたまらぬ。「しろみ」自身も。しかし老いの底にしがみつくこの男に比べれば、まだまだ余裕がございます。死をことさらに凝視したり否定したりはせずにいられる。わたしはむしろ、煙のそばにひた座る一所不住の妻のように。

この頃あなたはどんな男だった？　とわたしはききました。

おまえには想像できないだろう、どんなにおれがセルフセンタードでメイルショウビニスティックでアロガントだったか、今のおれの方がずっと好ましい、老いて良いこともあるものだ、と夫は申しました。

今だってそーじゃんと思いましたが黙ってました。

そりゃ傲慢で因業な男ではありますが、ずたずたにされてざまあみろといわれるほど、悪いことはしてません。目に見えないお地蔵様より目に見える煙を信心しても、よろずのほとけにうとまれても、ここに来さえすればという気持ちがわたしにありました。それなら夫だって、とわたしは思ったわけでした。

冷え込んだ、冷え込んだといわれながら、年々暖冬になっていくのは止められません。その日も、薄手のコートの下は夏のままのタンクトップでもいいくらい、とわたしは感じておりました。でもそれは更年期を迎える女の変化だったのかもしれません。

参道を行き交う老女たちは、更年期もとっくに過ぎて、火照りなんか無くなったものと見え、帽子を目深にかぶって、リュックを背負い、ズボンをはいて、ジャケットを着込み、そのままそこらの低山ハイキングなら行けそうないでたちをしておりました。むかし祖母がわたしの手をひいていったときの軽装とはくらべものにならない重装備でありました。

祖母が着ていたあの薄物の着物、あれはたしかに夏でした、冬の祖母は思い出せません、おちちがみえそうなくらいゆるゆると着物を着て、眉毛は無く、腰は曲がらず、力を入れず、目的なんか無いように歩いていたそのようすがふと記憶に甦ります。

ある日母が病気で入院しまして、祖母が泊まりにきてくれたことがありました。昼は犬と遊び夜はわたしの世話をしてくれました。

祖父母の家には、犬猫が絶え間なく飼われていました。そのころはわたしの家にも犬がおりまして、学校から帰ると、祖母が玄関先にちょこんとすわって、うちの犬をかかえて、おお、おおとささやきながら、ぺろぺろと口をなめあっておりました。

神懸かりの祖母は見たことがないのですが、寝惚ける祖母なら毎晩見ました。夜半物音に目が覚めると、祖母がふとんの上に正座して、わたしをみつめながら男のような野太いしわがれ声で叱りつけておりました。あんまり脈絡がないので、わたしはあわてふためいて、おばあちゃんおばあちゃんと呼びかけましたが、祖母は耳も貸さず、ひとしきりわめきちらすところりと倒れて寝入ってしまいました。父は事情を知ってるらしく、婆さんの寝惚け癖だと平然としておりました。癖と知ると慣れました。祖母は毎晩寝惚けましたが、わたしもそのまま、寝惚けたいように寝惚けさせておくことにしました。いってる内容は、あきらかにわたしが対象ではない、だれかほかの、もしかしたら、この世にさえ存在しない人、と知れました。その証拠に、祖母はわたしだけじゃなく、障子も簞笥も、手あたり次第に見つめて叱りつけておりました。それもまた、絶望に、まみれた行為でありました。

でも遅かったのです。もうはじまってしまいました。

老女たちの絶望は飽和状態に達しておりました。

老女の集団が近づいてきました。サンタさんサンタさんとささやきながら、口を手でおおってひそひそくすくす笑いながら。そのとき、祖母が寝惚けたときのような野太いしわがれ声が、こう呼ばわるのをききました。

不信心者をこらしめてやれ。

ここはお地蔵様の参道である。

あまつさえ今日はお縁日である。

サンタクロースが徘徊している。

不信心者をこらしめてやれ。

一瞬虚空は沈黙し、谷間の森の葉末のそよぎもハタと止り、獣の声ひとつしなくなりました。老女らは、はじめは声がよく聞きとれず、立ち上がってキョロキョロとあたりを眺めていましたが、このときさっきの声がふたたび聞こえました。不信心者をこらしめてやれ、と。老女たちは、伝えられた使命をはっきりと覚ると、鳩の翼にも劣らぬほどの早さで、一気に駆け寄ってきました。霊気に憑かれ、渓流も岩も一気に飛び越し、夫の姿を見るや、向かいの大岩によじ登って、まず夫めがけて激しく石を投げかけ、また樅《もみ》の枝を投げやりまがいに狙い放つのです。また無残にも夫を的に、虚空を切って霊枝を投げつける老女もおりましたが、どれも当てることはできないのです。そのとき、声がふたたび聞こえました。

不信心者をぞんぶんにこらしめてやれ。

老女たちが飛びかかりました。夫はなにやらわめいておりましたが、しょせん英語で、わかるものとて無く、老女たちの喚声にかき消されました。老女たちは、夫の腕の肱のあたりをつかみ、脇腹に足をかけて踏ん張ると、肩の付け根からすっぽりと引き抜いてしまいました。また一方の側では、別の老女が夫の肉を引きちぎりました。やがて他の老女たちもみな襲いかかってきました。夫のうめき声と、老女たちの喚声とが入り交じって、すさまじい一つの声になって響いております。夫の腕を摑んでいるものもあれば、靴を履いたままの足を握っているものもある。肉を引きちぎられて肋骨がむき出しになってゆく。やがてどの老女も、血まみれの手で、夫の肉片を、毬のように投げ合って戯れるのでありました。それでわたしはその肉塊の上に両足を踏ん張って立ち、うあははは、どうだ思い知ったか、ざまあみろっ。

いけない。思わず妄想してしまいました。いけない。これではぜんぜん改まってない。夫を守りたいと、受け入れたいと思うとげ抜きの御利益があったはずだ。しかしそう思う間にも、殺気だった老女の群れは、絶望にまみれつつ、近づいてきておりました。

伊藤またもや絶体絶命、途方に暮れたくなりましたが、途方に暮れてはいられません。行動しなければいけません。行動するとは、とりあえず、歩くか走るかすることです。それでわたしは、夫を引きずって参道を、巣鴨駅の方に走り出しました。このごろわたしは、自分という人間が、家庭の危機に直面するとおそろしく強いということがわかりました。多少のことではへこたれません。涙も出ません。どこまでもあきらめない執念深さ。どんな現実も受け入れる柔軟性。そして何より強い運。それでもそのとき、先輩があらわれなければ、どうなっていたかわかりません。参道の入り口、あの、れいの、詩人のお墓のあるお寺の前に、先輩が飄然と立っていました。先日会って以来すっかり忘れていた顔ですが、見た瞬間、まざまざと思い出した、文京区の、坂の上の高校の、十五十六十七の、あの頃、あの悩み、あの寂しさにあの焦り、「明日の空の（思い出せない）に（思い出せない）く（思い出せない）は（思い出せない）声ははずむ（思い出せない）都立某よ我がこの高校」という、まだら記憶の校歌とともに。

それはたしかに先輩であり、ただの中年女ではありませんでした。知り合うことは無かったとはいえ、少女期を、ともに過ごした少女でした。

せんぱいいっっ。

わたしは声を限りに呼びました。先輩はわたしを認め、足早に近づいてきてわたしの手を取りました。

わたしと同じくらいの背丈でした。七〇年代にはこのていどで標準でした。今ではもはや小柄といえます。その小柄な先輩が、わたしたちの危機を咄嗟に察知し、ずたずたにされかけた夫とわたしをむんずと掴むと、物もいわずに、いきなり白山通りを渡りはじめました。横断歩道など無いところでした。まるで参拝の老女たちにわざわざ信心のための苦行をあたえるように、歩道橋が設置してあるところでした。先輩は歩道橋を無視し、わたしたちをひきずって、道に飛び出し、車を止め、さらに止め、騒音をひきおこしつつ、当然のように平然として、とうとう向こう岸まで、獰猛に、渡りぬきました。先輩は片手をあげて混乱した車の群れに挨拶をするとわたしをうながし、わたしたちは、ずたずたに形骸化した夫を支えて、細道を歩き、集合住宅の門をくぐり、植え込みの脇を通り、エレベータを操作して、或るドアの前まで、たどりついたのでありました。

ドアを開けると、奥のくらがりから出てきたのは、小さな老女！

わたしはぎょっとしました。夫はひしとわたしにしがみつきました。

あらあなたなにもいわずにいっちゃって、と老女は何かのつづきのように先輩に向かっていいました。

母なの、と先輩が。

母であろうがなかろうが、そこにいるのは参道にいた凶暴化した老女たちとすんぶんちがわぬ小さな老女。先輩はわたしを助けてくれた、そしてここであらたな老女にひきあわすということは、それは先輩の意思、老女を受け入れよ、襲いかかる老女をも受け入れよという意思ではあるまいか。先輩はわたしたちをこの避難所に連れ込むと、間髪を入れず台所に入っていって、わたしたちを供応するために立ち働いていました。

先輩、そうですか、と先輩に問いかけると、先輩は台所から顔を向け、にっこりと微笑んで、そうですよ、と。

そのうちにも老女はこちらに向き直り、よくいらっしゃいました、某(先輩の名前です)はなんにもいわないで出ていっちゃうものだから、といいました。

なつかしい子音と母音でした。なつかしい母娘の関係でした。母とわたしも昔はこんなものいいで、こんな会話を交わしたものです。母は大柄な女ですから、声の高さがちがいました。祖母は小柄でこんな声でしたが、世代がちがいますから語彙がちがいました、そこで思い出した、巣鴨の伯母。こんな体で、こんな声で、こんなふうにしゃべる伯母がおりました。巣鴨の奥の千石の小さなアパートに、愛人と隠れ住んでおりました。わたしは母に連れられて、お地蔵様の帰りがけ、細道を伝ってずうっと歩いて、伯母の家に寄ったものです。伯母は母よりずっと若々しくて、きれいな着物を着て、わたしをちやほやし、誕生日には駅前の不二家から、イチゴショートを丸ごと買ってきてくれました。今の伯母は、わたしの誕生日は忘れはてておりますが、わたしは伯母の誕生日に、毎年、電話をかけます。あらしろみ、よくおぼえててくれたわね、とここ数年、毎年同じことを伯母は申します。おかあさんを大切にしてやんなよ、とこれも毎年同じ口調で申します。

お生まれはどちらですか、とわたしはその老女にききました。芝ですの、それから小石川、と鮮やかな答えがしゃきしゃきと返ってきまして、わたしは耳の奥から揺さぶられるような思いで、思わず、夫を振り返り、聞いて、この音を、と申しました。夫はといえば、人の話を聞くふりをする余裕も無く、さっきからそこでぺしゃんこにへたっていたのでございます。

そのときわたしは「見つけた」と思いました。「何を?」

わたしの餓鬼阿弥を。

餓鬼阿弥とは、無敵のヒーロー小栗判官が、死んで腐って甦ったときの、何にもできない、他人を頼って生きるしか無い状態。

男なんてみんな餓鬼阿弥、ヒーローぶってるくせに能なしで役立たず、とうそぶいていたわたしではありますが、実際ここまで餓鬼阿弥化した男は、今までにおりませんでした。あのなまめいた若い男もそれはもうたまらなく良かったけれども、ずたずたになり、形骸化し、臭いもしなくなり、足も腰もペニスも立たなくなった夫こそ、わたしが今まで探し求めてきた男のカタチではないかと、そんな気さえいたしました。

あいたかった、あうためにさんざん苦労をしてきた、やっと見つけることが出来た。

これもまた、先輩の導き、老女の御陰、とげ抜きの、御利益でありました。

わたしはしゃがんで、夫の頬に頬を寄せ、両手でこう挟み込みますと、一言一言はっきりくっきり申しました。

ほら、聞いて、これはわたしの先輩のことば、先輩の母のことば、母方の伯母のことば、祖母のことば、母のことば、これはわたしたちのことば、いつか老女になったあかつきに、わたしはこう話したい、わたしのことばをわたしたちのことばとして。

餓鬼阿弥は、わかったかわからぬままか、目を閉じて聞き入っておりました。

しろみさん知ってる？　とそのとき先輩はいいました。巣鴨に温泉が出来たのよ。

エウリピデス／松平千秋訳「バッコスの信女」、説経「小栗判官」、阿部日奈子、アルチュール・ランボー、中原中也からも声をお借りしました。染井温泉とよばれるその温泉は、ナトリウム塩化物強塩泉、毎分五百リットルのお湯が湧き、お湯の温度は四十八度、巣鴨駅から徒歩八分、駅の南口から無料送迎バスあり、営業は朝十時から夜十一時まで、入浴料は千三百二十円です。

良い死に方悪い死に方、詩人は死を凝視める事

その詩人は、熊本に住んでいます。仮に名前を、誰《た》そ彼《かれ》さんとしておきましょう。以下やはり、敬語をなるたけ省略いたします、使いたいのはやまやまですが、使ってますと本質をみのがしてしまうような気がしますので。

死者の声を聞き取り、それをかきあらわしてきた詩人でした。死者と生者が、詩の声の中に入り交じっていました。はじめて読んだのは、乳飲み子を抱えて熊本に移り住んでまもなくのことでした。すでに、熊本のことばが耳になじんでおりました。熊本のことばでかかれたそれは、ふつうのかきことばではないようで、声がそのまま紙の上に凝固したようなことばになっていて、骨身にしみ通りました。詩には死者と生者が入り交じり、生きてると思ったら死んでいて、死んでるはずなのに生きていて、食って寝て排便して子を産んで病んで、季節がうつっていくのでありました。

しばらくして、電話でお話しする機会がありました。そのとき、詩人がふといいまし

た。失礼ですけど、あなたわたしに似てますね。

そうかしらと思いながら詩人のお宅を訪れました。玄関先にあらわれた詩人は、さんばら髪で、今しがた血まみれの獲物を食ってきましたという顔つきの、若くない女でありました。わたしは若い女でありました。ぜんぜん似てないと思いつつ、玄関に掛かっていた鏡をふと見たら、なんとそこにあの詩人が、若い女の姿かたちをしており、まあ、わたしはぎょっとしたものです。熊本に血縁はございません。それなのに似ておりました。

それから何度も人にいわれます。誰そ彼さんに似てらっしゃいますね。こないだも東京ではじめて会った人にそういわれました。

文学館でもオグリさんが、伊藤さんおもしろいものがありましたよ、と古写真でいっぱいの段ボール箱をごそごそし、探し出してくれたのは、昭和中期の古写真、或る写真家がなくなって作品を寄贈されたそうですが、その中の数葉を指し示し、
ほら、これ、だれだと思います？

わたしがそこで笑っておりました。それはたしかにわたしなんだけど、そんなら見ているわたしはいったい、どこの誰だろうという、あの不安を、一瞬実感したのでございます。

熊本からカリフォルニアへ、カリフォルニアから熊本へ、一所不住の生活をつづけながら、わたしはときどき詩人に会いにいきました。その声も言葉も顔も姿も、ときどきむし

ようになつかしくなるのでした。おおきくなったらあんな詩人になりたいと子どもみたいに憧れる存在でありました。

死は、生の最期とばかり考えていて、誰にとってもはじめてだということに、なかなか気がつきませんでした。良い死に方を経験した人は誰も生きておりません。悪い死に方というものがあるとも思えません。前回は失敗したが今度こそ、とリベンジはありえないのでございます。

昔々。「チャート式数Ⅰ」や「古文研究法」などという本を読んで、はじめての受験をやりすごしました。大きくなってからは「はじめての妊娠と出産」や「すてきなラマーズ法」などという本を買ってきて読み、また、講習会に参加して、はじめてのお産の仕組みと呼吸法を、ひーふー、ひっひっふーと頭とからだで覚えて乗りきりました。あのときのように、知らないことならば学べばいいのではないかと考えました。

そこでまず知りたいのは、われわれの体の仕組みであります。

陣痛は子宮収縮とよばなくてはいけない、とラマーズ法で教わりました。「痛」は主観であって、そこをコントロールするのがわれわれの意思だからだ。子宮収縮のときには目を閉じてはいけない、とも教わりました。痛みは凝視めなければいけない、でないと痛みと感じるものはより強くなる、と。

ならば「死ぬ」とは何でしょう。

何かほかの、もっと客観的な言葉で置き換えられるのではないでしょうか。そしてそのとき、人の体にはどんな変化が起こるのでありますか。その段階に人間は何を感じるのでありますか。

たとえばこういうふうに。

いよいよ心臓の動きが悪くなればからだの水分を排出しなくなり、すると肺に水がたまり、肺に水がたまれば呼吸が苦しくなり、圧迫されるような息苦しさを感じるようになり、死ぬのではないかという恐怖を感じるようになり、はっはっはっはっ（死ぬのか）はっはっはっはっ（死ぬのか）はっはっはっはっ（死ぬのか）。

死ぬ瞬間には意識があるのか無いのか。

あるとしたらどんな苦しみを感じるのか。

それを緩和させるにはどうしたらいいのか。

ひーふー、ひっひっふー？　いやちがいます、呼吸には意思の力が必要で、体力の衰えとともにそれはすでに無いと仮定します。ではほかには何が？　薬でしょう。どんな薬があって、どんなふうに緩和でき、どんな副作用があるか、そういうことを知りたいのです。

同時に古今東西の死に関する文学を読んで、人々が死をどう受け止めてきたか、死をどう表現してきたか、学ぶのです。

詩人に会って、話を聞きたいと思いはじめたのもそういうことを考えたからでした。ここ数年、詩人は老いて、パーキンソン病に糖尿病もわずらって、起居さえ不自由な状態です。誤解を承知で申しあげれば、死を刻々みつめている。

死を前にした人に、死について、聞きたい。

ほんとは母に聞き、父に聞きたい。しかし聞けません。凝視めないでいることで、なんとか生きているのが父であり母であります。その結果中空にぽっかりと浮かんで、ただ待っているのがかれらであります。聞いてしまったらそこから綻んで、それからすごく残酷なかたちで、崩れていってしまうような気がいたします。

それならあの詩人、何十年と、詩の中で、死者を凝視め、死者と行き交ってきた詩人なら、ひるむことなくそれを口に出せるだろうと。それにまた、死んでいくのはどんなお気持ちですかだなんて、詩人と同じ執着と（詩をかくというのは、執着以外の何ものでもありません）同じ顔を持つわたしにしか、聞けることでないだろうと。

ここはいっときの恥を掻き、はっきり聞いてきっちり説明してもらおうと思ったのでありました。死とはね、こういうことなのよ、と。しかし、対話のはじめの方だったか終わりの方だったか、終わったあとだったか。詩人はいい切りました。

死んでみなきゃわかりませんよ。

詩人は、家の奥の暗がりから、ゆるゆるとやってきました。どこかで見た、この光景と思ったら、つい先日見たばかりの「鵜飼」であります。橋懸りを渡ってくるシテでありました。姿勢も、動きも、表情も、病気のせいであることはあきらかでしたが、どうもそれだけではなく、詩人の本質のようにも思えました。居間に入り、着席した、その椅子のうしろには、電気ストーブがあかあかと燃えて首を振っていました。

もちろん最初は雑談から。着ている服がどうのあそこの何はおいしいの、それから少しずつ死に近づいていきました。江戸時代の話ですけど、水死者があがると澪《みお》の向こうとこっちとでは扱いがちがって、向こう側では成仏を祈ってただ押し返してやる、こっち側では引き上げて詮議するという話をわたしがしました。そうしたら詩人は、水死者を引き上げるのには物凄い力がいる、うっかりこっちも引きずり込まれる、あとで病気になって死んでしまうこともある、という話を返してきました。

死にかかっている人を助け上げて具合が悪くなった人のことを話すときに、一人で死ぬのは淋しかけん、連れにこらすとっていいましたよ、連れにこらす、と詩人がいいました。

「こらす」というのは相手に対する敬語ですね、するとその、連れにこらした方は、悪いものではないわけですね。

ええ、悪いという意味じゃなくて、死ぬというのは、そのくらい寂しいと。

「死」ということの、いちばん特徴的なところは、その寂しさでしょうか。

　すると詩人はこう語りました。

「この世の名残、夜も名残」ってね、近松の、ああいう、ただ寂しいというより名残のような、「お名残惜しゅうございます」とわたし、いわれたことがある、五島におばあちゃんたちを訪ねていったとき、お別れのときになって、お世話になりました、またいつか来るときもあるかもしれませんけれどもってわたしがいうたら、お相手をしてくださったおばあちゃんたちが、「お名残惜しゅうございます」っておっしゃいました、涙が出た、「この次おいでるときは、わたしたちはおりません、お名残惜しゅうございます」っておっしゃいました。


　ご自身が今、七十八歳、自分が死ぬということ、お考えになりますか、とわたしはききました。

　毎日考えていますよ、と詩人が答えました。

　どんなふうに。

　早く逝きたいなと思って。

　まあ（とわたしはとうとう核心に迫ってどぎまぎしました）、そうですか。

　はい。

でも、怖くありませんか、今までおやりになったことがないわけですよね。

怖くない。

痛み、苦しみは？

痛いのだけはいやですね。

悲しみは。

逝くことに対してですか？　ない。

惜しくありません？

もう充分生きたような気がする。

もうご家族とも、充分生きたと。

はい、ちっとも怖くない、いつでもいい。

毎日考えてらっしゃる？　どういうときに。

毎日。朝目が覚めるとき、「まだ生きてる」と思って。

それは？

いや、なんですかね、いろんな人に、生きていることで「迷惑かけているな」という気がして。迷惑かけながら生きているなと思って。

でもそれは、鬱とはちがいますでしょ、お幸せでしょ？

鬱かもしれませんよ。

鬱だと思われます？

はい、はい。

そうですか。

ずーっと小さいときから鬱だった。

小さいときから？　じゃ、特別にここ数年、その鬱がひどくなったというんじゃなくて、ずっと同じ状態で？

じわじわ、じわじわ、ひどくなってる。

そうですか、じゃあ治そうという気持ちは。

治らないから。

それが常態なんですね、小さいときから、早く死にたいと思ってました？

はい。

人がみんなこうであれば、いくら年取って死に直面してもいいですね（とわたしはおどけて笑いました）、怖くもなんともないでしょう、一歩踏み出すのに。

はい。痛かったり苦しかったりするのはいやですけど。しかし、これは自分で選べませんものね。

万が一、すごく苦しい思いをしたら、どうしたいですか。

それは早く終わりたい。

じゃ、お医者さんにいっておきますね、誰そ彼さん、早く終わりたいっていってましたって（また笑いました）。

いや、もういってある。

どういうことをいってあります？

自分で自分が、例えば「おといれ」に行けなくなったり、もうどうしても見込みがないときは、延命措置は一切しないでくださいとか。

どこで線を引きますか、「おといれ」に行けなくなったとき？　意識がなくなったとき？　あるいは食べられなくなったとき？

意識がなくなって、「おといれ」に行けなくなったとき。

でも時々、意識はあっても、「おといれ」行けないときってありますよね、そのときはどうします？　意識は今のままにある、あるけど、「おといれ」に行けない、自分でいえますよね、「もう死にたい」と。

ええ、いいますよ。

でも、今の法律では、お医者さんに死なせてもらうということはできませんよね。

そうそう、尊厳死、そういう法律ができないかな、そういうことを思っている人たちで頼んで、尊厳死というのを認めてくれないかなと思ってます。

でも、「おといれ」に行けない状態でも、頭がしっかりしたままで、あと三十年ぐらい生きることも可能ですよ、「おといれ」行けなくても。

それはいや。

じゃ、二十年、十年。

苦痛ですね。

そんな状態でもやっぱり生きていくでしょ。

生きていたくなーい。

「おといれ」って、やっぱり大きいですかね。

大きいですね、やっぱり。

慣れちゃうような気がするんですよ。うちの母は、一年ほど前、きゅうに両手両足が動かなくなりましてね、だから今だって「おといれ」行けません、自分で食べられもしません、でも、意識はあります。ふつうの生活していたときから見れば、理解する力も認める力も半分以下になってますけど、不自由になった最初のうちはさすがに落ち込んで、どうしてこうなっちゃったんだろうどうしてだろうと、ぼんやりした、何にも感じないような顔つきで、一日ぼうっとしてました、でも、しばらくしたら鬱が抜けた、抜けたと本人もそういって、ずーっと「おといれ」に行けなくなったまま生きているんです。

昔の人たちもね、年を取った人たちが、早うお迎えが来ればよかばってんってよくいってました、しかし生命力というのは個々に違うから、「生かされる」ということ、ありますよね、ほんとうにおたくのおかあさん、お気の毒、お苦しいと思います。

やっぱりわたしたち、どこかから死がやって来る、あるいは命が終わるまで生きていなくちゃいけないのでしょうか。

そうですね。

そのお覚悟でいらっしゃいますか。

そうですね。

でも、どこでそれをやめるか、例えば今、「おといれ」に行けなくなったら、延命措置はもうしないでほしいと、じゃその時点で、今持っていらっしゃるいろいろなご病気、たぶんお薬を毎日たくさん飲んでいらっしゃると思うけど、それをおやめになりますか。

いいえ、わたしはパーキンソンで、手足が不自由というのは大変不自由なので、それは飲みますね、糖尿の薬も飲んでますけど、飲まないでいると脳梗塞とかが来るそうですから、これもやっぱり周りに迷惑かけることになりますから、これもやめられない。

「おといれ」に行けなくなっても？

「おといれ」に行けなくなったら、どうするのかな、いや、それはね、何か人工栄養を外すとか、それはやっていただけるんじゃないかと思うんですよ。

そうですね、ご自分で初めっから明確にしていれば。

はい、無駄に、ただ命を長らえるということはいやですね、それは頼んである、それは殺人行為にならんでしょ。

自殺はお考えになりませんか。

考えますよ。

そうですか、実際にしようかと思ったことは。

何遍もあります、何遍もやってみました。


宗教はおありですか、とわたしはききました。

別に何宗というのはないですよ、ヨーロッパのものも東洋のものも、日本のものも何宗ってないけど、すべては生命であるという気はしますね、と詩人はいいました。

おかきになるものの中には仏教的なものがあちこちに出てきますけど、これはやっぱり生まれて育ったところにあったというだけのことでしょうか。

そうです、周りにあっただけのことです。

神道のような言葉はお使いになりませんね。

身の周りにありませんでした、影響がなかった、嫌いか好きかわからない、言葉も知らない。

もしキリスト教の環境に生まれたら。

ああちょっと違うかもしれませんね、キリスト教は一神教でしょ、土着的なアニミズムなどは入ってこないですよね。

浄土思想というのは、一神教に近いのかなと思ってました。

親鸞さんの時代に、やっぱりアニミズムみたいなのを排斥しますよね。だから。

するとやはりアニミズムですね、アニミズムの根本は？　とわたしはききました。

生命ですね、と詩人はいいました。

生命って、草木も含めて、風土に満ち満ちている生命、小さな蟹から、なんていうか、蟹の子どものようなのから、なんていうか、微生物のようなものから、潮が引いていく遠浅の海岸に立てば、もうそういう小さなものたちの声が、みしみしみしみし遍満している気配がする、そういう生命ですね。

それに対して感じる気持ちは、畏れ？　とわたしはききました。

畏れというか、融和しているというか、自分もその小さな生命のなかの一つで、宮沢賢治にありますね、「そらのみぢんにちらばれ」というのが。

賢治は日蓮宗だけど、つきつめれば同じ宗教ですね、誰そ彼さんと。

ねえ、と詩人はうなずいて、わたしなら、そらのみぢんというよりも浜辺のみぢんかな。

じゃ、そのみぢんにとって、死とはなんですか、死ぬということは。

まあ、まずみぢんになって、あそこには「蘇る」という言葉はありますか、あの詩には？　ちらばってしまったあとは？　と詩人はききました。

無いですね、ZYPRESSENがいよいよ黒くなっちゃうんですよ、とわたしは答えました。

そんならね、ちらばるというよりか、わたしはどっかの葦の葉っぱかなんかに、ちょっと腰掛けていたいような気がする、と詩人はいいました。

それが死？　ちらばって腰掛けている状態ですか。

そうですね、風にそよいで、草の葉っぱかなんかにね。

それからわたしたちは、梁塵秘抄を取り出しました。二人ともこれが好きだということを事前に知り、好きな歌を声に出してよんでみようと思っておりましたのです。詩人はめがねをかけなおし、あらあなたの本は、大きくて読みやすそうですね、わたしの本はこれですよ、小さくて天眼鏡がいりますよ、といいながら、小さな文庫本の上にかがみ込んで、ああ、これこれといいながら、

傳き此の世を過すとて
海山稼ぐとせしほどに
よろづの仏にうとまれて
後生我が身を如何にせん、と読み上げて、そして詩人はいいました。

わたしが小さいときに死にたくなったのは、よろづの仏にうとまれてという感じになってたんですよね、人をかばってよく喧嘩をしていたのですけど、喧嘩をして勝ったりするとね、反省するわけね、反省して、とてもいやになるんですよ、なんて目立ちたがりだろうって、わたしの家はわりと信心深い家でね、何かというと、南無阿弥陀仏南無阿弥陀仏という家ですからね、こんな喧嘩をして、自分ではいいことをしたぐらいに思って、なんていやな子だろうと自分で思って、そのときに「よろづの仏に」、よろづという言葉は知らなかったけれど、ああ仏様がご覧になったら、なんていやな人間だろうと思って、勝ったと思うのがあさましーいという気になって、もう世の中全体がいやになった。

そのとき誰そ彼さんの頭のなかにある「仏」というのは、一人？　それとも何人も？　どんな形をして、どんな顔をしてというイメージがありました？

仏様はね、どこから見ておられるかわからんというのがあった、たくさんおられるような感じも、

かねがね母がね、乞食のような人たちがたくさん家には来てましたから、あの人たちはどこにでも行くんだけど、特に大切にせんといかん、といって、弘法大師様の生まれ変わりでありなさるかもしれない、といって、そうやって来る人たちに差し上げる役目は子どもでなくちゃいかん、と、大人が出ていくと乞食さんが気兼ねをなさったりするから、と、

まあたいていは巡礼さんなんですけど、それで、子どもが、お金なりお米なり、蓮の葉っぱか何かに包んで差し上げるんだけど、たとえ相手が乞食さんであろうと仏様かもしれんし、と教えてましたから、お辞儀もちゃーんとするように、と、
どこから仏様が見とんなさるか、わからんなあと思ってましたのね。

なるほど、そして子どもは、どんなお辞儀の仕方を教わりましたか、とわたしはききました。詩人は身振りを交えて、こう語りました。

手は膝の下まで行くように、
そして、合掌をしてお辞儀をせんといかんというので、
合掌をして。

合掌をして。あの答えは、これでありました。

げに往来の利益こそ。

他を助くべき力なれ。

他を助くべき力なれ。

「鵜飼」の最後に出てくることばでありました。わからないわからないとずっと考えておりました。注釈には「往来の僧に対して功徳を施すことこそ、他力による成仏を果たすこ

とになるのだ」とかいてありました。通りすがりの僧。行き過ぎる僧。そこから利益を受けることなど滅多にあることではないとしか思えなかったのです。それが今ここでこうして解き明かされた気持ちがいたしました。何かと何かはかならずつながっているのだと。大切なのは、僧とか往来とかよりも、仏様はどこから見ておられるかわからんという思想であったのです、だから陰日向なくたゆまず良きことを為しなさいと。

為します、為します、とわたしは自分の心に申しました。

そうしているうちにも次の歌です。

暁静かに寝覚めして
思へば涙ぞ抑へあへぬ
儚くこの世を過しては
いつかは浄土へ参るべき、と詩人は読み上げました。

いつかは浄土へ参るべきといいますから、なんていうか、涙にもなんとなく救いがあるんですよね、と詩人がいいました。

わたしは納得しかねて申しました。

いつかは浄土へ参るだろうという意味でしょうか。

「べき」だから、かなり強いですよ、参るべき、参るのである、という、と詩人はいいました。
この歌を、わたしはもっと否定的に、こんなにいい加減に生きていたんではいつになったって浄土へなんぞ行かれるものではないと読んでいました、とわたしは申しました。
いや、これはそうじゃない、と詩人はいいました。この思いというのは、例えば親が恋しいとか、夫に別れた、生き別れか死に別れか知りませんけど、好きな人に別れた、もう帰ってこないとか、あるいは子供を失ったとか、なにかひどい運命に陥っているとか、いろいろでしょうけれど、「思へば涙ぞ抑へあへぬ」というのは、その無量の思いがあって、暁というのは、寒かったりするじゃないですか。
ええ、寒いですね、とわたしはうなずきました。
詩人はこのようにつづけました。
寒さと悲しさでね、
自分の一生は儚かった、と、
この先も儚いであろう、と、
だけれども、自分も仏様になるのか、仏様がお迎えに来てくださるのかわからないけれど、
この現世の苦労もいつかは終わるんだ、と、
そして終わった先には浄土があるんだ、と、

「いつかは浄土へ参るべき」と思うことで、今ここで救われたわけじゃないけれど、やっぱり救いの道はあるんだ、と。

それでわたしは申しました。

前におかきになったお経、お経みたいな詩、あれを読んだとき、誰そ彼さんがおかきになる世界、そこには「死」というのがやっぱり抗いがたくあるんだけれど、死よりもっと生きているものがいっぱいあって、あそこにもここにも、生きているものが、ちっちゃいものもいっぱい生きていて、その裏っ返しに全部死が影のようにくっついていてという、そういう世界がぱっとあらわれてきたんですよね、あれをね、読んでいただきたいの、折角ですしね、朗読していただきたいんです、どうでしょう、お願いをいたします。

まああなたもかなりやりますね、お上手ですね、と笑いながら、詩人は声に出して読みはじめました。むかし若い人たちといっしょに正信偈《しょうしんげ》を読む練習をしていたときに習い覚えたフシであるといいながら、詩人の声は半音上がりのFを基調に、かぼそく、力強く、のびていきました、しっかりと人の力でつきあげたお餅のように、のびていきました。

十方無量　じっぽうむーりょー
百千万億　ひゃくせんまんのく

世々累劫　せーせーるいごう
深甚微妙　じんじんみーみょう
無明闇中　むーみょうあんちゅう
流々草花　るーるーそーげ
遠離一輪　おんりーいちりん
莫明無明　ばくめいむーみょう
未生億海　みーしょうおくかーいー
歌いおわると、詩人はてれて、ふふふっと笑いました。その笑い顔が。

三時間の間、そこにいたのは、
わたしから何十年何百年も隔たった世界に生きてきた老女であったのです。
これまで海でも山でもさんざん殺生をかさね、
血まみれの手で言葉をかきつづけ、語りつづけ、そうして病を得て、
今ここにちょこんとすわっていらっした。
でもその笑顔があんまりあどけなくて、
今はこうしていっしょの部屋に対面してしゃべっておりましたこのわたしですけれど、
昔々の、祖母や伯母や母に手をひかれてお地蔵様にお詣りしたあの頃に、

ずうんと戻されてしまいました。
戻されたわたしはそこで、時空のみぢんになりまして、
ばらばらにちらばって、
ずうんと今の今へ、戻って来ました。
これまでもこれからも、海でも山でも殺生をかさね、
血まみれの手で言葉をかきつづけ、語りつづけてきましたし、語りつづけていきますのです。
そうしていつの日か老いて、病を得て、
このように一足ずつ橋懸りを渡ってくるようにこちら側に来て、
ちょこんとすわり、
ふるえる手で自著にサインをいたします。
パーキンソンはね、手がふるえてなかなか文字がかけないんですよ。
ご不自由ですね。
ええほんとに不自由、かきたいことが喉元までたまってます、と詩人はいいながら、
しろみさま　誰そ彼ゆく子　二〇〇六年　年の瀬に
とふるふるとサインしました。

梁塵秘抄いろいろ、謡曲「鵜飼」、近松門左衛門「曾根崎心中」、柳家小さん「粗忽長屋」、幸田露伴「幻談」、宮沢賢治「春と修羅」、及川道比古私信、石牟礼道子「あやとりの記」から声をお借りしました。基本になった対話は「死を想う」（石牟礼道子／伊藤比呂美）を作ったときに録音されたものであります。

伊藤病んで、鳥花に変じ、巨木はべつに何にも変わらぬ事

さて。

年がゆるゆる明けました。

年明けまで日本におりました。ヘルパーさんが、正月三が日はお休みするのです。夫は、一足先にカリフォルニアに帰しました。先日、巣鴨でずたずたになったが、染井温泉の湯に浸けて戻した夫であります。さいわい日本の温泉は、イブだろうがクリスマスだろうが変わらず営業しておりました。先輩とその御母堂にはさんざんお世話になりました。そしてわたしはあい子を連れて熊本に飛びました。年の瀬の、あれもこれもというくそ忙しい思いに泡々して、父とあい子と病院の母とで年越しして、ヘルパーさんが仕事に戻ったのを見届けて、五日にカリフォルニアに帰りました。

いつまでつづくかこの生活。行き来の間隔がどんどん短くなる。

時間の問題です。問題は時間であります。行き来の間隔がどんどん短くなる。

母は病院で、何にも変わらぬように見えて、じつはちゃくちゃくと綻んでいる。止めようがありません。

腎臓の機能が悪くなったと医者にいわれました。暮れも押し詰まってからのことであります。治療には点滴をするしかないんですけど、どうしてもいやだとおっしゃいますのでねえ、と。

じゃあ説き伏せてみますといって母と話しましたら、痛いから針を刺される恐怖心のほうが先にたつ、もういいよあたしは、だめならだめで、といいました。だっておかあさん、おかあさんは良くてもおとうさんが残されちゃったらあたしはどうするの、といいそうになってとどめました。それはそれで、どうにかしなきゃしかたがありません。逝くものは逝かせてやる、お迎えが来たらさっさと出て行く、それで良いと思うべきなのだと。

今まで我慢してきたんだもの、もういいよ。

そう母にいわれると、いい返すことができませんでした。

一方父はどんどん老いてくる。それも止めようがありません。

秋頃から父は煙草を断っておりました。父の煙草には心底閉口しておりました。しかし七十年間吸いつづけてきた煙草です、やめがたいのは承知しておりました。なんでまたきゅうに、とききますと、願掛けに、と申します。なんの願掛けと問いかけて、野暮なことをきいたと我ながら呆れました。

飛行機の中で過ごす時間は、どんどん辛くなっていきます。半睡状態で不自然な姿勢を強いられて、やるせない、のたうちまわりたいが場所が無い、八方塞がりの苦しみです。時差ボケから立ち直るのにかかる時間も、どんどん長くなっていきます。寝付けず、熟睡もできずに、日にちばかり経っていくのです。

ぼんやりした頭に、カラカラに乾いた青すぎる青空は、かえって息苦しく覆いかぶさってくるようで、この生きた生身から、水分という水分が吸い取られていくようで、他人には滅多に感じたことのない敵意というものを、大気や空や太陽に感じておりました。そんな中で、わたしは、ちょっとした手術をいたしました。

わたしだって、手術くらいたまにします。夫の専売特許にはさせておきません。手術というよりは処置でして、子宮にできた、ほんの初期の、ガンという以前の、異形成とかいう段階のものを削り取る、ごく簡単なものでありました。

子宮ガンの検診で、異常所見ありという結果が出たのが二年前、なにしろ若い頃は、経血の量が尋常じゃなく、溺れんばかりの勢いで血が迸っておりましたから、いつかは子宮関係の病気で命を落とすだろうと、冗談ですが、申しておりました、ですから五十前になって異常所見ありが出ても、やっとといいますか、とうとういいますか、驚きはしなかったのです。しかし、カリフォルニアです。医者は、英語で、電話で、医学用語で、伝えてきまして、聞き返しても、聞き返しても、英語で、電話で、医学用語ですから、埒があかぬ。わかったのは、abnormal とHPVと wart で、abnormal は異常で、HPVは初耳で、wart はイボでした。

あっそこでデジャビュが。

数年前に膀胱炎をやりました。

あのときも、医者に四角四面な医学用語で結論をいわれ、治療法を諭され、対面して英語で話されているのにどうも人間としゃべっている気がせぬ、伝わってきたのは「コーセツの後にはセンジョーするかハイニョーするかしてハイベンの後にはゼンポーからコーホーへセーシキすること」というようなものでありましたが、五里霧中である、一分間待ってください、ひらたくいえば、とわたしは相手の発言を、一言ずつ、慎重に、ふだん使っていることばに置き換えてみたら、「オマンコしたら、洗うかオシッコするかして、ウンコしたら、前から後ろへふくこと」となり、いわずもがなのこんこんちき、幼稚園児でも知っていることだ、と思わずいきり立ったものでございます。

HPVと wart を手がかりに、ネットで調べてみましたら、知らなかったことをいろいろ知りました。

子宮頸ガンとは、性感染症であること。荒淫のものは罹りやすいこと。そのもとになるのがＨＰＶというウイルスで、それは性病として知られるイボ（wart）のもとにもなること。

わたしは、望まない妊娠をしたときみたいに動揺しました。

子宮ガンならば、所詮早期です。なおります。でも、性感染症ならともかくも性病のイボがあるなんて、すごくイヤ（女心ですよ）。

女も五十になり、いい加減、浮き世や煩悩から、遠ざかりつつあるわけです。あるわけですけれども、やはり、夫にいえないひみつのひとつやふたつ抱えております。

いいたくない。それはもうどうしても。

しかしなんとイボですと。性病の。ウイルスがイボになりガン化するまで、長い年月がかかるという。ということは、あれか、これか、と考えてみましたが、いずれにせよ、夫の感情を害さずに事を顕せるとは思えないのでありました。

するど日本の女友達が、こっちに帰ってきてもう一度医者に行ってごらん、という。日本の医者にかかればいうこともちがうはずだよ、というものもおる。こっちでちゃっちゃっと処置しちゃえばわかんないよ、というものもおる。いずれもこの手の問題は種々かいくぐってきた人生のつわものと知れました。

それでそのとき、二年前のことですけれども、友人たちの助言にしたがって、わたしは熊本で、以前子どもを産んだことのある小さな産婦人科医院は潰れていましたので諸行無常です。近所の別の産婦人科医院にいきまして、診察を受けましたら、やっぱり異常所見が出ておる、日本の医者はいうことが過激で、こりゃもう子宮取っちゃったほうがいいね、などといわれつつ、わたしの関心事はまずイボですから、先生、と内診されながらカーテン越しに声をかけ、イボはありませんか、自分でさわってみたら、このへんに（と指し示し）あったような気がしたんですけど、というようなやりとりをした上でイボはないことを確認できた。これはやはり、何十回も内診を経験するような種々の苦労を積まなきゃできないものだなあと自画自賛いたしたものでございます。

イボさえなければ性感染症についてはもうどうでもよくなって、しょせんウイルスである、いつどこでだれからもらったものかわからないのである、夫もわたしも出会うまでにはさんざんいろんな経験をしてきたというのはお互い承知の上の再々婚同士、疑って言い争いになるようなことがあるのならそれまでで、ケツの穴の狭い男とののしってやろうと覚悟をきめたら悩みはすっきり消えて無くなりました。

イボは無くともガンのもとはあるわけで、以来何度も検査をかさねてきましたが、異常所見は出たりひっこんだり。辛抱強いカリフォルニアの主治医もついに、キリがないから削り取ってしまおうといい出して、この年明けに予約を入れました。その日が来てみると、時差ボケで、生きてるのか死んでるのかわからないような心持ちだったし、つい数日前にはよき子がとうとう大学を休学して手元に戻ってきてましたから、子宮のことなど悠長にかかずらわってるひまも無く、ちゃっちゃっと行って済ませて帰ってきた。

その処置は、実際、ソーハみたいなものだったのです。

若い頃は、ソーハ、へでもありませんでした。

麻酔から醒めて立ち上がり、そのまま朗読しに町へ出ていって、酒飲んで帰ったことだってございます。ところがこの年になりますと、いけません。たかが子宮の壁面をちょっと削り取ったくらいでかなりくたばり、いえ、どこが痛いというのではない。出血も無い。ただ歩くのが億劫で、起居が面倒で、ああヤキがまわったなあと思っているうちに、月経が始まりました。

月経については、語っても語っても、語り足りません。

オトメだったころは、ただただ煩わしいと思っていました。摂食障害やってた頃は月経そのものが無くなりました。自分の女性化と濃密に関係しているとカラダで感じておりました。だからこそ煩わしいと。しかし子どもを産むようになりましたら、これこそ子どもの源であります、煩わしいというよりありがたい、その上さきほど申しましたように、獰猛なエネルギーが経血になって毎月どばどば出てくるのも実感しておりまして、産むだけじゃない、食い尽くすのもまた子宮である、いつか食い尽くされると実感していたものです。

ところがこの年になりますと、もう、れいの海千山千たちは、みな、あったり無かったり、あがったのもおりまして、あんたは子どもを遅く産んだから子宮の働きもさかんなのよ、生臭い、と口々に申します。

わたしもさすがにこの頃は、むかしの獰猛さもなりをひそめ、量も、周期も、においも、訪れ方も、最盛期とは違ってきた。周期の中頃に無防備なセックスいたしますと、次の経血をこの目で確かめるまでいてもたってもいられないほど不安に苛まれたものですが、もうこの頃は何も無い。何も無いまま経血に再会しおおせたそのとき、わははははついに、妊娠しないからだになりえたか、ざまみろ、と、便器の前で思わず、千年の恨みを果たしたかのような高笑いをいたしました。それはいつのことだったか。

はて。いつのことだったか。


月経は、やって来ました。ごくふつうに。ここ数年で、ややくたびれた感じがするようになった経血が滲み出して。ソーハから、五日目の朝でした。

夫は起き出してのろのろと着替えをしておりました。わたしはベッドの中で朦朧としておりました。そのとき、とつぜん、昔のように、経血が獰猛に流れ出て、膣口のとば口でとどまっているのを感じまして、わたしは跳ね起き、洗面所に走り込んで便器にまたがりますと、鮮血がばしゃりと、それからずるりと塊が、膣を掻き分けて滑り落ちました。

安々と海鼠《なまこ》の如く、

生んだのは何だったか。はて。何だったか。

咄嗟にわたしは、便器の奥に手をつっこんでつかみ取りました。輪郭の無い鶏レバー。とでもいいたいが、鶏レバーであるわけがなく、ヒトのレバーであるわけもない、正体不明な赤黒い塊が、てのひらの上でぷるぷる震えました。

そのときは二個、そのようなものが鮮血とともに出ました。立ち上がったら、また膣口まで降りてきているのを感じて、しゃがんだとたんにまた出ました。そのようにして、わたしは朝九時から正午すぎまで、てのひらにのるほどの塊を鮮血とともに排出しつづけました。

四、五個を排出したころに、すでにこれはおかしいと気づき、病院に連絡をとりましたが、取り次ぎの者は、医者に伝えますといったきり、何も無い。この国の医療制度はまったくもって腐りに腐っておる、と以前夫が申したのは正論でした。そうこうするうち、わたしは、目眩、吐き気に冷や汗と来て、下半身は産女の血染め、切迫した声でふたたび病院に電話をしますと、すぐ来なさいという。今いうんならさっきいえよと思いましたが、悪態をつく元気はすでに無く、そのまま床に崩れ落ちてしまいました。

一部始終をはらはらしながら見守っていた夫でありますが、ここで、よしきたとわたしを抱えて医者に連れていけるほどの膂力《りょりょく》はもう無い。背はわたしの二倍、体重は三倍、二十年前だったら熊だって持ち上げられた男なのに、今はただ老いて、わたしの体重を支えたらたちまち再起不能と、口には出さねど、夫もわたしも、よっくわかっておりました。

吐き気と目眩がひっきりなしに襲ってき、立とうにも立てず、歩こうにも歩けず、前方の壁に向かって自分を投げ出し、壁にぶつかってとどまり、凭れながらも、さらに前方のテーブルに向かって自分を投げ出し、テーブルにぶつかってとどまり、そのように、車まで、一歩、一歩、近づいていきました。

夫はさすがに動転し、夫が動転すると運転は凄い、昔はレース用のジャギュアやメルセデスを（中古で）買って乗ってたと本人は申しております、その片鱗をはじめて見ました。昔はジャギュアやメルセデス（の中古）にさんざん乗ってたかもしれないけど、知り合ってからは、家庭的で実用的な日本車を、じみちに、じみちに、乗りつぐ夫になりはてておりました。しかし妻のこの危機に、今を昔とふっ飛ばし、ニッサン・パスファインダー、日本語でいったら「道を見つけるもの」と名付けられた車は、あっという間に、病院の前に着きました。

車から降りたところでわたしの力も尽きまして、もはや一歩も前に進まぬ。おろおろする夫に、中に行って車椅子を取ってきてと指示したあと、少しは楽になるかと期待して、そこに、手足を伸ばして横たわってみました。

折しも砂漠から吹きつける熱風が、すべてを乾かして熱しあげていました。

空はまっ青でした。駐車場のアスファルトは焼け焦げておりました。

どこかではきっと森が燃えておりました。

日の光は、容赦なくわたしを突き刺しておりました。

ぐさりぐさりと突き刺さる音さえ耳に聞こえました。

このままでは干物になると思いながら横たわっておりましたが、目眩も吐き気も楽にならず、そこを、見てみぬふりをして通るアメリカ人が、一、二、三、四人、恨みつつちゃんと数えていたのであります。シット、ダム、よく見ろ、どこのホームレスがパジャマきて、毛の靴下はいて、COACHのバッグ抱えてるか、助けやがれこんちくしょう、と心の中でののしりましたけど、わかっておりました。やはりわたしは、どこからどう見ても、アルコールに依存するアジア系のホームレス。見捨てられました。

やがて、わたしがそこに寝ている理由を知っている病院の人々がわらわらと駆けつけてき、わたしは車椅子におしこめられて、処置室に急行しました。三人がかりで処置される間、わたしはがたがた震えておりました。落ち着いて、落ち着いて、と医者がいいました。落ち着こうと思ってるんですけど、どうすれば落ち着けるんですか、とわたしはいいました。深い息をして、と医者がいいました。深い息をしました。でもがたがたはとまりませんでしたし、膣からは、ずるりずるりと血が出ていました。手の先は感覚がなくなるし、足の先は冷えるし、寒くはないのに、からだの震えがどうしてもとまらない。とりあえずやらねばならぬことは。

よき子をしあわせにし。

あい子をしあわせにする。

それから、父と母を見届ける。それから、夫が死ぬまで添い遂げる。

でもとりあえず、いま、やらねばならぬのは。

あい子を三時にピアノ教室に連れていく。

しめきりを一つ、明日までに終わらせる。

そうか、とりあえずはピアノとしめきり。

ピアノとしめきり。たいしたことないなと思いました。ラッキー、と思いました。もう日本行きの飛行機に乗らなくてすむ、とも思いました。すごくラッキー、あとは野となれ山となれ、と思いました。そのときわたしは、自分はひとりでこの出血に対処せねばならない、ということにも気がつきました。じっさい対処しておる。ひとりである。ひとりっきりなのである。

鬼の霍乱。しかしうちには、このことばを知ってるものがおりません。わたしは数日間前後不覚に寝込みました。そのあとも何日か、寝たり起きたりしていたというのに、うちでは不幸がつづきました。

雀犬が車に轢かれ、オカメインコがコップの水で溺れました。二件とも、よき子が見てしまいました。そうでなくても動揺しやすいよき子が、そのたびに動揺して声を嗄らして泣きわめきました。

まず、雀犬は、こういうわけです。

おもての戸が開いていました。もともと締まりの緩い戸でした。閉めたつもりで閉まってなかったことが、過去に何度もありました。そのときもそうでした。そして雀犬は外に出ました。家の前は道路で、間の悪いことに、向こう側によき子がいました。普段はそんなところによき子はいないのですが、そのときはいました。その上、空は青かった。犬が、よき子を認めて、飛び出した、そのときに車が走り抜けました。車が轧り、よき子が轧りました。わたしが駆けつけたときには、よき子が、犬の血で血まみれになり、すすり泣く犬よりももっと大声を出して泣きわめいておりました。急いで獣医に連れて行きましたら、片足がぽきぽきに砕けて裂けておりました。それでも命は助かりました。

あっと驚くような請求書を見せられましたが、粛々と支払いました。他にどうしろと？

それ以来、雀犬は、首に天草四郎のようなカラーをはめて、砕けた足は包帯でぐるぐる巻きにして、三本足で跳ねております。羊飼い犬は目の前で起こった同輩の災難に責任を感じて、うち萎れております。そしてよき子は、雀犬の看護に夢中のあまり、自分の苦悩を忘れかけ、わたしは、そういえば、と自責の念にとらわれたのであります。

こないだお地蔵様にお詣りしたとき、煙に祈ったのは、よき子のことであり、あい子のことであり、所在不明の長女のことであり、それから父のことであり、母のことであり、それからまあ、夫のことでありました。犬たちのことは、とげ抜きの対象になろうと考えてもいませんでした。この災難もそのせいか。こんどは忘れずに、あと二束のお線香を買い足して、立ち上る煙に投げ入れて、犬たちの息災を祈りあげようと心に誓いました。でも実を申せばこの災難、雀犬が、よき子の身代わりになってくれたような気がしてなりません。お地蔵様が、あるいはその煙が、頼まれなかった雀犬のことを思い出し、そっちは怪我してもいいからよき子の苦は抜いてやろうとしむけてくれたような気がしてなりません。

あのとき買い求めた「みがわり」を、よき子にはちゃんと持たせてあります。今それを開いてみたれば、変わり果てた姿のおふだが、そこに鎮座《ましま》しているのではないか。血にまみれ、ぽきぽき折れて、あちこち破れて。でも確かめる気にはなれません。

雀犬のぴょこぴょこと歩く姿が、「みがわり」「みがわり」とわたしに訴えているようで、手をあわせて拝みたくてしょうがないんですけれども、そんなところを夫に見られたら、何をいわれるかわからない。それで控えておりました。

雀犬は一命をとりとめたが、オカメインコは助かりませんでした。

コップ、水、オカメ、いつもそこらにあるものなのに、どうしてこのときに限ってそこで「死」という事故が起きたのかわかりません。間が悪かったとしかいえません。

発見者のよき子は、またもや泣きわめきました。というよりよき子のわめき声であわてて居間に駆けつけたら、もう鳥が、コップの中にさかさまになって息絶えておりました。長い尻尾が突き出ていました。夫が引き抜いて、ぐったりした鳥をタオルの上におきました。

よき子はしゃくり上げながらすすり泣いておりました。わたしはよき子のからだを抱いてやりながら、あまりのあっけなさに、馬鹿馬鹿しくさえ感じられて、やはり鳥は馬鹿だったのだなと。そして、ああしまった、オカメのこともお地蔵様に祈ったことはなかったのだと。

何年も一緒に暮らしました。外から帰れば、ぴーと甲高く鳴いて出迎えてくれたし、ごはんを食べておれば、一緒に食べたいとテーブルの上に乗ってきたし、肩に乗っては、撫でてくれと頭を下げてみせたのに、指を差し出すと、怒りで目を見開いて、くわっと口を開けてつっ突きました。あれはやっぱり馬鹿だったから、いつまでたってもわれわれを家族と認識できなかったんだなと。しかしながら、つっ突かれた思い出の方がずっと多いはずなのに、甘えて可愛いかったときの方を思い出すのです。

うめたときは、かたかった、ぶらんとしてなかった、小しつめたかった、と、あとであい子がそっとわたしにいいました。

死んじゃったよとタオルのつつみを見せられてもあい子は泣かなかったのに、死骸を手に取ったとたんに泣き出しました。穴を掘って埋める間、よき子もあい子も泣きつづけ、いったいこれはなんの悲しみなのか、と涙なんて一滴も零れ出ない五十女は考えておりました。

恥ずかしいことを打ち明けます。わたしは死骸にさわれません。

こんなに生き物を捕るのがうまいのに、どんな生き物でもさわれないということはないのに、不思議なことですが、動かなくなった死骸には、わたしは、怖くてさわれない。

こわい、おそろしい。その周辺に近づくのもおそろしい。

なぜおそれるのかわかりません。オカメの死骸にも、とうとうさわりませんでした。よき子とあい子が死骸を手にとって撫でながら泣くのを見ていました。泣きながら土の中に埋めるのを見ていました。いったい父なり母なりが死んで死骸になったときには、わたしはそれを、さわれるのかさわれないのかと考えていました。さわれなければ、とても困ります。

鳥の死骸の上には、ユーリオプスの株を植えました。このへんでは雑草のように適応する草です。草というより小灌木になり、オカメと同色の花を咲かせつづけるのです。これならきっと着くだろうと思いました。一連の行動を、夫が呆れて見ていました。夫によると死とは無で、死んだ鳥が花に乗り移ることも無いわけです。しかし、よき子にもあい子にもわたしにも、鳥変じて花となる、これほど容易に受け入れられる話は無いくらいでした。

植物が、ゆっくりと死んでいくのを、わたしは何回も見届けました。鳥は、あっという間に死にました。それなら人間の死は。もともとは「昼、寒い風の中で雀を手にとって愛していた子どもが、夜になって、急に死んだ」なんていうこともありました。この詩の中で、死んだのは、雀じゃない、子どもだったのです。それがこの頃、人はみな、植物のように、ゆるゆると死んでいきます。

埋め終えたあと、わたしは一人でオカメのかごを洗いました。さわってやれなかった、せめてもの罪滅ぼしに、ごしごしこすってこびりついた糞だの羽毛だのを洗い流しました。残った餌は、庭に、供養と思って撒いてやったら、往来の野鳥が食べに来る前に、羊飼い犬が出てきてがつがつと食べてしまいました。

母の苦、父の苦、夫の苦。
よき子の苦に、わたしの苦。
うちつづく家族の苦を見るにしのびず、
雀犬も、オカメも、
「みがわり」になってくれたのではないか。

そういうと、よき子はうんうんと納得しました。
よき子、わたし、犬、鳥と、
四人が危機に瀕して、ひとりは死んだが、
三人は生還したではないか。
そういうと、またよき子はうんうんと。

ある日、よう、と父が電話を掛けてきまして。

日本行きの間隔が、少し開きました。そろそろ行ってやらねばと思ってはいましたが、よき子のことや自分のことで、動けずにおりました。父のことが気にかかってはおりました。声が沈んでいくのに気がついてもおりました。今や声は沈みすぎて、受話器の底にドロドロと澱んでいるように思われました。わたしはありったけの元気を掻き集め、父が、どうにでも寄りかかってこられるように明るい声を出しました。

どうしてる?

はーわーゆーの翻訳であるのはわかっておりますが、とりあえずの声掛けです。どうしたの、では、用が無ければ電話して来るなみたいなニュアンスを与えかねないと思いまして、日に三度も電話しておいて、どうしてるも無いものですが、そういうことにしております。

婆さんがね、と父はのろのろと話しはじめました。

帰りたいっていうんだよ、きょう先生と話したけどね、あの足は治らないってよ、だったら婆さんをうちに帰して、うちにヘルパーさんに来てもらえばいいんじゃないかと思ってさ、介護保険、婆さん要介護5だろ、でないと婆さん、一生あそこにいるよ、と気の抜けた道具屋の親爺みたいな声で父は申しました。

でもおとうさん、介護っていっしょに暮らしてる人に負担がすごくかかってくるよ。

そしてわたしは想定される苦難をこまごまと父に話しました。

だいじょうぶだよ、そのくらい、おれがやんなきゃしょうがないだろ、と父は未来都市を空想しているように申しました。

でもおとうさん、介護疲れで無理心中なんて事件がよくあるじゃない。

そしてわたしは最近話題になった介護疲れで無理心中のケースを、あれもこれも、父に話しました。

だいじょうぶだよ、そのくらい、おれがやんなきゃしょうがないだろ、と父は空想した未来都市に住む現実のロボットのように申しました。

つまり、父は、表面的には理解しているように見えますけれども、母の足が治らないということさえ今日の今日までわからなかったのであります。煮しめた鶏の足のように変色して変形している母の足です。どう考えてもここにふたたび血が通って動き出すとは思われません。あれを見て、わからない方がどうかしておる。わたしは一年前からわかっておりました。その上、わたしにわかっていることがもうひとつ、それは、父は今この瞬間はわかったといっているけれども、また次の瞬間が来れば、わからなくなるであろうということ。同じものを見ていても、見えてない。理解してない。認識できない。それもまた加齢による思考の狭窄。痴呆の始まり。

今度来たら先生と話してよ、あんたが来たら相談するって、なんかね、なんとかベッドとかなんとかとか、いろんな人がいろんなことというんだ、よくわかんないんだ、おれには、と父はもどかしそうに申しました。そして暫し無言になり、少し声を落としてこう打ち明けました。

おれね、煙草吸おうかと思うの。

うーん、とわたしは電話のこっちで座り直し、せっかくやめたのに？

鬱だと思うんだよ、どうもひとのはなしが好意的にきけないんだよ、相談してきめるったってね、おれの知らないとこでなんだかこそこそしてると思うし、どういう相談するのかわかんねえなと思うしね、あんたが帰ってくるったっていつ帰ってくるのかもわかんねえし、しょうがねえよなあ、鬱になる理由はいくらでもある、

煙草吸えないこと、婆さんのこと、自分のこと、

煙草吸ったってなんにも変わりゃしないんだろうけど、

吸ったらね、煙《けむ》が出る、
それを見てるだけでもちがうかなと思って、
と父は悶えながら申しました。

二月、山は寒さのまっ盛り、わたしたちは念願のセコイア国立公園に行きました。十月の秋休みに考えていた小旅行ですが、いろんなことで延ばし延ばしになっちゃって、雪遊びでもしないかぎりあんな深山を訪れる人は無いという季節になりました。ロサンジェルスを突っ切り山を下って谷間に入り、谷間を横切って、蘇りはじめたブドウ畑、春爛漫のアーモンド畑、いつも変わらぬオレンジ畑とレモン畑、シエラネバダ山脈の裾にさしかかり、さて公園に入りこむや、雪でした。かねて用意のスノーチェーンを無事装着して、時速十マイル、二十マイルののろさでくねくね道をのぼっていきまして、雪におおわれた森や、深い谷間や、突き出た岩や、遠くの雪山や、空の色は、息を呑むほど豪勢でしたけど、目当ての巨木にはなかなか、なかなか、たどりつきません、ようやく日が暮れる前に、樹齢数千年の巨木の前に、われわれは立ちました。夫もわたしも、四十年前に一度使ったかなという古びたスキー用の装備で着膨れておりました。

巨木が、そこここにありました。

巨木の根を保護するために、木のまわりには囲いがしてありました。囲いは、巨木の森の間をずっとつづいていきました。土には雪が積もり、凍っていました。幼木や若木がそこここに生えてそだっていました。死んだ木が、そこここに倒れてがらんとした穴をあけていました。立ったまま、二つに裂けて死んでいる木もありました。巨木の幹には、やけどの痕がそこここについていました。若木、といっても数百歳にはなるだろうと思われる木の幹には、鮮やかな黄緑色の苔がびっしりと生えていました。

巨木は、生き抜いて、死ぬまで生きて、死ぬるのです。

こういうときわたしに湧き起こる欲求は、この木のまわりに藁と白い紙でつくった聖なる印（シメナワといいたかったのですが、どうせわからないだろうとあきらめました）をかけめぐらし、こう両手を打ち合わせて祈ること（拝む、といいたかったのですが、それにあたる言葉を知りませんでした）と申しますと、

やっぱりおまえはアニミスト、と、夫が嘆息しながらいいました。見下げ果てたようにきこえたのはわたしのひがみだったとしても、無信仰者であることが人間として高みに立つことだという、ユダヤキリスト教文化の裏返しのようなものいいではありました。巣鴨ではあれだけの目に遭ったのにまだ懲りぬかと呆れつつ、

なぜあなたはそういう？　とわたしは食い下がりました。あなたは何と思うの、これを見て？

おれはただ思う、自分はなんとちっぽけな存在であるかと、と夫は謙虚に申しました。

人はそれを呼ぶ、宗教のはじまりと、とからかいますと、なにしろ何も信じない、誰も信じない、信じられるものは自分だけという考え方が自我の中心にある夫ですから、物凄い勢いで否定してきましたので、わたしも負けておられず、
わたしは認識する、それを、
自分はみぢんの存在であると、そして
わたしは信じる、この巨大な存在を、
わたしは信じる、苔々を、緑々を、
わたしは信じる、ごはんのひとつぶひとつぶに宿る精霊を、
わたしは信じる、人の善意を、犬の善意を、
わたしは信じる、煙を、
わたしは信じる、「とげ抜き」の「みがわり」を、
わたしは信じて、そして認識する、自分は、
この巨大な存在とひとつになり、ちらばった、
みぢんの存在である、とわたしは夫に申しました。

よき子はともかく、あい子は木などどうでもよろしい。わーお、すーぱー、わーお、おーさむ、と一通り歩きまわると、見つめる考えるということをせず、いこうよ、向こう

に、わたしは見た、ゆきのあそびばとかいてあった、いこうよ、向こうに、ゆきのあそびば、あなたは買った、これをわたしに、わたしは使いたい、これを、と買ってやったばかりのプラスティックの橇を抱えて足踏みしておりますので、しかたがない、みんなでそっちの森に移動しますと、そこは凍てついたピクニック場で、巨木の群れのほかにはだーれもおらず、周囲の傾斜にいくつも橇遊びのすじがついていました。

いい傾斜から滑るにはつるつる滑る道をずっと歩いていかなくちゃなりませんでした。何もおそれずに、あい子は何回も何回もそこをのぼっていき、潔く滑り降りました。巨木はそこにも生えていました。何千年という巨木ではなく、まだ何百年の若木でしたから、苔でおおわれていました。雪の間からちろちろと水が流れていました。固まった雪の間からひしゃげた小さな草が生えていました。切り株がそこここにありました。

地面に瘤が出来ていて、雪と氷で盛り上がり、滑ってきたあい子の橇はそこに乗りかかり、うおう、空中に飛んで、あい子が叫び、速度が緩んで、切り株にぶつかって、待ちかまえていたよき子につかみ取られて、やっと停止するのでした。

その叫び。その笑い声。

生きてる、生きてる、生きてる、生きてる、と、いってるようにしか思えなかったのです。あい子が、わたしに。

その声を聞いてるだけで、わたしの心身が激しくシェイクされるような気がしました。

わたしは仰向きました。あう。さっき転んで首の筋をおかしくしました。痛みます。みしみしと。なんと不公平であります。わたしが滑って転んでしたたかに肩と背と腕と首と手首を打ちつけたこの雪面。あい子とよき子はすっ飛んで歩いておる。ふつうの路面では歩くのもおぼつかない夫までもが、まるで熊のように危なげなく歩いておる。

首の痛みを我慢して、やっとの思いで仰向きました。ところが、木のてっぺんは見えず、緑の葉と緑の苔が見えました。さらに仰向きましたが、木のてっぺんはとうとう見えませんでした。青空ならば見えました。

よき子がわたしを呼びました。あい子もわたしを呼びました。わたしは答えて振り向きました。あう。首がぐきりと鳴りました。

そのとき、よき子とあい子が相乗りして、長い傾斜を、滑り降りていきました。金切り声（おーぼーい）。歓声（きゃーーー）。うなり声（ぐえっ）。また歓声（きゃーーー）。また揺るぎました。わたしのここに在るという自覚まで揺るぎました。つまりかれらは、声を嗄らして叫んでおりました。生きてる、生きてる、生きてる、生きてる、と。生きてる、生きてる、生きてる、生きてる、と。

梁塵秘抄「遊びをせんとや生まれけむ」、平田俊子「二人乗り」、枝元なほみ「なにたべた？」、夏目漱石「思ひ出す事など」他、古今亭志ん生「火焰太鼓」、中原中也「冬の日の記憶」、宮沢賢治「春と修羅」から声をお借りしました。

あとがき

二〇〇七年、『とげ抜き』が最初に出たとき、お礼参りのつもりで、巣鴨のお地蔵様に本を送ったのだった。そしたら「出版お祝い」として一万円と風呂敷が送られてきた。笠地蔵のようなことがほんとに起きた。お地蔵様のご利益はほんとにあるのだ。一万円札はしばらく大切に財布にしまっておいたのだが、そのうち手元が逼迫して使ってしまった。

わたしは、東京は板橋の、生まれであり、育ちである。二〇代の終わりに当時の夫の縁で熊本に移り住んだ。数年して両親が熊本に移り住んだ。まもなくわたしは、熊本に住む理由だった夫と別れて、カリフォルニアに移り住み、新しい夫と暮らしはじめ、親は熊本に残って、老いて死んだ。

今は二〇二二年になる。母も父もとうに亡く、カリフォルニアの夫は六年前に死んだ。わたしは四年前に日本に帰ってきて、以来熊本に住んでいる。

カリフォルニアにいた頃は毎朝いつ（日本に）帰るのかと思っていたけれども、今も毎朝いつ（カリフォルニアに）帰るのだろうと思っている。東京へは「帰る」でなく「行く」である。行ったときにはときどき巣鴨のお地蔵様に寄る。なつかしいどころじゃない感情がそのたびに湧き起こる。

あの頃、板橋から巣鴨へは都電で一本、この手の信心を担うのは大抵女たちで、わが家でも、なにか苦があると、祖母や母や伯母や叔母たちが、わたしを連れてお詣りに行った。わたしは、女たちがお線香を買い、香炉に投げ入れ、立ちのぼる煙で、自分たちの身体の、苦のある箇所をさすり、石の観音様をごしごし洗うのを、何遍となく見ていた。それは、ごはんを炊いて、みそしるをつくるような、宗教というよりは民俗というような、信仰というよりも信心というものではないかと思っていた。そして今でも、それが、わたしの全身に染みついているのである。

わたしは、長い間、説経節という文芸に惚れこんでいたのだった。どこに惚れたかといえば、女がひたすら苦労するところ。男が役立たずなところ。行き詰まった現状を打開するために「道行き」があるところ。そしてその道行きは、ほかの文芸の道行きとは違って、ただひたすら生きる、生き延びるための道行きであること。それから、説経の常として、神仏の縁起が語られるところ。語り物の常として、語りと歌が交互にくり返されるところ。

思わせぶりで難解でかっこつけの現代詩よりも、そういうのを書きたいとずっと思っていた。思っていただけでなく、現代文学における説経節詩の可能性を模索していた。人の生老病死をみつめるような。それをこんこんと聞き手に語るような。だれが読んでも話の流れをすぐ受け取れるような。ほんとと思ったら嘘のような。嘘なのにほんとのような。詩人が詩を書いてるんだから、詩のリズムを押し隠さなくていい、歌いたくなったら歌いあげていい。あーでもないこーでもないと模索するうちに、生身のわたしに人生の苦が襲いかかってきたのだった。日本に一時帰国したおりに、母は倒れ、父は要介護一で独居となり、カリフォルニアには夫が大病して取り残され、子どもたちも以下省略。それまでも苦の多い人生だったが、前世の因縁か水子の祟りか、今回ばかりは絶体絶命の危機かと思われた。

そのときふと考えたのが、説経節「小栗判官」のヒロイン照手。照手が今の時代に生きていれば、親の苦労に、子の苦労、夫の苦労に金の苦労。まさにこんな苦労を味わっているのではないか。これは女としての最大公約数的な苦労なのではないか。それなら照手のかわりに自分を、主人公に据えて、語っていけばいいのではないか。説経節に不可欠な神仏は、子どもの頃から親しんだ「とげ抜き地蔵」でいいのではないか。

故郷をおんでて何十年、他国に流離で十何年、記憶の底から、板橋の町並みや巣鴨の雑踏、お地蔵様や、祖母や母たちの使っていたネイティブの言葉をひっぱり出してきたのだった。

かならず書きたかったのは道行きだった。おおぜいの人がわたしと同じように行き詰まり、にっちもさっちもいかなくなり、わが身を無理やり動かして、現状打開しようとして旅に出る。それを日本語で書き抜くことが、わたしの書くという行為の最終的な目的なんではないかとさえ思われる。それで、カリフォルニアから成田、成田から羽田、羽田から熊本へ、また羽田に帰り、成田へ行ってカリフォルニア、熊本から東京、また熊本へ、熊本から山口、また熊本へ。南カリフォルニアから北カリフォルニアのセコイア国立公園へ。

引用についても語らねばならない。引用と言ったが、「声をお借りした」というのが実感だ。本を見ながら引用した部分はもちろん、引用ともいえないような言い回しやつぶやきに至るまで、「声をお借りしました」と書き出してみたら、わたしの声はわたしだけのものじゃなくなったようで、回を重ねるうちにどんどん声が増えていき、わたしは人の声の集合に乗って語っているような気分になっていった。今はこうして「わたし」の話を書いてはいるが、いつかはその「わたし」の話が、母の話や祖母の話、とげ抜き地蔵の雑踏ですれ違うおびただしい女たちの話や、民話や神話の女たちの話に、集合していけばいい。

二〇〇七年版単行本の装幀見本を見たときの感動は忘れがたい。字が天地いっぱいにつまり、色は赤と緑であった。聖であり俗であるような、血であり密林であるような。若いときからずっと詩を差し出して受け止めてもらっている菊地信義さんの装幀だった。

二〇一一年には文庫になった。単行本のときと大きな違いが二つ。表紙ががらりと変わったことと上野千鶴子さんの解説をいただいたことだ。女の苦を読み解く上野さん、最強であった。装幀は菊地さんだったが、赤と緑は跡形もなくなって、猫が瓦の陰からこっちをみつめていた。境内や路地裏にあふれた女の苦労をみつめるともなくみつめて、細くて緊密な声で、猫がにゃあと鳴いていた。

講談社文芸文庫の今回はオマケに短い文章を二篇。あの頃、スケッチをいくつも書いていた。『とげ抜き』の語りの中に溶け込ませたものもある。使わなかったものもある。それは今見ると、いかにもぽつんとして頼りなげだ。

文芸文庫全体の装幀も菊地さんだ。赤と緑でもなくなるし、猫もいなくなるが、躊躇なく菊地さんに文章をゆだねる。このたびは解説に栩木伸明さん、ミルフィーユのレシピの秘密を丹念に解き明かしていただいた。講談社の名原博之さんにすみずみまでお世話になりました。……こう書いてしばらく経って、まだゲラを見ているときに、菊地信義さんの訃報が入った。菊地さん、ほんとうにありがとうございました。

あい子地蔵の火に触れる事

町なかの「ち」の地点に、お地蔵様がありました。

繁華な交差点から少しはいった、見捨てられたような路地でした。

交差点の四つ角にはそれぞれに楠が植えられてありました。夕方になるとおびただしい鳥が群れるのでした。椋鳥のようです。木の葉よりも多く鳥がとまります。夜っぴて激しい交通量で人通りも多いところをなぜねぐらにと思いますが、かえって天敵からまもられているのだそうです。しゃくしゃくしゃくしゃくとものを囓るような何百羽ぶんの喧噪も、路地へ入ってしまえば、何も聞こえません。

塀で囲われた中に、そのお地蔵様が在りました。

お寺ではなく、しもたやの敷地の中。

お地蔵様の名前は知りません。わたしたちがそこを知ってるその理由は、その隣があい子が夏に来るたび通った保育園であったからです。

お地蔵様の母屋の窓がいつも開いていて、そこに「ろうそく一本とお線香三本で二十円です」と書いてありました。ときどき奥さんが顔を出して、お詣りの人と話していました。そしてわたしたちも、ただの会釈から、だんだん立ち話をするようになり、えらかねえ、こげんこまかとに英語も日本語もできんなはる、といわれていた頃から、もう七、八年になりますか。保育園に行かなくなってから、あそこにも行かなくなっていたけど、今年の八月二十四日のお縁日には、まだ熊本にいることだし、ひさしぶりにお詣りしてみようかと思っていました。

八月二十三日、夕方から雷をともなう豪雨でした。

すっかり予定がくるって、わたしは雷雨の渋滞の中を右往左往しておりました。あい子、上の娘、父に母、四人が別々に別々のところにいて、この雨の中、誰ひとりとして、ひとりで動けるものはいなかったのです。

わたしは考えました。「い」の地点へあい子を送りとどけ、「ろ」の地点にいって夕食の買い物、「は」の地点にいって上の娘を拾い、「に」に入院中の母を見舞い、さらに「い」の地点にとって返し、あい子を拾って、最終的には「ほ」の地点に、母をのぞく全員をまとめあげる。

その上、翌二十四日には上の娘が一足先にアメリカに帰る予定で、祖父母には来年まで（あるいはもうこれっきり）、わたしにも感謝祭まで会えなくなる予定で、この夜は母の手料理家族の団欒と思っていたのがままならず、けっきょく途中「へ」の地点に立ち寄ってお寿司を買うというよぶんな行為までくわわりました。

点と点を結ぶ線は、一寸先も闇の雨、数珠繋ぎに車がひしめいておりました。ずぶずぶに濡れて遅れて、「ほ」の地点にたどりつきますと、あしたも夕方から雷雨だよと、ずっと「ほ」に居て、新聞を読んでいた父が申しました。

それで二十四日の午前中、上の娘を「ほ」から空港の「と」へ送りとどけたあと、わたしは「ほ」にも「に」にも立ち寄らず、「と」から「ち」へ、あい子を連れてゆきました。午前中から雨雲の興りたつ夕刻までは、てらてらと快晴の青い空でありました。「ち」は、あの楠の聳え立つ交差点から少しはいった、見捨てられたような路地にありました。

交差点の片側の駐車場に車を停め、道を渡り、また渡り、路地に近づいただけでお香が匂いました。路地には中年の女や年取った女が、二人、三人と、歩いていたり立ち止まって話し込んだりしておりました。

いつもと違って塀にはきれいな幕がかかってありました。花が供えてありました。絶やされないお線香であたりはすっかり煙っていました。ろうそくはろうそく段にびっしりと突き刺さり、火のともっているもの、消えたもの、だらだらと蠟を溶かし流して息絶えたもの、うちならんでおりました。

小さいときから来ておりますから、あい子は慣れた手つきで手を洗い、自分のろうそくに火をつけると、火の消えたろうそくをつぎつぎにともしていきました。それからお線香立ての灰の中に、自分の持った一束のお線香を立てようといたしました。そして、触れてしまったようでした。

その瞬間、からだを縮ませて、表情を硬くしてわたしのそばにすり寄ってき、わたしの手をにぎって、無言で下を向きました。その手を撫でてやりながら、お地蔵様があんたのお詣りしたのを知って、わかったよっていったんじゃない、とわたしは申しました。

でもあつかった、とあい子が小さい声で申しました。

そんな火でも小さな子にはすごく熱いって知らなかったのね、とわたしが申しました。

だれが？　とあい子が。怒ったように。

お地蔵様が、とわたしが。

どこで？　とあい子が。裏切られたというように。

あそこで、とわたしが。

入ったときには気がつきませんでしたが、出るときには気がつきました。「ご接待です。ご自由にお取りください」と札があり、山盛りの飴がおいてありました。これなに、とあい子が申しました。お地蔵様がなかなかおりしたいって、と申しますと、あい子はすっくりと気分をなおして、じゃあひとつ、おかあさんの、もうひとつ、あたしの、と小さな声で唱えながら、あい子は飴を、丹念にえらび取りました。

山姥の灯を吹き消すやハロウィーンの事

ひたひたと外を子どもの群れが行き来しました。

またひたひたひたと通り過ぎました。

またひたひた。ひたひたと。

夫とわたしは灯りを消して、暗闇でじっと子どもたちの通り過ぎるのを待っていました。あい子は夏に日本で買ってもらってカリフォルニアに持って帰ってきた浴衣を着て、顔に血のいろのペイントを塗りたくり、「コロサレタゲイシャ」という存在になりすまし、友人の住む、門で閉ざされた裕福な住宅地の中を、枕カバーをにぎりしめて、ひたひたたひたひたと歩いているはずです。

枕カバー、大きな子どもたちには定番です。より多くのお菓子が入るからと申します。ささやき声が聞こえて、またひたひたと通り過ぎました。ひたひたと。ひたひたと。

ハロウィーンには毎年こんなふうです。うちの子どもがよそでお菓子をもらってくるのに、申し訳ないとも思うのですが、文化のちがう子どもたち、死人や魔女や狼男たちに、いちいちお愛想をふりまく気にもなれず、人がドアを叩くたびに犬が吠えるのもうっとうしく、表から見える灯りはすべて消し、あい子の作ったカボチャ提灯の火も吹き消して、暗闇の中で息をひそめて、夫とワインをすすっておりますのです。

灯りをともしてない家は通り過ぎる。

暗黙の了解であります。

中では山姥が包丁を研いでいる。

暗黙の了解であります。

また一群が、ひたひたと、通り過ぎていきました。

次の日は万聖節、その次の日は、すべての死者の帰ってくる日でありました。

茄子も無し、胡瓜も無いのに、すでに死者たちは帰りついていています。迎えるおとなも訪なう子どもも、お菓子に我を忘れて気がついていないだけなのです。先ほどから聞こえる、ひたひたという跫音は、おびただしい死人の魂が、家々の門口に燃えてる火をたよりにやってきて、その家の生きてる子どもと入れ替わる、その音でもありました。

とげ抜きしろみ堂のミルフィーユの味わい

解説
栩木伸明

下世話かと思えば崇高で、小説に見えてもじつは詩であるらしく、捕まえて名づけようとするとひらひら逃げてしまう。『とげ抜き　新巣鴨地蔵縁起』は新種の蝶みたいな作品である。本作は『群像』に連載された後に単行本化され、二〇〇七年、すぐれた現代詩に与えられる萩原朔太郎賞を受賞した。ぼくはこの蝶々の動きを観察して翌年、詩の雑誌に小文を書いた（なんとこの蝶々は、つらつらと観察しているあいだに紫式部文学賞（二〇〇八年八月）も受賞してしまった！）。今回、その旧稿（『びーぐる　詩の海へ』創刊号に初出、『声色つかいの詩人たち』〈みすず書房〉所収）にあれこれ書き加えて、文芸文庫版の解説とさせていただこうと思う。

*

伊藤比呂美は萩原朔太郎賞受賞記念講演の中で、「女の苦労を全部」「書きつくすのが、今どきの説経節ではないか、と思って、取り掛かったのが」本作であると語り、べつのエッセイでは、「みずからこの『とげ抜き』を、いろんな経験をかさねて、バージョンアップし、アップデートし、パワーアップした、究極の伊藤節と位置づけることにいたしました」(『新刊ニュース』二〇〇七年八月)と述べている。「伊藤節」とはこのばあい、彼女特有の人生観をさすだけでなく、独特の語り口にともなう音楽性をも意味しているだろう。

本作は伊藤と名乗る「わたし」のひとり語りで、直接話法のカギ括弧はあまり使われない。家族内のドタバタを畳み掛けるようなリズムで語り、読者をハラハラドキドキさせたあげくに安堵と涙を同時に誘う場面を描かせたら独壇場だ。あるいはまた、アメリカ育ちの娘が語る英語が、「機械がのみこんだ、おかねを、わたしは得られなかった、何も、わたしはわからなかった、どうしたらいいか」などと表記されると、ジュースを買えなかった娘の無念さが、英語そのもので読者の頭に飛びこんでくるかのように感じられる。

黙読しているだけなら、家族生活や老人介護の苦労話を縷々綴った私小説――なにしろ初出が『群像』なのだ――と受けとる読者がいても不思議はない本作は、声に出したとたんに語り物の本性をぎらりと見せる。〈下世話〉が〈崇高〉に化ける音楽を奏でる声が要所要所で立ち上がってくるのだ。その興奮は、身内の内輪話だと思って聞いていたら王族の内紛劇だったり、みすぼらしい老婆が顔を上げたら女神だったりする瞬間に立ち会うのとよく似た動揺で、ありふれた家族劇がギリシア悲劇のような崇高さをまとう現場を目の当たりにするときの衝撃そのものである。なるほど、本作が詩であるというのは、こういうことだったのだ！

たとえば、カリフォルニアで入院している夫と、日本にいる妻の「わたし」が電話で約束を作る場面を読んでみよう。この場面にさしかかると、直前まで散文で語られていた筋書きが、行分けの肉声どうしの掛け合いへとやにわに変貌して、読者の背中をどやしつける――

あなたとわたしが連れ添うかぎり。
おまえとおれとが連れ添うかぎり。
どんな口論や喧嘩を為したとしても。
どんな口論や喧嘩を為したとしても。
そしてそれは屹度《きっと》するが。

そしてそれは多分するが。

ぜったいに。

ぜったいに。

今回の手術のときわたしがあなたのそばにいなかったことを、あなたは非難しないこと。

今回の手術のときおまえがおれのそばにいなかったことを、ぜったいに、おれは非難しない。


教会で結婚式をするさいの誓約をもじったような熟年夫婦のやりとりには、世話物的なリアリティと崇高きわまる格調とが奇妙に同居している。『とげ抜き』を詩たらしめているのは、なんといってもこの、異なる世界のドラマが幾層も癒着したまま、同時進行していく感覚である。

この感覚はどのようなメカニズムで生起するのだろうか？　こんどは夫の受難の場面を読んでみたい。自己中心的で妥協せず、日本語を解しないユダヤ系英国人の老いた夫は、「わたし」にとって絶対的な他者である。「わたし」は絶大な存在感を持つこの夫を愛すると同時に、彼をとげ抜き地蔵へ連れて行き、「ひしめく老女たちの中を歩かせ」れば、「夫の化けの皮がたちまち剝げ」「信心する老女たちが怒り、つまり彼女らもまたそういう男の悪行に、人生をかけて絶望しているはずですから、干からびた膣をカタカタ鳴らしながら、襲いかかってくれるのではないか。わたしのかわりに」とひそかに思ってもいる。

物語は大詰め、ときはあたかもクリスマスイブ、「わたし」が夫をとげ抜き地蔵へ連れていくと、「サンタさんサンタさんとささやきながら、口を手でおおってひそひそくすくす笑いながら」老女の集団が近づいてくる。そして——

> 不信心者をぞんぶんにこらしめてやれ。
> 老女たちが飛びかかりました。夫はなにやらわめいておりましたが、しょせん英語で、わかるものとて無く、老女たちの喚声にかき消されました。老女たちは、夫の腕の肱のあたりをつかみ、脇腹に足をかけて踏ん張ると、肩の付け根からすっぽりと引き抜いてしまいました。また一方の側では、別の老女が夫の肉を引きちぎりました。やがて他の老女たちもみな襲いかかってきました。夫のうめき声と、老女たちの喚声とが入り交じって、すさまじい一つの声になって響いております。

グロテスクなユーモアと血みどろな悲劇の様相をあわせもつこの場面は、作者が後注で出典をあかしているとおり、松平千秋訳によるエウリピデス作『バッコスの信女』の一節を、ほぼ字句を変えずに引き写したものだ。エウリピデスの悲劇では、ディオニュソスの教えを排斥しようとしたテーバイの王ペンテウスが、山野を狂い回るバッコスの信女の群れによって八つ裂きにされる。あろうことか、八つ裂きにした中心人物はペンテウス自身の母親であったが、虐殺の最中、酩酊状態にあった彼女は自分の行為に気づかなかった。

キタイロンの山中ととげ抜き地蔵の門前町が二重写しになって惨劇が繰りひろげられるところもすごいが、へたったわが夫を見た「わたし」が語るセリフはもっとすごい。彼女は、「無敵のヒーロー小栗判官が、死んで腐って甦ったときの、何にもできない、他人を頼って生きるしか無い状態」になった、「わたしの餓鬼阿弥を」ついに「見つけた」と思う。しかもアルチュール・ランボーの声をエコーさせながら。「わたし」はこうして、傲岸な夫を無力な状態へ退行させ、みずからの支配下においた上で、巣鴨に最近湧いた温泉に漬けて復活させ、まんまと説経節「小栗判官」のコンテクストへ引きずりこんでしまうのである。

だがもっと、もっとすごいのは、「わたし」が夫ではなく友人の「オグリさん」を癒した後で、「こう見えても若いころは何人もの餓鬼阿弥を曳いて歩いたものであります」とつぶやくところ。「わたし」は生涯になんべんも、癒しのヒロインである「照手姫」を演じてきた。個人の人生の中で神話が惜しげもなく繰り返されてきたのだ！

伊藤比呂美本人を思わせる仮面をつけた「わたし」が行動する現代日本と、ギリシア悲劇と、説経節の世界を瞬時に行き来しながら、つねに複数の世界を多重露光で見せ続ける

『とげ抜き』の作品構造は、ミルフィーユの菓子にたとえることができるかも知れない。時代と場所を異にこそすれ、経験の類型をがっちり共有する物語の層を積み重ねた、神話的構造の種明かしは、各章につけられた「……から声をお借りしました」という著者自注にある。「本を見ながら引用した部分はもちろん、引用ともいえないようなちょっとした言い回しやつぶやきに至るまで『声をお借りしました』と書き出してみたら、わたしの声はわたしだけのものじゃなくなったようで、回を重ねるうちにどんどん声が増えていき、わたしは、人の声の集合に乗って語っているような気分でした」(『本』二〇〇七年七月号)と語る伊藤は、「女の苦労を全部」書く途上で、時空を超えた似た者たちの声をいつのまにか呼び込んでいたのである。

……とまあ、こんなふうに書くと、なにやら重厚でしかつめらしい作品と思われかねないけれど、そこはそれ、新種の蝶だから、本作のノリは軽々としている。おそらく「わたし」の脳内にはサウンドトラックがいつも聞こえていて、彼女はそれを聞き書きしているのだと思う。熊本を車で走るシーンで、クラクションを鳴らされたとたんに山口百恵の「ばかにしないでよ」が口をついて出て、そのすぐ後に萩原朔太郎の、フランスへ「行きたしと思えども」が語り手の思念に混信してくるのは、脳内で鳴り続けている歌詞や詩句のいたずらに違いない。そう考えれば、「声を借りる」行為はぼくたち皆の経験に直結してくる。

太宰治の「カチカチ山」の「おお、ひどい汗」という名セリフが蝶番となって、一人暮らしの老人と犬の関係が狸（男）と兎（女）の関係へと折り返され、「櫛や桃も投げつけました」というひとことによって、太平洋を渡る空の旅が黄泉の国からイザナギが戻ってくる道行きとぴったり重なり合う。軽々とした身振りで深刻なテーマを重ね合わせて、神話を重層化するミルフィーユ現象は本作のいたるところで生起している。

さらに、「桃」を投げつける行為は、イザナギとカフカの中編小説『変身』を意外な形でつないでみせる。あまりにも有名なあの物語を三分の二ほど読み進んだときのことを思い出して欲しい。

巨大な虫に変身したグレーゴル・ザムザの居室の家具を、妹と母が運び出している場面。グレーゴルはお気に入りの絵を持っていかれないように、身体全体で覆い隠すように壁に貼りつくのだが、その姿を見た母親はショックで気絶してしまう。そこへたまたま帰宅した父親は、グレーゴルが何か手荒な真似をしたのではないかと思い込んで、攻撃をはじめる。

「食器棚《だな》の上にあった果物皿《くだものざら》からどのポケットにもいっぱいにつめこんだ林檎を、さしあたってはぴたりとねらいをつけずにやたらに投げつけだしたのだ。（中略）ところが第二弾が背中にぐさりとめりこんだ」ため、グレーゴルは林檎が肉にめり込む重傷を負ったまま、「その傷のために体を自由に動かすことがおそらくは永遠にできなくなって」（高橋義孝訳、新潮文庫版）しまう。このエピソードは、ザムザ家の危機にとどめの一撃が加えられた事件として読める。

さて、「わたし」の物語に戻ってみると、彼女の夫は「おれはおまえをサポートしてきた、おれはおまえの子どもたちをサポートしてきた、おれはおまえの仕事をサポートしてきた……」と呪文のように繰り返すものの、「年取って役に立たなくなった自分」を持てあまし、少なからずあせっている。この夫は、旅回りのセールスマンとして一家の家計を支えてきたのに突如虫に変身してしまい、無力になってしまった、グレーゴルそっくりなのだ。

口だけは達者なこの夫に向かって、「わたし」は夫婦げんかの末に、「固い、青い桃を、さしあたってはぴたりとねらいをつけずにやたらに投げつけたのであります。いえ、メタファです。桃は電気仕掛けみたいに床の上をころげまわってぶつかりあいまして、それたのもありましたが、ひとつが、夫の股にぐさりとめり込んだ」。この桃は肉にめり込んだまま腐り、いつまでもとれない。これを「メタファ」と言うならば、その心は「家庭の幸福は微塵に砕けた」ということに違いない。林檎ならぬ青い桃を「夫」に投げつける「わたし」は、グレーゴルが母親になにかひどいことをしたのではないかと思い込んで「林檎」を投げつける父親によく似ている。

そして「ザムザ家」でも「伊藤家」でも、果実がめりこんだいつまでも治らない傷が、家族の幸せの終焉の隠喩になっている。悲しきミルフィーユは世界に遍在しているのだ。

先述した『バッコスの信女』はうっかり息子を八つ裂きにしてしまった母親の苦労の物語で、別の部分でエコーが聞き取れるホメーロス風「デーメテール賛歌」は、行方不明の娘を捜す母親の苦労の物語である。さまよう地母神デーメテールは「小さな老女」の姿で熊本の河原にあらわれ、親切を受けた無言のお礼として、萎れ果てていた植物たちをよみがえらせる。これらの古代ギリシアの物語が、息子と生き別れになる白狐葛の葉の苦労(「信太妻」)や、東京板橋岩の坂のもらい子殺しの語り伝えと共振して、『とげ抜き』の語りをますますミルフィーユ化する。その結果、ある章で「わたし」はいきなり時空を遡り、〈苦労する母親〉のひとりである祖母の一人称――彼女の娘である「比呂美」の母は、自分の娘を東京弁で「しろみ」と呼ぶ――を生きはじめ、葛の葉とあらゆる母たちの気持ちがこんがらがった、「たつねきてみよいはの坂おしとのかはのなみたはし」という歌が口を突いて出てくる。

エウリピデス、ホメーロス、カフカ、太宰治、中原中也、宮沢賢治、大島弓子、近松門左衛門などなど、「わたし」の語りに混信してくる声の出所は枚挙に暇がない。しろみ堂ミルフィーユの持ち味は、書き手自身の来し方と読書歴を反映するかのように、文学史や国境の存在を無視して声を借りてくる想像力の雑食性にある。エミリー・ブロンテの『嵐が丘』を書き換えた小説で知られるマリーズ・コンデは、ポストコロニアル作家がヨーロッパの古典的作品を書き換えることによってみずからの文学に養分を与える行為を、カトリックの聖体拝領を引き合いに出しながら、「カニバリズム（人食い）」と呼んだ。伊藤の詩法は、慣れない土壌をいとわず根を下ろす帰化植物の流儀だから、「カニバリズム」の比喩はいまひとつしっくりあてはまらない。だがそれを承知の上であえてコンデと並べてみると、伊藤比呂美のしなやかな文学的胃袋の寸法がよくわかる。

彼女の帰化植物的な連想力のしなやかさは、たとえば、いとうせいこうとおぼしき園芸家と対話するシーンにあらわれている。育てていた植物を枯らしてしまう経験が「メメントモリ」（「生あるものは死ぬことを忘れるな」）という警句を呼び、『発心集』で読んだ補陀落渡海を想起させ、往生する魂を供養するかのような子どもたちの花火へとつながっていく。こうした連鎖をつなぐ蝶番は、ポーチュラカ（植物）とポータラカ（補陀落）の音韻的な相似である。

脚韻を次々にあわせるかのように、思索を深めていく死生観の背後には、『梁塵秘抄』のサウンドトラックが鳴っている。今様歌謡こそ、本書において最も特権的なテクストである。石牟礼道子とおぼしき「死を前にした」詩人が、今様のいくつかを評釈しながら生きてきた時間を見つめ直し、死に方について語り、自作の祈りにつないでいくところ。そして、誰もが知るあの歌が聞こえてくるこの本の締めくくりの場面。「メメントモリ」とはよりよく生きるすべを知ることだ、ということに読者は気づかされるだろう。

＊

「いえすべてメタファでございます。それをいうなら桃もメタファ、とげもメタファ、夫も母も父も、夏の暑さも冬の寒さも、すべてこれメタファなこの日常、メタファでないものは、わたしがわたしとして生きているというこの一点しかないのでございます」——夫との英語による口げんかではとても自分は勝ち目がない、とぼやく場面でふいに出てくるこの一節には、本作を世界文学へつなぐ蝶番がついているかのようだ。

ぼくたちは皆、常日頃、世界を「メタファ」（隠喩）で捉えている。何かを経験したとき、その意味が腑に落ちないと不安だから、すでに知っている経験や、昔の記憶や、どこかで見聞した他人の出来事と結びつけて、名前を与えて、ああこれはとりあえずあれってことで、と納得する。だが納得のメカニズムを器用にたわめて、あれってこれだったのか、と驚かせたり、発見の喜びを与えたりするのは詩人のしごとである。時空を超えたところに他人の空似を見つけ出し、それらをつないで物語や歌にするのが詩人なのだ。

アメリカの比較文学研究者デイヴィッド・ダムロッシュはその著書『世界文学とは何か？』（秋草俊一郎他訳、国書刊行会）の中で、世界文学とは「一つの読みのモード、すなわち、自分がいまいる場所と時間を超えた世界に、一定の距離をとりつつ対峙するという方法である」（四五五ページ）と定義し、作品と時空を隔てた読者の頭の中では、「文化的、歴史的な遠近を問わないかたちで作品たちが出会い、互いに反応することができる。たとえば、『スワン家の方へ』と『源氏物語』を併読してみれば、作品同士がしばしば奥深くで共鳴しあうことに気づくだろう。（中略）世界文学の活動が盛んになるのは、複数の外国作品が頭のなかで響きあいはじめたときだ」（四五六〜四五七ページ）と補足説明している。

頭の中を、時空を隔てた作品同士が「共鳴」する空間にすること。これこそ伊藤比呂美が実践してきた世界文学の読み方であり、その実践を応用した『とげ抜き　新巣鴨地蔵縁起』の書きぶりの真ん中にある姿勢である。「わたしがわたしとして生きているというこの一点」をごまかさずに、それ以外のすべてをメタファとして読み書きするうちに、この本はいつのまにか世界文学になっていたらしい。

日本語の書き物は、本作の出現によって新たなものさしを与えられた。日本古典や近代文学と外国文学を分け隔てなく読破し、脳内サウンドトラック化して、みずからの書き物に流し込んでいくことによって、当たり前と思われていたことを異化し、気づかなかった裂け目を埋めて、他人の空似の数々を発見したのがこの本なのだ、たぶん。

ダムロッシュは、「世界文学とは、翻訳を通して豊かになる作品である」（四三二ページ）とも書いている。『とげ抜き　新巣鴨地蔵縁起』はつい最近、ドイツ語訳が出版された。近々英語版とノルウェー語版も出版されるという。こんどはこの本が外国語読者の前に置かれて、彼女や彼らの「読みのモード」にさらされる番である。本作を翻訳で読むひとびとの頭の中にはどんな「共鳴」が響くだろうか？

年譜

伊藤比呂美

一九五五年（昭和三〇年）
九月一三日、東京板橋に生まれる。零細町工場地帯の路地裏で、蝶よ花よの幼児期。
一九六〇年（昭和三五年）　五歳
私立幼稚園一年保育に入園。
一九六二年（昭和三七年）　七歳
区立小学校入学。二年後のオリンピックのために何もかもがらがらと壊されて、建てられ建て直されていったのを目の当たりに見た。
一九六四年（昭和三九年）　九歳
東京オリンピック。肥満児になる。あだなは「でぶひろみ」「三年でぶ」。
一九六五年（昭和四〇年）　一〇歳
石森章太郎の『サイボーグ００９』と『マンガ家入門』に出会う。絵ばかり描いていた。
一九六六年（昭和四一年）　一一歳
四年五年は清水先生が担任。食事療法と外遊び、身長が伸びたことで肥満は解消。男の子の群れに身を投じ、水雷艦長や缶蹴り。女子の群れには太っていたときにゴム段や縄跳びでいじめられたので敬遠していた。六年の夏休み前に初潮。小学生の間に読んだ本は漫画の他には『シートン動物記』『メアリ・ポピンズ』『赤毛のアン』『ジャングルブック』『アルプスの少女ハイジ』『太閤記』『義経記』『古事記』。『エルマーのぼうけん』『ドリトル先生アフリカゆき』『植物図鑑』『動物図鑑』『世界原色百科事典』。

一九六八年（昭和四三年）一三歳

区立中学校一年。入学式の日、制服を着て中学の校舎に入ったとたん、最低な時期に突入したのがわかった。水泳部で自由形に明け暮れる。

二年。沖田先生が社会科で担任。矢田先生が国語科。矢田先生には古典の読み方を、沖田先生には女の生き方を教わった。

三年。クラス委員長は男、副委員長は女という当時の慣例を破ってクラス委員長。夏休み、歯医者の待ち時間に『罪と罰』。父の本棚にあった芥川龍之介全集、島崎藤村全集を読みあさる。

一九七一年（昭和四六年）一六歳

都立竹早高校入学。全共闘とヒッピー文化の残滓色濃く、三無主義世代のまっただ中、学校は学生運動で荒れ果てていたが自由だった。太宰と中也と賢治に出会う。ヒッピーくずれの同級生たちに教えられてニール・ヤングに出会う。まじめに音楽を聴き、まじめに酒を飲み、まじめに吐いて、タバコその他をまじめに吸い、鎮痛剤でラリっていた。成績は最低。

一九七四年（昭和四九年）一九歳

青山学院大学文学部日本文学科入学。高校卒業直前から摂食障害に突入してボロボロになる。

一九七五年（昭和五〇年）二〇歳

「新日本文学」日本文学学校、講師の阿部岩夫さんに惹かれて詩を書きはじめる。岩崎迪子らと詩誌「らんだむ」。

一九七六年（昭和五一年）二一歳

「現代詩手帖」に投稿をはじめる。

一九七七年（昭和五二年）二二歳

大学の友人に誘われて『お母さんは……』（詩の世界社　シブ・シダリン・フォックス

／渥美育子他訳）の下訳。雑誌「フェミニスト」の使いっ走り。最初のセックスに挑む。
一九七八年（昭和五三年）　二三歳
第一詩集『草木の空』（アトリエ出版企画）を自費出版。第一六回現代詩手帖賞。若気の至りみたいな日々に、若気の至りみたいな詩を書き散らした。
一九七九年（昭和五四年）　二四歳
不倫の恋愛し執着し苦悩しボロボロになる。埼玉県浦和市の市立中学で臨時採用教員、一年でやめる。某氏と衝動的に結婚して一ヵ月で破綻。某出版社で編集の仕事、すぐクビになる。食いつめて実家に帰る。二年間で中絶を複数回。もだえながら『姫』（紫陽社）。
一九八〇年（昭和五五年）　二五歳
ひきつづき人生は若気の至りだらけ。大学院生西成彦とつきあいはじめる。『新鋭詩人シリーズ10伊藤比呂美詩集』（思潮社）。装幀は菊地信義。
一九八一年（昭和五六年）　二六歳
鈴木志郎康の映像作品『比呂美―毛を抜く話』に出演。ファインダー越しの対話に多くを学ぶ。夏から西がワルシャワに留学。一二月、ポーランド全土に戒厳令。
一九八二年（昭和五七年）　二七歳
西を追いかけて戒厳令下のワルシャワに行く。日本人学校の国語科教師として現地採用。はじめての海外、はじめての飛行機、はじめての外国生活、はじめての外国語、はじめての社会主義。『青梅』（思潮社）。詩を書くことは自由だった。
一九八三年（昭和五八年）　二八歳
帰国して西と入籍、練馬の片隅で幸福な貧乏暮らし。詩誌「壱拾壱」に参加、多くを学ぶ。
一九八四年（昭和五九年）　二九歳
春、西が熊本大学に就職。第一子カノコを産む。育児の日々、Nは最強の同志であった。

NECのワープロ文豪を衝動買い。書く速度が声の速度と同じになる。金関寿夫『アメリカ・インディアンの詩』（中公新書）を読んで衝撃を受ける。

一九八五年（昭和六〇年）　三〇歳

詩誌「壱拾壱」、各地で朗読。カノコは近所の公立保育園に晴れて入園。『テリトリー論Ⅱ』（思潮社）。『良いおっぱい悪いおっぱい』（冬樹社）。買ったばかりの文豪で一気に書き下ろした。自由だった。

一九八六年（昭和六一年）　三一歳

初夏、サラ子を産む。西も伊藤も仕事が忙しくなり、家庭はつねに戦いの様相。『女のフォークロア』（平凡社　宮田登との共著）。

一九八七年（昭和六二年）　三二歳

『テリトリー論Ⅰ』（思潮社　荒木経惟との共著　装幀菊地信義）。自由だった。『おなかほっぺおしり』（婦人生活社）。自由だった。「北ノ朗唱」（高橋睦郎、佐々木幹郎、白石かずこ、吉増剛造、天童大人）。シンガポールの国際文学シンポジウムに参加する。

一九八八年（昭和六三年）　三三歳

仕事したい盛りのおとなが二人に幼児が二人、心身は疲弊して家庭は荒れ果てていた。運転免許を取得。Nがワルシャワ大学赴任。ワルシャワでポーランド車ポロネーズを運転しはじめる。『現代詩文庫94伊藤比呂美詩集』（思潮社）。

一九八九年（昭和六四年・平成元年）　三四歳

日本に帰ったら、親が熊本に移住していた。『おなかほっぺおしりそしてふともも』（婦人生活社）。

一九九〇年（平成二年）　三五歳

生活に不満はなかった。よい夫で、子どもたちも健康で、仕事はいくらでも来て、忙しかった。日独女性作家会議に参加する。夏、モンゴルに行く。

一九九一年（平成三年）　三六歳

西と離婚、以後も家族として同居をつづける。アメリカ詩人ジェローム・ローセンバーグ夫妻を頼って渡米し、北米先住民の口承詩を探す旅に出る。ローセンバーグ夫妻を介してイギリス人画家ハロルド・コーエンと出会う。『のろとさにわ』（平凡社　上野千鶴子との共著）。

一九九二年（平成四年）　三七歳
恋愛に悩み抜く。『家族アート』（岩波書店）。作品の中に説経節を入れ込みはじめた。『あかるく拒食ゲンキに過食』（平凡社　斎藤学との共著）。

一九九三年（平成五年）　三八歳
カリフォルニアと日本を行ったり来たり。恋愛と家庭の問題と自分自身について悩み抜く。抗鬱剤や入眠剤を濫用し依存してボロボロになる。旺盛に各地を朗読講演してまわった。移動することでなんとか打開したかった。詩はもうぜんぜん書いてなかった。何も書けなかった。肩書きは依然として詩人のままだった。『おなかほっぺおしり　コドモより親が大事』（婦人生活社）。『わたしはあんじゅひめ子である』（思潮社）。

一九九四年（平成六年）　三九歳
ひきつづき気鬱で混沌。

一九九五年（平成七年）　四〇歳
妊娠が発覚、渡米して末っ子のトメを産む。このとき一ヵ月間アメリカに不法残留。『手・足・肉・体　Hiromi 1955』（筑摩書房　石内都との共著）。

一九九六年（平成八年）　四一歳
ひきつづき家庭は不穏。ついに西との家庭を解散し、子どもを連れてカリフォルニアに移住し、コーエンと新しい家庭を作る決意をする。『居場所がない！』（朝日新聞社）。『現代語訳樋口一葉　にごりえ他』（河出書房新社）。

一九九七年（平成九年）　四二歳
二月に子どもたちを連れてカリフォルニアに

移住。これ以後、毎夏家族で熊本に帰る。永住ビザの取得に苦労する。西日本新聞紙上で人生相談「比呂美の万事ＯＫ」を始める。
一九九八年（平成一〇年）　四三歳
「ハウス・プラント」（一九九八）。「ラニーニャ」（一九九九）。「スリー・りろ・ジャパニーズ」（二〇〇一）。夏、ジャーマンシェパードのタケを飼い始める。『あーあった』（福音館書店　牧野良幸絵）。
一九九九年（平成一一年）　四四歳
二年連続で芥川賞の候補になって落ちて心底こりごり。友人に頼まれて「今日」という詠み人知らずの英詩を訳した。『ラニーニャ』（新潮社）。第二一回野間文芸新人賞。『なにたべた？』（マガジンハウス　枝元なほみとの共著）。
二〇〇〇年（平成一二年）　四五歳
『伊藤ふきげん製作所』（毎日新聞社）。『またたび』（集英社）。
二〇〇一年（平成一三年）　四六歳
日印作家キャラバンに参加。翻訳『ビリー・ジョーの大地』（理論社　カレン・ヘス作）。第四九回産経児童出版文化賞ニッポン放送賞。
二〇〇二年（平成一四年）　四七歳
長女カノコ、大学進学で巣離れ。『万事ＯＫ』（新潮社）。
二〇〇三年（平成一五年）　四八歳
カリフォルニアに山火事が頻発。『なっちゃんのなつ』（福音館書店　片山健絵）。
二〇〇四年（平成一六年）　四九歳
『テーマで読み解く日本の文学』（小学館　津島佑子、中沢けい他）で「日本霊異記」「説経節」「曽我物語」を担当。翻訳『11の声』（理論社　カレン・ヘス作）。親が年老い、熊本―カリフォルニア間の行き来がひんぱんになる。『日本ノ霊異ナ話』（朝日新聞社）。『ラヴソング』（筑摩書房）。『おなかほっぺおしりトメ』（PHP研究所）。

二〇〇五年（平成一七年）五〇歳
九月から一二月まで、トメを連れて熊本に戻る。母が倒れて、父の独居が始まった。『河原荒草』（思潮社）。『レッツ・すぴーく・English』（岩波書店）。『ミドリノオバサン』（筑摩書房）。

二〇〇六年（平成一八年）五一歳
介護のために熊本―カリフォルニア間の行き来がさらにひんぱんになる。『河原荒草』で第三六回高見順賞。

二〇〇七年（平成一九年）五二歳
『とげ抜き　新巣鴨地蔵縁起』（講談社）。第一五回萩原朔太郎賞、翌年に第一八回紫式部文学賞。『コヨーテ・ソング』（スイッチ・パブリッシング）。『あのころ、先生がいた。』（理論社）。『死を想う　われらも終には仏なり』（平凡社　石牟礼道子との共著）。死のことなら、敬愛する石牟礼さんに聞けばわかると思った。

二〇〇八年（平成二〇年）五三歳
春、朗読プロジェクト「詩人の聲」（天童大人企画）に参加。熊本の仲間と、ひみつけっしゃ「熊本文学隊」を結成。『女の絶望』（光文社）。翻訳『きみの行く道』（河出書房新社　ドクター・スース作、改訳版）。『漫画がはじまる』（スイッチ・パブリッシング　井上雄彦との共著）。

二〇〇九年（平成二一年）五四歳
春、母が死ぬ。「母の死ははじめてだが、動揺してない。四年半母は寝たきりで、その間ずっと死をシミュレーションしていたせいかもしれない」とブログに書いた。父が一人になり、帰るのがますますひんぱんになる。その場で答える「ライブ万事ＯＫ」を始める。英訳詩集『Killing Kanoko』（Action Books　ジェフリー・アングルス選・訳）。

二〇一〇年（平成二二年）五五歳

父の存在がますます重たくなる。必死で帰る。周囲で人々や犬が次々に死んだ。『読み解き「般若心経」』（朝日新聞出版）。『良いおっぱい悪いおっぱい完全版』（中公文庫）。二五年前には間違ったことも言った。言い足りないこともあった。

二〇一一年（平成二三年）　五六歳

『おなかほっぺおしり完全版』（中公文庫）。『あかるく拒食ゲンキに過食　リターンズ』（平凡社　斎藤学との共著）。こっちも一九年後の書き足し。

二〇一二年（平成二四年）　五七歳

春、父が死ぬ。「そういうわけでくそ忙しいので、どうか個人的なおみまいメールはくださらぬようにお願いいたします。関係者は近くにも立ち寄らぬようにしてくださいますとたいへんありがたいのです。親戚の相手だけでいっぱいいっぱいですので、あしからず。その上以前の住所はもう使っていません。住所不定とあいなりました」とブログに書いた。夏、父の犬ルイをカリフォルニアに連れて帰る。冬、タケ死ぬ。「まだここに死んだタケがいます。S子のシーツにくるんでありますす。タケの存在が、部屋のなかで、そこだけしんしんと冷えています。机の上でいつものようにルイが眠っております。その毛むくじゃらのからだといびきが、生きています」とブログに書いた。『たどたどしく声に出して読む歎異抄』（ぷねうま舎）。『人生相談比呂美の万事OK』（西日本新聞社）。『たぬき』（福音館書店　片山健絵）。

二〇一三年（平成二五年）　五八歳

日本への行き来は少し減った。冬、ベルリンに一人で滞在。『閉経記』（中央公論新社）。『犬心』（文藝春秋）。『今日』（福音館書店　下田昌克画）。

二〇一四年（平成二六年）　五九歳

南カリフォルニアの日本語情報誌「ライトハ

ウス」に人生相談「海千山千」をはじめる。春、コーエンと二人でロンドンに滞在。夏、ルイが死ぬ。『父の生きる』（光文社）。『木霊草霊』（岩波書店）。『先生！　どうやって死んだらいいですか?』（文藝春秋　山折哲雄との共著）。秋、ジェフリー・アングルスによる二冊目の訳詩集『Wild Grass on the Riverbank』（Action Books）が出る。『女の一生』（岩波新書）。

二〇一五年（平成二七年）　六〇歳

コーエン、老いて衰える。冬、ジャーマンシェパードのクレイマーを飼い始める。第五回早稲田大学坪内逍遙大賞。『新訳　説経節』（平凡社）。翻訳『リフカの旅』（理論社　西更との共訳　カレン・ヘス作）。『日本霊異記／今昔物語／宇治拾遺物語／発心集　日本文学全集08』（「日本霊異記」と「発心集」を担当。河出書房新社）。『石垣りん詩集』（岩波文庫　編・解説）。

二〇一六年（平成二八年）　六一歳

四月、熊本地震。そしてコーエンが死ぬ。一人になる。『禅の教室　坐禅でつかむ仏教の真髄』（中央公論新社　藤田一照との共著）。『能・狂言／説経節／曾根崎心中／女殺油地獄／菅原伝授手習鑑／義経千本桜／仮名手本忠臣蔵　日本文学全集10』（説経節を担当。河出書房新社）。

二〇一七年（平成二九年）　六二歳

帰国を考え始める。『切腹考』（文藝春秋）。

二〇一八年（平成三〇年）　六三歳

春、クレイマーを連れて帰国。早稲田大学文化構想学部文芸・ジャーナリズム論系で三年間の任期付教授。熊本に住む。『ウマし』（中央公論新社）。『たそがれてゆく子さん』（中央公論新社）。『先生、ちょっと人生相談いいですか?』（集英社インターナショナル　瀬戸内寂聴との共著）。

二〇一九年（平成三一年・令和元年）　六四歳

ひきつづき早稲田で教える。詩人の同志たちと詩誌「インカレポエトリ」を創刊。第二回種田山頭火賞。『なっちゃんのなつ』（福音館書店　片山健絵）。『ばあちゃんがいる』（福音館書店　MAYA MAXX絵）。翻訳『かなしみがやってきたら　きみは』（ほるぷ出版　エヴァ・イーランド著）。
二〇二〇年（令和二年）　六五歳
ひきつづき早稲田で教える。コロナ禍でオンライン授業。友人宅から猫を二匹引き取る。『道行きや』（新潮社）。『なっちゃんのなつ』で第六七回産経児童出版文化賞美術賞。二〇二〇年度チカダ賞。
二〇二一年（令和三年）　六六歳
法政大学大学院で「作家特殊研究」を教える。早稲田大学で夏期演習「短詩型」を教える。保健所から野犬の仔犬を引き取る。『ショローの女』（中央公論新社）。第六二回熊日文学賞。第一二回香梅アートアワード賞。『いつか死ぬ、それまで生きる　わたしのお経』（朝日新聞出版）。翻訳『しあわせをさがしているきみに』（ほるぷ出版　エヴァ・イーランド著）。イルメラ・日地谷＝キルシュネライトによる『とげ抜き　新巣鴨地蔵縁起』のドイツ語訳『Dornauszieher: Der fabelhafte Jizo von Sugamo』（Matthes&Seitz Verlag）。
二〇二二年（令和四年）　六七歳
『人生おろおろ』（光文社）。

（著者作成）

【底本】
『とげ抜き　新巣鴨地蔵縁起』　講談社文庫　二〇一一年五月刊

とげ抜《ぬ》き　新巣鴨地蔵縁起《しんすがもじぞうえんぎ》

伊藤比呂美《いとうひろみ》

二〇二二年七月八日第一刷発行

発行者——鈴木章一
発行所——株式会社　講談社
東京都文京区音羽2・12・21　〒112-8001
電話　編集（03）5395・3513
　　　販売（03）5395・5817
　　　業務（03）5395・3615

講談社文芸文庫

デザイン——菊地信義
印刷——株式会社KPSプロダクツ
製本——株式会社国宝社
本文データ制作——講談社デジタル製作
©Hiromi Ito 2022, Printed in Japan
定価はカバーに表示してあります。

落丁本・乱丁本は購入書店名を明記のうえ、小社業務宛にお送りください。送料は小社負担にてお取替えいたします。なお、この本の内容についてのお問い合せは文芸文庫（編集）宛にお願いいたします。
本書のコピー、スキャン、デジタル化等の無断複製は著作権法上での例外を除き禁じられています。本書を代行業者等の第三者に依頼してスキャンやデジタル化することはたとえ個人や家庭内の利用でも著作権法違反です。

ISBN978-4-06-528294-6

講談社文芸文庫

青木淳選──建築文学傑作選	青木 淳──解
青山二郎──眼の哲学|利休伝ノート	森 孝──人／森 孝──年
阿川弘之──舷燈	岡田 睦──解／進藤純孝──案
阿川弘之──鮎の宿	岡田 睦──年
阿川弘之──論語知らずの論語読み	高島俊男──解／岡田 睦──年
阿川弘之──亡き母や	小山鉄郎──解／岡田 睦──年
秋山 駿──小林秀雄と中原中也	井口時男──解／著者他──年
芥川龍之介-上海游記|江南游記	伊藤桂一──解／藤本寿彦──年
芥川龍之介 谷崎潤一郎-文芸的な、余りに文芸的な|饒舌録ほか 芥川vs.谷崎論争 千葉俊二編	千葉俊二──解
安部公房──砂漠の思想	沼野充義──人／谷 真介──年
安部公房──終りし道の標べに	リービ英雄-解／谷 真介──案
安部ヨリミ-スフィンクスは笑う	三浦雅士──解
有吉佐和子-地唄|三婆 有吉佐和子作品集	宮内淳子──解／宮内淳子──年
有吉佐和子-有田川	半田美永──解／宮内淳子──年
安藤礼二──光の曼陀羅 日本文学論	大江健三郎賞選評-解／著者──年
李 良枝──由熙|ナビ・タリョン	渡部直己──解／編集部──年
石川 淳──紫苑物語	立石 伯──解／鈴木貞美──案
石川 淳──黄金伝説|雪のイヴ	立石 伯──解／日高昭二──案
石川 淳──普賢|佳人	立石 伯──解／石和 鷹──案
石川 淳──焼跡のイエス|善財	立石 伯──解／立石 伯──年
石川啄木──雲は天才である	関川夏央──解／佐藤清文──年
石坂洋次郎-乳母車|最後の女 石坂洋次郎傑作短編選	三浦雅士──解／森 英一──年
石原吉郎──石原吉郎詩文集	佐々木幹郎-解／小柳玲子──年
石牟礼道子-妣たちの国 石牟礼道子詩歌文集	伊藤比呂美-解／渡辺京二──年
石牟礼道子-西南役伝説	赤坂憲雄──解／渡辺京二──年
磯﨑憲一郎-鳥獣戯画|我が人生最悪の時	乗代雄介──解／著者──年
伊藤桂一──静かなノモンハン	勝又 浩──解／久米 勲──年
伊藤痴遊──隠れたる事実 明治裏面史	木村 洋──解
伊藤比呂美-とげ抜き 新巣鴨地蔵縁起	栩木伸明──解／著者──年
稲垣足穂──稲垣足穂詩文集	高橋孝次──解／高橋孝次──年
井上ひさし-京伝店の烟草入れ 井上ひさし江戸小説集	野口武彦──解／渡辺昭夫──年
井上 靖──補陀落渡海記 井上靖短篇名作集	曾根博義──解／曾根博義──年
井上 靖──本覚坊遺文	高橋英夫──解／曾根博義──年

▶解=解説 案=作家案内 人=人と作品 年=年譜を示す。 2022年7月現在

講談社文芸文庫

井上靖 ——崑崙の玉|漂流 井上靖歴史小説傑作選　島内景二——解／曾根博義——年
井伏鱒二——還暦の鯉　庄野潤三——人／松本武夫——年
井伏鱒二——厄除け詩集　河盛好蔵——人／松本武夫——年
井伏鱒二——夜ふけと梅の花|山椒魚　秋山 駿——解／松本武夫——年
井伏鱒二——鞆ノ津茶会記　加藤典洋——解／寺横武夫——年
井伏鱒二——釣師・釣場　夢枕 獏——解／寺横武夫——年
色川武大——生家へ　平岡篤頼——解／著者——年
色川武大——狂人日記　佐伯一麦——解／著者——年
色川武大——小さな部屋|明日泣く　内藤 誠——解／著者——年
岩阪恵子——木山さん、捷平さん　蜂飼 耳——解／著者——年
内田百閒——百閒随筆 II 池内紀編　池内 紀——解／佐藤 聖——年
内田百閒——[ワイド版]百閒随筆 I 池内紀編　池内 紀——解
宇野浩二——思い川|枯木のある風景|蔵の中　水上 勉——解／柳沢孝子——案
梅崎春生——桜島|日の果て|幻化　川村 湊——解／古林 尚——案
梅崎春生——ボロ家の春秋　菅野昭正——解／編集部——年
梅崎春生——狂い凧　戸塚麻子——解／編集部——年
梅崎春生——悪酒の時代 猫のことなど —梅崎春生随筆集—　外岡秀俊——解／編集部——年
江藤 淳 ——成熟と喪失 —"母"の崩壊—　上野千鶴子-解／平岡敏夫——案
江藤 淳 ——考えるよろこび　田中和生——解／武藤康史——年
江藤 淳 ——旅の話・犬の夢　富岡幸一郎-解／武藤康史——年
江藤 淳 ——海舟余波 わが読史余滴　武藤康史——解／武藤康史——年
江藤 淳
蓮實重彥——オールド・ファッション 普通の会話　高橋源一郎-解
遠藤周作——青い小さな葡萄　上総英郎——解／古屋健三——案
遠藤周作——白い人|黄色い人　若林 真——解／広石廉二——年
遠藤周作——遠藤周作短篇名作選　加藤宗哉——解／加藤宗哉——年
遠藤周作——『深い河』創作日記　加藤宗哉——解／加藤宗哉——年
遠藤周作——[ワイド版]哀歌　上総英郎——解／高山鉄男——案
大江健三郎-万延元年のフットボール　加藤典洋——解／古林 尚——案
大江健三郎-叫び声　新井敏記——解／井口時男——案
大江健三郎-みずから我が涙をぬぐいたまう日　渡辺広士——解／高田知波——案
大江健三郎-懐かしい年への手紙　小森陽一——解／黒古一夫——案
大江健三郎-静かな生活　伊丹十三——解／栗坪良樹——案
大江健三郎-僕が本当に若かった頃　井口時男——解／中島国彦——案

講談社文芸文庫

加賀乙彦 ―― 帰らざる夏　リービ英雄―解／金子昌夫――案
葛西善蔵 ―― 哀しき父|椎の若葉　水上 勉――解／鎌田 慧――案
葛西善蔵 ―― 贋物|父の葬式　鎌田 慧――解
加藤典洋 ―― アメリカの影　田中和生――解／著者――年
加藤典洋 ―― 戦後的思考　東 浩紀――解／著者――年
加藤典洋 ―― 完本 太宰と井伏 ふたつの戦後　與那覇 潤―解／著者――年
加藤典洋 ―― テクストから遠く離れて　高橋源一郎―解／著者・編集部―年
加藤典洋 ―― 村上春樹の世界　マイケル・エメリック―解
金井美恵子 - 愛の生活|森のメリュジーヌ　芳川泰久――解／武藤康史――年
金井美恵子 - ピクニック、その他の短篇　堀江敏幸――解／武藤康史――年
金井美恵子 - 砂の粒|孤独な場所で 金井美恵子自選短篇集　磯﨑憲一郎―解／前田晃一――年
金井美恵子 - 恋人たち|降誕祭の夜 金井美恵子自選短篇集　中原昌也――解／前田晃一――年
金井美恵子 - エオンタ|自然の子供 金井美恵子自選短篇集　野田康文――解／前田晃一――年
金子光晴 ―― 絶望の精神史　伊藤信吉――人／中島可一郎―年
金子光晴 ―― 詩集「三人」　原 満三寿――解／編集部――年
鏑木清方 ―― 紫陽花舎随筆 山田肇選　鏑木清方記念美術館―年
嘉村礒多 ―― 業苦|崖の下　秋山 駿――解／太田静一――年
柄谷行人 ―― 意味という病　絓 秀実――解／曾根博義――案
柄谷行人 ―― 畏怖する人間　井口時男――解／三浦雅士――案
柄谷行人編 - 近代日本の批評 Ⅰ 昭和篇上
柄谷行人編 - 近代日本の批評 Ⅱ 昭和篇下
柄谷行人編 - 近代日本の批評 Ⅲ 明治・大正篇
柄谷行人 ―― 坂口安吾と中上健次　井口時男――解／関井光男――年
柄谷行人 ―― 日本近代文学の起源 原本　関井光男――年
柄谷行人 中上健次 ―― 柄谷行人中上健次全対話　高澤秀次――解
柄谷行人 ―― 反文学論　池田雄一――解／関井光男――年
柄谷行人 蓮實重彥 ―― 柄谷行人蓮實重彥全対話
柄谷行人 ―― 柄谷行人インタヴューズ 1977-2001
柄谷行人 ―― 柄谷行人インタヴューズ 2002-2013　丸川哲史――解／関井光男――年
柄谷行人 ―― [ワイド版]意味という病　絓 秀実――解／曾根博義――案
柄谷行人 ―― 内省と遡行

講談社文芸文庫

伊藤比呂美

とげ抜き　新巣鴨地蔵縁起

解説=栩木伸明　年譜=著者

この苦が、あの苦が、すべて抜けていきますように。詩であり語り物であり、すべての苦労する女たちへの道しるべでもある。【萩原朔太郎賞・紫式部賞W受賞作】

978-4-06-528294-6　いAC1

藤澤清造　西村賢太 編

根津権現前より　藤澤清造随筆集

解説=六角精児　年譜=西村賢太

978-4-06-528090-4　ふN2

「歿後弟子」は、師の人生をなぞるかのようなその死の直前まで諸雑誌にあたり、編集・配列に意を用いていた。時空を超えた「魂の感応」の産物こそが本書である。